Les choco-noisettes

sont

meilleurs au petit matin

Appoline Deville

Les choco-noisettes sont meilleurs au petit matin

Roman

Édition : BoD – Books on Demand,
info@bod.fr
Impression : BoD – Books on Demand, In de
Tarpen 42, Norderstedt (Allemagne)

Impression à la demande

ISBN : 978-2-3224-3488-6

Dépot légal : Octobre 2022

À quoi sert vraiment l'exigence ?
Pourquoi on souhaite être excellents ?
Quand on voit dans quelle déshérence
Se retrouvent les génies souvent ?
Moi, j'voudrais leur apprendre à être heureux
Avant d'être brillants
J'voudrais leur apprendre à être heureux
souvent
Souvent

Ben Mazué

PREAMBULE

Comme toujours, j'ai mis peu de temps à coucher Bérénice, c'est vraiment une enfant facile. Ce qui est une chance au quotidien, mais particulièrement ce soir, car je suis harassée de ma journée. Les embouteillages journaliers ont été à la hauteur des journées les plus difficiles. Les réunions se sont enchaînées sans s'interrompre. J'ai couru dans tous les sens... comme il m'arrive assez régulièrement. Mais celle qui est plus à plaindre, ce n'est pas moi. C'est ce petit bout : arrivée à 7h30 chez la nourrice, départ à 19h, la pauvre ne connaît que ça.

Sébastien est aussi rentré tard de son travail. Il a sa propre entreprise, spécialisée dans la diffusion de son et lumière. Son champ des possibles est varié. Il gère par exemple des évènements musicaux, comme des festivals ou des concerts, mais aussi des fêtes de collectivités ou encore des courts-métrages. Pour lui, le Graal serait de faire du cinéma, toutefois la route est encore longue. Pour ce faire, il doit encore acquérir un peu de notoriété au-delà du secteur géographique dans lequel nous vivons. Je suis néanmoins contente pour lui, sa société fonctionne de mieux en mieux. Il le mérite, il est tellement dévoué à sa réussite.

C'est un homme ambitieux, qui attend beaucoup de la vie. Il a à cœur de montrer sa réussite à autrui. Courageux, il ne compte jamais ses heures. Il a investi beaucoup de temps dans son projet professionnel, de l'argent aussi. Nous n'avons plus d'épargne et les fins de mois sont, pour l'instant, difficiles. Mais les jours meilleurs viendront lorsque sa réputation sera installée.

Notre petite vie est rodée, néanmoins j'aspire à un peu de temps pour nous trois, cela nous a manqué ces derniers mois. Comme si nous vivions des vies parallèles parfois entrecroisées de banalités du quotidien.

Au menu de ce soir : des lasagnes que j'avais préparées dimanche pour gagner du temps. Sébastien m'a dit qu'elles étaient trop sèches. Ça l'a agacé. C'est vrai que pour quelqu'un de passionné de cuisine, mes recettes ne sont pas toujours réussies. Il me dit qu'il faut que j'arrête d'essayer d'innover, qu'il faut que je me cantonne à des choses simples. Le pauvre, après de grosses journées sans relâche et un sandwich sur le pouce pour le déjeuner, il mérite un bon repas le soir. En tout cas, meilleurs que ceux que je lui propose.

- Tu as mis où le gel douche ?, lance-t-il de la salle de bain.
- Dans l'armoire sous le lavabo en bas à gauche, lui réponds-je.
- Mais c'est n'importe quoi de les mettre là ! Il n'y a rien de logique. En plus, t'as pris senteur noix de coco ? T'as pas plutôt un truc de mec ?
- Non désolée, je vais noter sur la liste des courses.
- C'est abusé Louise, je ne vais pas me taper les courses en plus, tu pourrais un peu penser à moi...
- Pardon, promis demain, je fais un crochet au magasin durant ma pause déj.
- Pense à prendre de l'assouplissant, les serviettes sont rêches. C'est désagréable.

Je mémorise cette micro-liste de courses, ça ne devrait pas être difficile de la retenir. Je profite du temps de la douche de mon homme pour feuilleter quelques pages de mon roman. Sébastien n'aime pas quand je lis lorsque nous sommes couchés. Il dit que si je suis dans un bouquin, c'est que je m'ennuie à ses côtés. Alors j'évite.

Il a beaucoup de principes. Il est loyal, droit et honnête. Ce que j'apprécie particulièrement. Il est aussi très pudique et montre peu ses sentiments. Sans doute des restes de son éducation. J'ai toujours remarqué une sorte de distance entre son père et lui. Comme si leur amour réciproque devait être caché. Je pense que c'est pour cela qu'il aime que je sois discrète à mon tour. Il n'apprécie pas que je me fasse remarquer : pas de fous rires retentissants, de tenues ou de coiffures trop voyantes ou négligées. Il ne faudrait pas que j'aie une tâche sur moi ou des chaussures sales lorsque je sors faire des courses. Il préfère aussi que je me tienne à l'écart des discussions de famille, en tout cas, celles qui sont sérieuses. Il vaut mieux éviter de le contredire ou de sous-estimer ses propos en public. J'ai appris avec le temps à me taire, j'ai arrêté de chanter ou de danser dans la maison ou ailleurs, je fais attention à mes tenues. Je crois que je lui dois une certaine forme de maturité.

Il a aussi à cœur d'avoir une maison bien entretenue, propre et rangée. Là encore, il m'a beaucoup appris, je ne prétends pas être aussi ordonnée que lui, malgré cela j'essaie. Je fais le maximum pour qu'il rentre le soir dans un foyer qui lui soit accueillant.

J'en suis à la fin de mon chapitre lorsque la montre connectée de Sébastien, posée sur la table de chevet de son côté, se met à vibrer. Mon attention est vaguement attirée quand je vois des cœurs défiler. L'expéditeur est une expéditrice, il s'agit de sa nouvelle secrétaire : Marine. Il l'a embauchée il y a quelques semaines. La charge de travail étant de plus en plus importante pour lui.

Je sens un peu ma tête tourner, comme un pressentiment que quelque chose va basculer. Je cherche son téléphone en vain, il ne doit pas être très loin si la montre s'est enclenchée. Il semble l'avoir caché, ce n'est pas dans ses habitudes. Il est encore sous la douche lorsque je le rejoins dans la salle de bain. Son téléphone m'attendait dans la poche de son jean. Le message ne pouvait être plus explicite : « J'ai adoré tes bras ce midi, tes lèvres me manquent déjà ». Des nausées me viennent, j'ai l'impression que c'est mon corps entier qui va vaciller.
Il sort alors de la douche et m'aboie dessus comme si j'étais une sale gosse prise en flagrant délit de bêtise.

- Qu'est-ce que tu fous avec mon téléphone ?
- Je… Tu… Co…, *les mots me manquent.*
- Montre ! Qu'est-ce qu'il y a ?, me dit-il en m'arrachant l'objet des mains.
- Elle a dû se planter, c'était sans doute à son mec qu'elle voulait envoyer ça.
- Arrête Seb, ne me prends pas pour une conne, regarde le message précédent.

Son visage se ferme, je le vois hésiter. Cette fille lui disait qu'elle avait réservé un petit endroit sympa pour 12h30... C'est difficile de faire plus accablant.

Je n'ai jamais su ce qu'était cet endroit « sympa » : un restaurant, un hôtel, qu'importe... Je n'ai pas compris, je ne comprends toujours pas d'ailleurs. J'ai juste bien intégré mes défauts. Je n'étais pas assez disponible sexuellement, je manquais même de folie sur ce plan. Il a fait allusion à une « planche à repasser », une « plante verte » aussi. Il m'a également dit que je me laissais trop aller, des sous-vêtements à mes cheveux en passant par mes ongles et ma silhouette. Il a ajouté que je le délaissais au profit de notre fille. Bref, je me suis sentie vraiment nulle.

Dans un premier temps, j'ai accepté de le croire, accepté qu'il pût y avoir des bas dans un couple, que j'étais sans doute en partie responsable de cet écart. J'ai fait des efforts pour redevenir celle dont il était tombé amoureux, pour être plus attirante, plus féminine. De son côté, il s'est engagé à renvoyer cette Marine. Notre couple comptait plus que tout selon lui, il s'agissait d'une erreur sans conséquence. J'y ai cru, je voulais que notre famille soit belle et unie pour longtemps voire toujours.

Les semaines qui suivirent, il fut plus gentil avec moi. Il jugeait moins mes qualités de maîtresse de maison ou de mère. Il m'aidait même parfois à mettre la table ou à la desservir. Je fus malgré tout plus vigilante, c'était plus fort que moi. Pour la première fois de ma vie, je le surveillais, j'avais perdu confiance, l'insouciance, la naïveté. Chaque rendez-vous tardif devenait suspicieux, chaque message reçu sur son téléphone, un risque potentiel. Mais c'est sans chercher que la gifle finale est survenue. En faisant bêtement et habituellement la lessive... vider les poches des pantalons est un basique. Mais cette facture d'une parfumerie l'était moins. Mon parfum préféré avait été acheté en double exemplaire.

Deux jours plus tard, la Saint-Valentin frappait à notre porte : il rentra tard à la maison, un bouquet de fleurs à la main, il ne m'en avait jamais offert. Il avait aussi un cadeau pour moi, mon fameux parfum bien sûr mais une seule bouteille. J'avais peu de doute sur le fait qu'il avait offert sa petite sœur à cette

« Autre ». Sur lui, cette odeur que je connaissais déjà, celle de mon parfum devenu son parfum.

J'ai été terriblement déçue… de lui, de moi. J'en suis arrivée à la conclusion que je ne devais plus être assez bien pour lui ou *a minima*, plus celle qui lui convenait. Essayer de recoller les morceaux à nouveau était au-dessus de mes forces et surtout illusoire. Sébastien n'était jamais satisfait, d'un simple gel douche aux grands projets de vie, en passant par mes qualités de femme, de mère et d'amante, c'en était vraiment épuisant. Il m'a fallu cet « évènement » pour le remarquer. Pour la première fois de ma vie, même si j'avais peur de ses réactions, je lui ai tenu tête : je n'ai pas cédé à son chantage.

Je ne lui ai donc plus donné de chance supplémentaire. C'est Bérénice, qui m'a donné ce courage. Dans ses yeux, je trouve la force « d'être », la force que je n'avais pas avant sa naissance. Pour elle, je suis une louve, avant j'étais un agneau.

PARTIE 1

CHAPITRE I

C'est un bureau moderne. Avec suffisamment d'espace pour que chacun ne se sente à l'étroit, et lumineux grâce à des vitres allant du sol au plafond. La vue y est magnifique sur un parc arboré à perte de vue. Plus personne n'y prête encore attention, sauf moi qui rêvasse souvent en admirant la nature changer au gré des saisons. Il faut dire aussi que je suis bien placée : juste à l'angle, au fond à gauche. J'ai vu sur tout : le jardin, les collègues, les deux portes. Rien ne peut m'échapper. Je m'y sens bien.

Annabelle est là, avec sa bonne humeur et son humour que je suis parfois, même souvent, la seule à comprendre. Tantôt potache, tantôt salace, cette fille est un véritable sniper : elle commente tout, juge tout, n'a aucun filtre et dit ce qu'elle pense quelles que soient les circonstances ou les événements. Elle n'a peur ni des gens ni de sa réputation. Je l'envie secrètement d'avoir cette insouciance et cette confiance en soi.

Cette boule d'énergie, de cinq ans mon aînée, m'a accueillie comme personne quand je suis arrivée dans l'équipe. Elle a tout de suite fait preuve de beaucoup de patience pour m'expliquer chaque spécificité du métier : sa générosité a été incroyable. Je lui dois tout ce que je sais aujourd'hui. Au fil du temps, j'ai appris à la découvrir et même à la connaître. Et derrière, sa bonne humeur perpétuelle de façade, se cachent des fêlures indicibles. J'ai accepté ses silences, et lentement, elle s'est autorisée à briser en partie sa carapace pour moi. Elle est devenue ma meilleure amie sans que je ne m'en rende compte. Je ne peux plus concevoir mon quotidien sans elle.

Dans le service, nous sommes cinq. Bertrand est discipliné et calme, il travaille à son rythme. Il attend la retraite je crois. Il porte des lunettes rondes aux verres épais, sa voix de garçon et ses cheveux plaqués sur le côté lui donnent trente-cinq ans, il en a vingt de plus. Souvent lorsque je lui parle, j'ai l'impression de le réveiller : comme s'il avait la capacité de dormir les yeux ouverts.

Ensuite, il y a Julien. On pourrait en dire tellement sur lui... Il doit avoir à peu de choses près mon âge, il est brun avec une coupe militaire, les yeux verts, le visage rond. C'est l'homme le plus volubile que je connaisse, on sait tout de lui en toutes circonstances. Qu'importe que vous ayez un dossier important à rendre urgemment, il pose ses fesses sur votre bureau et vous raconte chaque détail de sa vie professionnelle et personnelle. C'est simple, en dehors de son nombril, il n'y a rien. Il n'a aucune pudeur et beaucoup d'ambitions. C'est une chose que j'ai toujours jugée paradoxale. Mais je l'apprécie tel qu'il est. Il est sincère et direct, ce sont des qualités que j'aime.

Et puis il y a Christelle... En tant que grande discrète, je suis plutôt du genre à observer plutôt qu'à m'exprimer. Je me nourris de mes silences. J'ai acquis, grâce à cela, une aptitude à voir chez les gens, des détails qui passent inaperçus. J'arrive ainsi à déceler des traits de caractère qui ne sont pas flagrants. Mais je dois avouer que pour Christelle, je sèche un peu : je peine à la cerner. Elle peut être adorable avec certains comme méprisante avec d'autres. Elle a une réputation d'égoïste prétentieuse, mais je crois qu'elle cache un mal-être très profond. Sa maladresse sociale la pénalise. Personne ne sait si elle a des dents, le sourire n'étant pas une option chez elle. Côté physique, c'est la version bretonne de Kim Kardashian : blonde, teint pâle, petite et généreusement garnie aux fesses. Ce dont elle semble clairement être fière si l'on en juge les postures qu'elle aime prendre dans le bureau notamment devant les collègues masculins.

Et pour terminer, il y a moi : Louise, trente-et-un ans, assez haute pour toucher le sol, un enfant de deux ans, une fille, une pépite. Le détail le plus marquant du moment est que je suis séparée depuis peu de son père. Cela faisait dix-sept ans que nous étions ensemble, Sébastien et moi, la moitié d'une vie. C'est dire si ça structure une personnalité : j'ai grandi avec lui, j'ai appris la vie d'adulte, à être mère. Et voilà, me voici seule à bord, unique maîtresse de mon existence. J'ai peur... un peu, je suis excitée... aussi, je suis perdue... beaucoup.

« Hey Dufour, tu m'entends ? »

Annabelle me sort de mes pensées, elle adore m'appeler par mon nom de famille.

- Quoi ? Qu'est-ce qu'il y a ? Pardon, je ne t'ai pas entendue, réponds-je.
- T'as pas écouté surtout... Je te demandais ce que tu faisais de ton week-end ? Tu as ma magnifique filleule ?, me demande-t-elle.
- Oui j'ai Bérénice. Seb travaille, on n'a rien prévu de spécial. Je vais tâcher de profiter d'elle un peu. Etant donné que je pars la semaine prochaine, elle va me manquer, c'est la première fois qu'on va être séparées aussi longtemps.
- Donc c'est vraiment sûr ? Tu pars seule ? Tu vas vraiment le faire ?, dit-elle sceptique.
- Bah oui, tu en doutes encore ?
- J'avoue que ça me surprend, c'est osé, pas réfléchi, pas Louise quoi...

Ma meilleure amie ne prend décidément jamais de pincettes, elle est aussi franche que spontanée. Je ne serais pas contre le fait qu'elle m'épargne un peu quand même...parfois ça aide à prendre confiance en soi.

- J'en éprouve tout simplement le besoin, je n'ai jamais vécu seule. Je suis partie de chez mes parents à dix-huit ans pour vivre aussitôt avec Sébastien. J'aimerais savoir si j'en suis capable, ne serait-ce qu'une semaine loin de tout, sans contrainte, ça va me faire du bien ou pas. Mais au moins, je saurai à quoi m'attendre.
- Je le vois bien que tu es fatiguée. Tu ne dis rien, t'es pas du genre à te plaindre, néanmoins il faudrait aussi que tu te remplumes un peu. Il n'y a plus rien à manger là-dessus, me dit-elle en me pinçant l'épaule.

J'esquive sa remarque, je sais que ces dernières semaines m'ont marquée, je n'ai pas besoin qu'on me le rappelle. J'attends des jours meilleurs, j'aimerais juste que les gens le comprennent et aient cette même patience que je suis obligée d'avoir.

- Et toi, tu comptes faire quoi de ton week-end ?, dis-je pour changer de sujet.
- Eh bien vois-tu, me répond-elle avec un sourire non dissimulé, comme tu ne seras pas là, la semaine prochaine et que ça va encore être l'ambiance ici... J'ai décidé de me barrer pour quatre jours. J'ai posé mon lundi et mon mardi. Je rejoins ma pote Adeline dans les

Ardennes, il paraît qu'elle a un nouveau mec, je vais aller le rencontrer. Tu sais qu'il n'a que vingt-quatre ans, je la chambre en l'appelant « ma petite cougar ».

Annabelle a des amis partout en France et de tous horizons. Des banquiers, des bergers, des hétéros, des homos, des vieux, des jeunes... Cette femme caméléon a la capacité de s'adapter à tous les publics et parvient à tisser des liens comme personne. Sa force ? La fidélité en amitié. Elle n'a ni conjoint, ni enfant mais se soucie de tous ses proches comme de sa propre famille. Sans doute a-t-elle souffert d'être fille unique ? D'un profond chagrin d'amour ? Personne ne le sait, même pas moi. Elle est secrète sur son passé, seul son présent semble compter. Je ne sais même pas si elle pense au futur. Je respecte tout cela en même temps.

En la voyant faire à présent une tête de dégoût, je comprends que Christelle est entrée dans la pièce. J'entends Annabelle me souffler que les vêtements moulants noirs ne sont plus à la mode depuis les années 80 et je ne peux m'empêcher de pouffer. Cela ne semble pas effrayer notre collègue qui traverse l'espace pour nous rejoindre, la mine sombre comme à son habitude. Il ne manquerait plus qu'elle essaie de nous surprendre agréablement en plus.

- Salut les filles, vous allez bien ?, nous demande-t-elle sans donner l'impression de vouloir réellement le savoir.
- Ça va merci et toi ?, lui réponds-je gênée de m'être moquée.
- Ah ma pauvre, j'ai pensé à toi le week-end dernier. J'ai eu trois rencards Tinder : tous aussi nuls les uns que les autres les mecs. Toi, qui n'as pas été sur le marché depuis... ben depuis toute ta vie en fait non ? Tu risques de te prendre de belles claques si tu restes naïve comme t'es.

Ça c'est fait. Je crois que mon seul tort est d'avoir été là au mauvais moment.

- Pardon, je ne comprends pas ?, ai-je besoin de lui répondre ne saisissant sincèrement pas où elle voulait en venir.

- Mais ma pauvre, ils ne veulent tous qu'une chose, crois-moi et vu le manque d'expérience que tu as, tu vas soit être déçue, soit les décevoir, ce qui est peut-être pire, ajoute-t-elle en pouffant.
- Le mélange de « ce qu'on dégage » et du « type de mecs qu'on sélectionne » est inversement proportionnel à la durée de la relation convoitée, répond Annabelle du tac-o-tac. Alors que je n'ai, moi-même, pas eu le temps de réagir à cette gentillesse de Christelle.

Je remercie silencieusement mon amie d'avoir eu une telle vivacité d'esprit. Je la vois assez fière de sa réplique, elle peut : j'en suis encore à la phase « bouche ouverte ».

- Hein ? J'ai rien compris..., s'exclame la star des sites de rencontres.

- Louise, tu as cinq minutes ? J'aimerais que tu viennes me voir.

Notre directeur vient de passer sa tête au travers du chambrant de porte de notre bureau. Il interrompt de fait, cet échange très prolifique et hautement relié aux différentes problématiques que peut connaître l'entreprise en ce moment.

- Oui, j'arrive Christian, je te rejoins dans cinq minutes, lui dis-je en sentant mes joues déjà rougies par le stress.

Qu'il ait fait le déplacement jusqu'à notre bureau est forcément mauvais signe. Pourquoi moi ? Je vais bientôt le savoir. Je me lève tel un automate et lui emboîte le pas. Je m'attends à continuer à voir les nuages bien gris passer et stagner dans le ciel de mon existence. J'ai conscience que ce n'est pas le meilleur moment de ma vie, mais il devient long ce moment...

***

Le bureau de Christian n'est qu'à quelques pas du nôtre, toutefois il n'en a aucune ressemblance. De grands tableaux colorés jonchent les murs, des orchidées et plantes diverses ont pris possession des coins et appuis de fenêtres. D'un côté de la pièce, un immense pupitre en bois laqué, de l'autre, un salon en cuir crème. Au centre, une table en verre pouvant accueillir au moins huit personnes, dédiée aux réunions.

Cet homme ambitieux, dont la carrière a largement dépassé les frontières de la France et même de l'Europe, a réellement l'air empathique. Je le sens se soucier du bien-être de ses collaborateurs et je sais qu'il n'hésite pas à apporter son aide pour les dossiers les plus ardus. Néanmoins, comme tout homme aussi impliqué dans sa carrière et dans une société de cette dimension, il faut que ça tourne et les objectifs chiffrés sont sa priorité.

- Louise, je voulais te voir. Tu sais que j'ai beaucoup de plaisir à travailler avec toi. Tu as toujours apporté une réelle plus-value dans ton service mais aussi dans notre direction. Je sais que tu es appréciée pour tes qualités humaines et professionnelles à la fois en interne et en externe, et qu'on te fait confiance.
- Merci, dis-je du bout des lèvres, ne sachant pas trop pourquoi son introduction était aussi élogieuse.
- Mais cette dernière année, j'ai pris le temps de t'observer. Tu as passé un réel cap. Je te sens davantage en confiance vis-à-vis des clients, tu t'imposes plus facilement et toujours à juste titre. Tu as pris la bonne direction, donc je souhaiterais te valoriser pour ça.
- Euh... merci à nouveau mais puis-je te demander pourquoi tu me dis tout ceci ?
- Je souhaite te nommer au poste de responsable du portefeuille omnicanal.
- P... pardon ? Mais c'est de loin, le plus gros de toute l'entreprise !! Tu réalises l'importance de ce périmètre ?
- Oui je le sais, et c'est pour cela que je ne vois personne d'autre à ce poste. Un recrutement externe m'obligerait à former quelqu'un et je n'en ai pas le temps. Toi, tu connais le périmètre, la majorité des clients concernés, les produits que nous avons. Bref, tu es quasiment opérationnelle. Je sais bien que tu ne pourras pas tout gérer toute

seule, surtout pas à court terme. Et avec les déplacements que je souhaite très fréquents, il faudra toujours quelqu'un pour gérer les tâches quotidiennes ici. J'ai donc décidé de lancer un recrutement pour que tu puisses avoir une personne qui te seconde. A terme, ton équipe grossira en fonction de tes résultats. Vois ça comme une première étape. Alors, qu'en dis-tu ?

Un ange passe, je mesure rapidement les conséquences que cela aurait sur mon emploi du temps, sur ma vie personnelle déjà bancale. Mes résolutions ces dernières semaines, mes envies de changements de vie, je les ai faites en pensant à ma fille. Alors il me paraît bien impossible de la sacrifier pour mon travail, pas maintenant, ni même jamais d'ailleurs.

- Ecoute Louise, voici ce que je te propose. Tu pars en vacances, tu y réfléchis. Sache que l'augmentation sera belle et que ce changement ne sera effectif qu'en septembre. J'ai besoin de la validation du comité exécutif, on se réunit dans deux semaines. Je ne vais pas te demander de commencer pendant les vacances scolaires, ça n'a pas de sens. Et comme ça, ça te laisse le temps de recruter quelqu'un et aussi de définir ton organisation.
- D'accord, on fait comme ça, lui dis-je un peu plus revigorée mais tout de même abasourdie.
- Je sais ce qui te perturbe et je peux le comprendre. J'ai moi-même trois enfants. Mais qu'on le veuille ou non, des directeurs qui sont prêts à nommer des femmes à ce poste, ça ne court pas les rues. Réfléchis-y. Je sais que tu as les compétences, n'en doute pas un instant. Ce n'est pas machiste, cette remarque, c'est la réalité du monde du travail.

Je sors de son bureau en ressassant tout ce qu'il vient de me dire. Il n'a pas tort sur le côté inégalitaire des promotions selon le genre. Il y a encore quelques mois, j'aurais sauté sur l'occasion. J'ai conscience qu'il s'agit d'une chance incroyable, en tout cas, professionnellement.

Mais dans mon état actuel, c'est la fatigue qui gouverne mes pensées, je ne me sens pas prête pour un tel défi. Je sais que j'en suis largement capable, mais là tout de suite, je doute. Pourquoi maintenant ? C'est trop tôt... ou pas... peut-être dois-je me faire violence ?

Je regarde ma montre, je suis à nouveau en retard, la nourrice va me sauter à la gorge. Nous sommes lundi et je sais qu'elle a sa séance de sport à 19h. Le timing sera encore serré ce soir pour la gestion de Bérénice. Comme tous les soirs, notre relation va se résumer à du pratico-pratique : bain, repas, brossage de dents, pipi, lavage de mains, histoire expédiée, au lit. Et même avec le rythme de commandant allemand que je vais lui imposer, je sais que la petite se couchera trop tard pour se lever trop tôt. Cette nouvelle perspective professionnelle qui s'offre à moi, me force à revoir le fond de mon organisation mais aussi les priorités que je me fixe pour atteindre le bonheur.

CHAPITRE II

Après bien des semaines de cohabitation difficiles, Sébastien a pris une nouvelle maison en location dans un village voisin. Celle-ci appartient à un de ses amis de lycée.

Malgré cela, se sentant encore chez lui dans ce qui était notre maison, il passe régulièrement... sans prévenir, sans frapper pour signaler son arrivée. Cette attitude commence à m'agacer sérieusement. J'ai besoin de plus d'intimité depuis que je ne lui appartiens plus.

C'est vrai que la séparation est encore récente et j'ai conscience que chacun doit prendre ses marques à son rythme. J'ai la garde de Bérénice quasiment tout le temps en attendant d'officialiser réellement les choses. Son père la prend quand son emploi du temps le lui permet.

Heureusement, la petite ne semble pas souffrir de la situation. Elle ne pose aucune question : pour elle, tout est normal. Sébastien n'a jamais été très présent.

Nous sommes samedi vers la fin de matinée, je suis en train de préparer le repas lorsque je le vois débarquer dans la cuisine située à l'arrière de la maison. Il est passé par le jardin pour récupérer quelques outils. Apparemment, il a sauté la case « porte d'entrée ».

- Salut, me dit-il sans trop prendre le temps de me regarder.
- Salut, lui réponds-je sans guère plus d'attention pour lui.

La conversation démarre doucement, c'est le moins que l'on puisse dire. Il prend place sur un tabouret en face de moi alors que je suis devant mon plan de travail en train de couper des fruits frais.

- Tu fais quoi à manger ?
- Un tajine au poulet, Bérénice est dans sa chambre si tu veux la voir.
- Ça sent bon, ça te dérange si je reste manger avec vous ?
- Tu n'as rien d'autre de prévu ?
- Non pourquoi ?
- A ton avis ?, réponds-je ironiquement.
- Tu ne peux pas passer à autre chose Louise ? C'est bon j'ai compris. J'ai merdé mais franchement, tu ne vas pas tout gâcher à cause de ta fierté.

Ces paroles comme toujours, et l'intonation de sa voix, me déplaisent. J'ai l'impression d'être une enfant capricieuse qui boude parce qu'elle n'a pas ce qu'elle souhaite. Je décide de ne pas répondre, la discussion, nous l'avons déjà eue, je n'ai pas envie de recommencer ce dialogue de sourds.

- Je te laisse mettre la table pendant que je prépare la semoule. Comment ça se passe chez Antoine ? Tu es bien installé ?
- Oui ça va, j'ai eu de la chance qu'il ait justement une maison de disponible. Il me dit qu'il va sûrement la vendre. Du coup, je me dis qu'on pourra sans doute l'acheter, ce sera un investissement pour plus tard.

Je décide encore une fois de ne pas relever. Un de nous deux ne comprend visiblement pas la situation. J'espère secrètement que ce n'est pas moi. Je réussis doucement à ne plus voir mon avenir avec lui.

- Si tu veux, ma sœur me propose sa salle à manger. Du coup, tu pourrais prendre celle-ci ? Qu'est-ce que tu en penses ? J'accepte ?
- Bon, j'ai compris, tu n'es pas ouverte à la discussion aujourd'hui, un autre jour sans doute… d'accord, pourquoi pas pour la salle à manger. La cuisine est équipée. Il ne me reste qu'un salon à avoir. Je prends le lit de la chambre d'amis ?

- Tu peux prendre celui de notre chambre : peu importe, dis-je sincèrement détachée des aspects matériels.
- Et pour le crédit de la maison ? Je ne peux pas payer ET la location ET la maison. Tu te doutes... sauf si ton objectif est de me faire crever.

Son ton se fait un peu plus menaçant. Le connaissant, il vaut mieux que je calme de suite l'échange.

- Je ne te demande rien, évidemment. Je le paie, en attendant de savoir si je rachète la maison ou pas. Sauf si tu la veux.
- Tu sais très bien qu'avec mon statut d'indépendant et les crédits que j'ai pour ma boîte, je ne serai jamais accepté par la banque.
- C'est pour ça que je te propose, c'est quand même la maison qui a vu naître Bérénice, je ne peux pas me résoudre à la vendre. Et au moins, cela lui amène de la stabilité.
- Il n'y a que toi qui ne veux pas recoller les morceaux, à partir du moment où tu décides de la séparation, c'est toi qui en es responsable. Tu ne penses pas à ta fille ?
- Justement...

Si seulement je pouvais lui dire que c'est en particulier pour que Bérénice ait une mère épanouie que j'ai décidé de prendre cette décision difficile. C'est pour elle que j'ai choisi de nous rebâtir un nouvel avenir. Mais il ne comprendrait absolument pas. Il me trouve égoïste, c'est aussi ce que je ressens : je me choisis moi pour la première fois de ma vie. Je vis dans la culpabilité, j'espère tous les jours que ma décision est bien la bonne.

Bérénice fait son apparition chargée de ses trois doudous identiques. Sébastien se lève pour aller la chercher et la fait valser dans ses bras.
Le rire franc de ma fille me donne un sentiment étrange, mitigé. Je la sais heureuse au contact de son père, ça me fait du bien et me rassure. Mais je me reproche de lui retirer des moments de complicité avec lui et me dis aussi que parfois, je ne serai pas là pour les voir.
Je n'ai jamais réellement vécu de séparation, j'ai connu Sébastien toute jeune. Mais j'imagine aisément que la présence d'un enfant dans le couple doit certainement rajouter une dose non négligeable de doute et de tristesse.

***

Le repas se passe comme si rien ne présageait : un couple normal avec son enfant. Sébastien parle beaucoup de son travail comme toujours, il se garde bien d'évoquer sa secrétaire. D'ailleurs, je ne cherche même pas à savoir si elle travaille toujours là-bas. Je tente de me détacher de cela. Les premiers jours ayant été bien trop durs pour moi, je ne veux plus revivre cette douleur. Il m'annonce qu'il part en milieu de semaine pour un tournage dans le Lubéron. Il est assez fier de me citer les quelques acteurs un peu connus qui sont à l'affiche de ce court-métrage.

- Tu pars quand exactement ?
- Jeudi pourquoi ?
- Mais enfin, je ne serai pas rentrée ! Tu comptes faire quoi de Bérénice ? Tu oublies que c'est toi qui la gères dès lundi jusque dimanche soir ?
- Ah merde, j'avais zappé et j'ai encore plus zappé ton voyage narcissique et nombriliste. Honnêtement, tu ne peux pas rentrer plus tôt ? Ou ne pas partir tout simplement ? Franchement, on s'en fout que tu ailles faire ta bobo à l'autre bout de la France pour soi-disant prendre l'air et te regarder le nombril. Ça va t'apporter quoi ? J'ai du boulot moi, j'ai pas le temps de jouer contrairement à toi !

Je sens que la moutarde me monte au nez. En dix-sept ans de relation, je n'ai jamais élevé la voix, j'ai toujours été docile et d'accord avec lui, surtout en façade. Je connais les colères dont il peut faire preuve et son caractère qui me fait peur parfois. J'ai pris le pli de prendre sur moi jusqu'à ces derniers temps. Aussi, j'essaye de peser mes mots pour ne pas le froisser, néanmoins reste ferme, il est hors de question que je ne parte pas pour que monsieur ait encore la victoire.

- Ce n'est pas un jeu, c'est ta fille, son éducation, elle doit aussi voir son père, dis-je de la manière la plus neutre possible.
- Tu as quelqu'un ? C'est pour ça que tu veux partir c'est ça ?

Il semble fou de colère. Sa mâchoire est crispée, ses poings sont serrés.

- N'importe quoi... ne retourne pas la situation. Je pars, ce n'est pas négociable. Si tu veux aller sur ton tournage, ne t'en prive pas mais ne mets rien sur mon dos. Vois avec ta mère, si elle n'est pas disponible, je demanderai à la mienne... nous aurons des solutions, au pire, on peut même demander à Annabelle.

Encore une fois je suis arrangeante, je m'en veux déjà d'avoir proposé des solutions. Mais évidemment, mon instinct de mère a besoin d'être rassuré sur la condition de ma fille pour les jours à venir.

- Annabelle, je sais pas trop. Je suis sûr que c'est elle qui te bourre le crâne contre moi. Je ne l'ai jamais aimée celle-là.
- Détrompe-toi, elle est neutre, elle me laisse faire mes choix comme une grande. Contrairement à toi qui n'a toujours pas compris que j'étais une adulte.
- Nous voilà repartis... bon tu me sers un café ? Je vais aller fumer ma clope.

Je m'exécute docilement. Il prend sa tasse de café et sors dans le jardin en passant par la baie vitrée. Je l'observe par la fenêtre, il a le regard porté au loin, il contemple son bien. Il se sent chez lui, c'est indéniable. J'espère que le temps fera son œuvre. On en a tous besoin, même lui, j'en suis persuadée.

Je regarde également Bérénice jouer avec ses petites licornes que sa marraine lui a achetées pour Noël. Je sais que je pars pour faire le point mais une chose est sûre, ce petit bout d'humain va me manquer cruellement. Alors que ne plus voir l'autre humain adulte sera une réelle bouffée d'oxygène.

CHAPITRE III

La maison de mes parents se situe à quelques kilomètres de chez moi, c'est celle dans laquelle je suis née et j'ai grandi. Ils n'ont jamais déménagé et ne le feront nullement, je crois. Je pense qu'ils n'aiment pas être en dehors de leur village, de leurs habitudes. Certaines personnes sont comme cela. J'ai vite compris que je n'avais pas hérité de ce trait de caractère. J'aime quand les choses changent, rencontrer de nouvelles personnes, goûter à de nouvelles saveurs, voir de nouveaux paysages, encore et encore. Ce n'est en aucun cas de la lassitude de mon quotidien mais plutôt de la curiosité.

Sébastien m'a appelée hier matin pour me dire qu'il ne garderait pas Bérénice de la semaine finalement. Il ne m'a pas laissé le choix. Ses arguments étaient irréfutables et déjà entendus : « c'est moi qui ne fais pas d'effort pour la réconciliation », « je suis la mère, c'est à moi de gérer ». J'ai longuement hésité. Les choix étaient multiples, je pouvais décider de ne pas partir, de la prendre avec moi au risque de la fatiguer un peu ou alors demander de l'aide... J'ai choisi un compromis entre la première et la troisième option, j'ai décidé d'écourter mon séjour de deux jours et ai demandé à mes parents de garder ma choupette quatre jours.

C'est étrange parfois ce qu'on s'inflige, je sais que je vais souffrir de ne pas voir ma fille même pour si peu de temps. Depuis qu'elle est née, je ne lui ai jamais lâché le petit orteil. A sa toute première rentrée scolaire, je pense que je vais rester cachée derrière la grille toute la journée pour voir si tout se passe bien aux récréations, pour observer comme elle agit, comment elle se comporte avec les autres... Mais aujourd'hui, une petite voix me dit qu'il faut vraiment que je parte... seule.

Cette cacophonie autour de moi est assourdissante, tout le monde a un avis sur mon couple, sur mon état cérébral, sur mon avenir. Je suis totalement perdue. Je n'avais jamais vraiment réfléchi à mon futur, je suivais le mouvement, sans espoir ni envie. Je faisais ce qu'on me demandait. Mais là, pour la première fois, je suis seule au gouvernail, personne pour me dire ni quoi faire ni comment. C'est un peu tard à trente-et-un ans pour faire ce constat ? Ou tôt ? Chacun son rythme. Quoi qu'il en soit, j'ai appelé le propriétaire de la location, je lui ai expliqué que j'avais un contretemps familial, il ne m'en a pas tenu rigueur. Les touristes ne se bousculent pas à cette époque de l'année.

Au moment où je me gare, Bérénice comprend qu'elle arrive chez ses grands-parents, je la vois ravie. Une grande balançoire, une basse-cour, des lapins... De quoi l'occuper quelque temps au moins. Nous avançons côté à côte dans l'allée lorsque je vois ma mère sortir avec un grand sourire pour ma fille, elle se précipite vers elle pour la faire tournoyer et l'embrasser. Enfin, elle se retourne sur moi et me sourit chaleureusement, je m'étais attendue à un accueil plus froid étant données les circonstances.

- Bonjour maman, lui dis-je en l'embrassant. Papa est ici ?
- Il faut lui laisser du temps, il a encore du mal à digérer, me répond-elle.
- Bérénice, ça te dit d'aller faire un peu de toboggan ma chérie ? Je vais aller chercher ton sac, dis-je pour épargner ma fille de cette conversation.

Ma chère petite tête brune ne s'en prive pas, elle part en courant avec son doudou dans la main. Le chien de la maison, une cane corso qui répond au doux nom de Zoé, l'accompagne pour son plus grand bonheur. La bête, au pelage gris-argenté et aux yeux bleus perçants, est plus grande que Bérénice. Et, bien que terrifiante pour un étranger, je la sais protectrice et affectueuse à l'égard de ma fille.

- Il n'accepte pas que je vous amène Bérénice pour quelques jours ?, finis-je par demander.
- Ça et tout le reste... votre séparation aussi, tu avoueras que c'est ridicule non ?
- Maman, je ne comprends pas pourquoi vous ne vous mettez pas à ma place.
- Mais si justement, tu as tout pour toi, et tu gâches tout ! Un homme qui t'aime, qui travaille comme un forcené pour sa famille. D'ailleurs, c'est bien normal qu'il n'ait pas le temps de garder sa fille... et toi pendant ce temps-là, tu prends du bon temps. Mais enfin, on ne t'a pas élevée comme ça ! Ton père a honte.

Je prends une gifle. Je suis bien incapable de répondre à cela, les mots ne viennent pas. De toute façon, ils seraient bloqués par les larmes que je retiens. Je lutte pour ne pas m'effondrer. Mes parents pensent que je suis devenue folle ou dépressive, je ne veux pas leur donner raison. Pas maintenant.

Je me retourne vers ma voiture la tête basse, les épaules courbées, ma position préférée depuis des années, je ne me souviens plus depuis quand j'ai commencé à me taire. Mais le constat est clair : je suis comme ça aujourd'hui. Peut-être a-t-elle raison ? Peut-être ne suis-je pas capable de vivre seule ? Peut-être suis-je trop exigeante pour ma vie ?

Je prends les valises de Bérénice et reviens vers elle. Je lui fais un câlin avec mes dernières recommandations : d'être sage, polie, d'aider mamie si elle le peut et ne pas rechigner lorsqu'il est l'heure de se coucher. Elle m'écoute distraitement, elle est déjà en vacances chez ses grands-parents, je sens que je suis de trop dans ce décor. Je l'embrasse avec tout mon amour, dans le cou, sur les joues, le front, je la respire une dernière fois et me lève.

Ma mère nous observe les bras croisés sur son ventre avec un sourire timide ou gêné, je ne sais pas bien déceler. Je la remercie une dernière fois et l'embrasse. Je peux à présent, prendre la route. Décidément, personne ne m'épargne pour ce voyage. De ma meilleure amie, à ma fille, en passant par mon futur ex-conjoint et mes parents, tous voient cette escapade comme une erreur. Si bien, que j'en arrive à en douter moi-même.

***

J'ai attendu la sortie du village pour sangloter, j'ai eu trop peur de croiser mon père en balade à pied ou sur son vélo. Mais lorsque mes larmes se sont montrées, elles n'ont plus voulu me quitter durant un temps infini. Les huit heures de route vont être longues à ce rythme. Pleurer m'épuise. Je décide alors de mettre un peu de musique pour sortir de cette morosité. Je passe ma playlist préférée. Le son de la voix de Clara Luciani m'apaise, je pense à Bérénice. Lorsque nous entendons cette chanteuse à la radio, elle me dit « C'est maman ! C'est maman qui chante! ». Du haut de ses deux ans, elle est persuadée que c'est moi. Avec une fierté non dissimulée et sans aucune honte, je ne rétablis pas la vérité. Mais en toute objectivité, seuls mes longs cheveux châtains et ma frange peuvent être un point commun. J'ai également les yeux couleur noisette, mais mon gabarit est plus petit : je suis fine et athlétique. Le sport faisant partie de mon quotidien. Et du reste, j'ai certainement la pire voix qu'il est possible d'avoir et d'entendre.

Les kilomètres défilent, à mesure que je m'éloigne de chez moi, je commence à respirer de mieux en mieux. Je fais une pause sur une aire d'autoroute. Mes plaisirs coupables : sandwich triangle, muffin à la pâte à tartiner et soda édulcoré. Conséquence des nuits blanches que j'enchaîne depuis des mois, j'ai beaucoup de mal à garder les paupières ouvertes. Si j'avais aimé le café, j'aurais sans doute vidé le distributeur. Mais je reste une enfant sur certaines choses : pas de café, pas d'alcool, et pas de cigarettes... Les excès se font rares chez moi, et j'avoue que j'ai eu un temps des difficultés à comprendre ceux qui en faisaient. A présent, alors que je gagne en maturité, je change d'avis et envie ces personnes qui ont la capacité de faire preuve d'insouciance.

Je regarde mon téléphone, j'ai trois messages : le premier vient d'Annabelle qui me demande comment se passe la route, les deux autres sont deux photos de ma mère montrant Bérénice en train de jouer dans le jardin avec une Zoé toujours à veiller au grain. Je réponds brièvement à la première que pour l'instant, je suis toujours en vie et à la seconde, je me contente d'envoyer des cœurs et d'ajouter : « dis-lui que je l'aime très fort ».

Ma voiture et moi sommes reposées et rechargées, nous repartons la musique un peu plus forte encore, toute ma playlist « *chansons qui font tout sauf remonter le moral* » y passe. Je pense tantôt à Sébastien, tantôt à Bérénice ou à mes parents. Je songe à la vie de célibataire d'Annabelle... À mon travail aussi, j'ai une décision à prendre dans les jours à venir... Les dernières semaines défilent à nouveau dans ma tête. Beaucoup d'évènements en si peu de temps, je n'arrive pas à retrouver la stabilité qui me caractérise depuis des années. Cette stabilité rassurante, mais oppressante.

Les paysages commencent à changer, les tuiles des maisons deviennent orange et ondulées. Mes souvenirs d'enfance reviennent au fur à et mesure que je redécouvre les routes que j'ai empruntées petite. Je n'ai pas choisi la destination au hasard : l'île d'Oléron. Quinze ans que je n'y ai pas mis les pieds, un retour aux sources ou une totale déception, je ne le sais pas encore. Les souvenirs étant parfois plus charmeurs que la réalité.

CHAPITRE IV

Dès je l'aperçois au loin, je ne peux retenir mes larmes. Le pont de l'île d'Oléron représente tout à la fois : la joie de l'arrivée et la tristesse du départ. Il n'a pas changé, fidèle à mes souvenirs. Je traverse les trois kilomètres la bouche entrouverte, les yeux humides, j'éprouve des difficultés à respirer. J'entends ma sœur et mon frère rigoler à l'arrière, se battre pour avoir un peu plus de place sur la banquette, je vois mon père râler sur nous à cause du bruit que nous faisons depuis des heures et pour finir, je vois ma mère ranger la carte routière, car à ce stade, nous connaissons la route par cœur.

Je dois à cette île ma première peine de cœur. Mes grands-parents y ont acheté une maison au centre-est, non loin de Boyardville, au début des années soixante-dix. En vue de leur passage à la retraite, leur souhait avait été de trouver un havre de paix. De quoi accueillir les enfants et les petits-enfants dans une région encore méconnue à l'époque. Je n'ai jamais su ce qui les avait amenés ici : pourquoi avaient-ils fait ce choix ? Comment avaient-ils trouvé cette pépite ?

Mais je me souviens précisément du jour où j'ai appris qu'ils revenaient sur le continent et qu'ils vendaient la maison de mes plus beaux moments. J'en ai eu le cœur brisé du haut de mes quinze ans.

Le temps a fait son œuvre. J'ai laissé mes souvenirs et mon amour pour l'île dans un coin de ma tête. Je n'y ai pensé que rarement, j'ai découvert d'autres régions françaises ou étrangères toutes aussi belles les unes que les autres. Mais à présent, c'est ici que je veux revenir, j'en ressens le besoin.

La location que j'ai prise, est au sud de l'île, que je ne connais pas encore. Juste à côté du pont. Plus urbanisé que le nord resté sauvage, j'ai joué l'assurance d'avoir quelques commerces ouverts et des âmes qui vivent au moment où la haute saison n'a pas encore démarré. Je sais que Saint-Trojan est plus touristique, car plus aisément accessible en venant du continent.

Mon GPS m'indique que la destination est toute proche. Je longe l'avenue de la plage. La mer est basse, au point que le continent semble accessible à pied. J'en suis presque triste, je suis là pour voir mon océan et je suis impatiente. Je tourne à droite, Avenue Henri Matisse. Je m'arrête. La maison est bien plus grande que je ne l'avais imaginée, blanche avec de hauts volets bleus en bois. Villa *Pomme* est écrit en italique au-dessus de la fenêtre de l'étage. Une Golf II décapotable noire est garée en face, j'ai toujours rêvé d'en avoir une et celle-ci est particulièrement bien entretenue.

Je gare ma voiture et ouvre la portière pour en sortir. Une odeur de marée et de pin me gonfle le cœur et me ramène vingt plus tôt. Une véritable madeleine de Proust. Je remplis mes poumons et ferme les yeux pour apprécier le plus possible. Comme c'est bon.

J'admire la voiture garée en face de la mienne lorsque je remarque que mon hôte m'attend. J'ouvre le portail et lui tends la main pour le saluer.

- Vous avez fait bonne route mademoiselle ?
- Très bien merci monsieur, je suis ravie d'être arrivée, votre propriété a l'air magnifique. Je ne m'attendais pas à quelque chose d'aussi grand.
- Appelez-moi Léon si vous le voulez bien. Je suis vieux, mais tout de même, je n'ai jamais aimé le formalisme. Ça me rappelle trop d'où je viens...

Le temps d'un instant, ses yeux s'assombrissent, il semble ailleurs. J'en profite pour le détailler, il a au moins soixante-dix ans, les cheveux blancs coupés courts, les yeux bleu turquoise, des lunettes rondes en écaille. Son dos se courbe légèrement, il a toutefois une classe indéniable. Son apparence est manifestement importante à ses yeux. Chaque détail est réfléchi. Un pantalon de lin retombe parfaitement sur ses espadrilles Tommy Hilfiger, une chemise bleue ouverte d'un bouton sur le col laisse apparaitre une chaîne en argent.

- Dans ce cas, appelez-vous moi Louise s'il vous plaît ! C'est à vous cette voiture ?, dis-je en indiquant la Golf en face de la maison.
- Oui, je l'ai depuis des années, elle me supporte depuis toujours, c'est une héroïne des temps modernes. Vous aimez ?
- J'adore !
- Nous voilà donc avec un point commun. Je vous propose de vous faire visiter les lieux, ensuite vous pourrez aller chercher vos valises et vous mettre à l'aise.

J'acquiesce et le suis silencieusement. Il m'explique dans un premier temps que la maison voisine à gauche lui appartient également. Elle accueille un couple qui loue, lui, toute l'année. Il ajoute que je vais certainement les croiser et que je peux avoir toute confiance en leur gentillesse. Je regarde brièvement par-dessus la haie, la demeure est sans conteste plus modeste, mais bien entretenue avec un jardinet propre et fleuri.

Ensuite vient le moment d'entrer dans ce qu'il appelle la *petite Cerise*. A quelques pas de sa villa, dans le jardin, un cabanon complètement rénové m'attend. Mon « chez-moi » pour les prochains jours. La décoration y est moderne, l'intérieur lumineux. Léon prend le temps de me présenter chaque recoin : d'abord une grande pièce à vivre avec une cuisine ouverte, un coin salon et une petite salle à manger. Puis, une chambre spacieuse : je suis ravie de constater qu'une grande baie vitrée permet d'avoir un accès direct à la piscine via une belle terrasse en bois. La salle de bain, à l'image de la maison a une douche italienne spacieuse. Tout est aménagé avec beaucoup de goût et de sobriété. Tout en discrétion, Léon me laisse en posant les clés sur la table de la cuisine, en concluant qu'il sera disponible et tout proche en cas de question ou de problème.

Je reste donc seule, dans un cet endroit inconnu. J'appelle ma mère pour lui dire que je suis bien arrivée et prendre des nouvelles de Bérénice. Elle va bien, je vais donc bien aussi. J'envoie également un texto à Annabelle pour la rassurer. Je sors prendre mes valises, le ciel est d'un bleu magnifique, aucun nuage ne l'entache. J'arrive à l'arrière de ma voiture lorsqu'une dame âgée d'une soixantaine d'années me salue avec un sourire chaleureux. Je la vois hésiter puis se raviser. Peut-être avait-elle envie de discuter un peu ? Je me note à l'esprit de faire le premier pas si jamais l'occasion se renouvelle.

***

Il n'est pas tout à fait 18h lorsque je termine mon installation. Ce petit cabanon a tout ce qu'il faut pour que je m'y sente bien. Comme je suis là pour ça, je décide de mettre mes vieilles baskets, mon legging de l'antiquité et mon vieux sweat à capuche rose pour aller me balader sur la plage. Si j'ai assez de courage, j'irais jusqu'au centre-ville pour boire un verre dans un troquet. L'avantage de ne connaître personne est de ne pas à avoir à se soucier de ses apparences. *La fille a du courage mais pas trop quand même…*

L'océan n'est qu'à quelques dizaines de mètres. Est-ce que les gens ici savent qu'ils sont au paradis ? J'ouvre le portail et tombe nez-à-nez avec un homme blond vénitien, les cheveux en bataille, environ trente-cinq ans. Vêtu d'un costume deux-pièces noir et d'une chemise blanche, il dénote avec son sac de sport à roulettes aux dimensions surprenantes. Un corps plié en deux pourrait y entrer aisément.

Plongé dans son téléphone, il ne prête pas attention à moi. Alors qu'il s'apprête à rentrer chez les locataires d'à côté, je reste silencieuse et l'observe. C'est en fermant son portail qu'il me voit enfin et me sourit. Son visage s'illumine, ses yeux deviennent rieurs. A n'en pas douter, la bonté ne l'épargne pas. Léon avait donc raison : les voisins sont gentils. Nous nous saluons rapidement, chacun continuant son chemin.

J'atteins la digue en quelques pas. La mer est un peu remontée, je vois un plongeoir qui doit faire le bonheur de bien des petits touristes en été. Je décide de traverser la jetée et de descendre par les escaliers qui mènent à la plage. Mes chaussures ne tardent pas à rejoindre mes mains, que c'est bon de mettre ses pieds nus sur ce sable humide. Je profite, marche lentement, respire à pleins poumons, regarde le continent, admire le pont. J'atteins bientôt la fin de la plage, je remonte les quelques marches et me rechausse. J'avance sur ce qui me semble être le centre-ville.

La rue principale est assez calme, je n'ose finalement pas m'arrêter à un café. *La fille n'était définitivement pas courageuse…* Je me sens gauche, mal habillée, j'ai un peu honte de me balader comme ça. Les quelques personnes que je croise me sourient. Cela me rassure un peu : au final, l'atmosphère est accueillante et rassurante. Je me dépêche d'aller acheter quelques produits à la supérette pour me nourrir ce soir. Je ne sais pas pourquoi, je ressors avec de la farine, du sucre et des œufs en plus de tas de choses inutiles pour une personne seule et qui plus est, n'est là que pour quatre jours. Mon sac fait trois tonnes, le retour va être sympa… Ce qui est sûr c'est que cette fois, je ne passerai pas par le sable humide. *Les mollets de la fille ne sont pas non plus courageux…*

J'arrive à la maison. Rouge, essoufflée avec le bras ankylosé. En d'autres termes, je n'en peux plus. Je cherche mes clés quand je tombe à nouveau sur le blond d'à côté. Il est en train de vider sa voiture à la recherche de quelque chose. Il y en a partout sur la route. Il croit peut-être que la voie publique est une extension de sa maison ? Quelqu'un devrait lui dire… Je passe mon chemin sans m'attarder et m'empresse de rentrer en espérant qu'il n'ait pas vu l'état dans lequel je me trouve. Je viens d'inventer une couleur : le rouge transpiration.

Le « bonsoir » que j'entends réduit à néant mes espoirs de discrétion, je me retourne brièvement vers lui et hoche la tête… Dans la précipitation, j'ai oublié que c'est mon visage qu'il fallait cacher, pas la voix… Il est vraiment temps que je réapprenne la bienséance sociale.

CHAPITRE V

J'ouvre les yeux à 6h du matin, la nuit a été plutôt bonne. Pas un bruit, un lit confortable, je me sens déjà un peu reposée. Cela fait une éternité que je n'ai pas vécu cette sensation d'assez de sommeil. Je souris. Là encore, c'est une rareté pour moi d'avoir hâte d'entamer ma journée. Je n'ai pas envie de perdre de temps : je me lève. Le soleil ne va pas tarder à me suivre. Je m'habille en vitesse avec une idée en tête. J'ai vu que Léon mettait des vélos à disposition pour ses locataires. Comme chaque balade doit avoir un but, je décide d'aller à la boulangerie pour acheter mon petit déjeuner.

J'en trouve une à une bonne dizaine de kilomètres d'ici, dans la ville voisine de Château d'Oléron : « Maies Pains ». C'est exactement ce qu'il me faut comme distance. Je commence doucement ma route, elle me mène assez vite sur les pistes cyclables bien connues de l'île, qui traversent la forêt, les marais salants, les hameaux entre villages. Mon cœur est sur le point d'exploser, j'aime tout ce que je vois, tout ce que je sens et ressens. Le bonheur d'être ici me frappe littéralement. J'apprécie chaque instant, chaque paysage. Je prends le temps de m'arrêter pour faire des photos du lever de soleil, des bateaux dans les chenaux, des cabanes colorées.

J'arrive trop vite sur la place de Château d'Oléron, j'aurais aimé que la balade dure des heures. Demain, je choisirai une boulangerie située encore plus loin de ma location. Nous sommes dimanche, c'est le jour du marché, je prends le temps de flâner un peu, j'entre dans la halle couverte, j'essaie de m'imprégner pour garder des souvenirs clairs le plus longtemps possible. Enfin, je reviens sur mes pas pour rejoindre la fameuse boulangerie de mon GPS.

Tout semble délicieux, les pâtisseries sont magnifiques, les viennoiseries me font déjà saliver. J'opte pour une chocolatine chocolat-noisettes. Elle est encore chaude, il m'est impossible d'attendre pour la goûter, dès la sortie de la boutique, je la croque avec voracité. Dire que je ne suis pas déçue est un euphémisme : ce truc est une véritable tuerie. Je fais immédiatement demi-tour pour en acheter une à Léon, le monde entier doit goûter à cette merveille.

Je reprends ensuite mon vélo et prends le même plaisir qu'à l'aller. Cette fois, la luminosité est différente, le soleil étant plus haut et déjà un peu plus chaud aussi. J'arrive devant chez Léon, je vois la lumière allumée donc je suis rassurée sur le fait qu'il soit réveillé. Il a l'air surpris en m'ouvrant, inquiet.

- Bonjour, y a-t-il un problème dans votre logement Louise ?
- Bonjour Léon, non du tout. Je voulais juste vous faire partager une découverte, lui dis-je en lui tendant le paquet. Vous connaissez les choco-noisettes de *Maies Pains* ? Croyez-moi, la vie vaut d'être vécue uniquement pour ça !
- Je connais un peu, me répond-il avec un temps d'arrêt. Vous voulez rentrer prendre un café ?
- Un jus de fruits si vous avez, avec plaisir.

La maison de Léon est magnifique, elle bénéficie d'une belle hauteur sous plafond, les murs sont d'une blancheur maculée. Mon hôte m'emmène dans sa cuisine. Celle-ci est dotée d'une immense verrière offrant une vue magnifique sur un jardin arboré entouré d'un mur en pierres. Je suis invitée à m'asseoir, Léon me prépare un jus de fruits frais avant de se faire un café. Il garde le silence, je le sens soucieux.

- Vous avez toujours vécu ici ?, lui dis-je pour entamer la conversation.
- Non, mais ça fait bien longtemps que j'ai posé mes valises ici. Je sais que ça ne fait que quelques heures que vous êtes là, néanmoins aimez-vous ce que vous voyez ?

- Détrompez-vous, je connais un peu. Je venais souvent avec mes parents quand j'étais petite. J'adore cette île. J'y ai de très bons souvenirs. C'est pour ça que je suis revenue ici : comme un retour aux sources.
- Vous vivez seule ?

Evidemment, il fallait qu'il mette le doigt sur une partie délicate de ma vie, mais je me sens à l'aise avec lui et n'hésite pas à lui expliquer ma situation brièvement. Il a sans doute autre chose à faire que de m'écouter raconter ma vie.

- Je suis fraîchement séparée, j'ai une petite fille, cependant je suis venue seule. J'avais besoin d'une petite pause pour moi.
- Eh bien, la prochaine fois, n'hésitez pas à venir accompagnée de votre petit trésor. Je serais ravi d'en faire sa connaissance. Comment s'appelle-t-elle ?
- Bérénice, elle est adorable.
- Je n'en doute pas si elle est comme sa mère. Merci pour la viennoiserie, elle est effectivement délicieuse, me dit-il en croquant dedans. Vous en voulez un morceau ?
- Merci, c'est gentil, j'ai déjà eu ma part. J'y retournerai demain si ça vous tente.
- Je ne dis pas non, mais vous ne m'avez pas entendu dire oui au cas où certains jugeraient de ma gourmandise, me dit-il un avec un sourire malicieux.
- Ce sera notre secret, lui réponds-je sur le même ton.

Nous passons quelques minutes à discuter un peu. Comme deux personnes qui ne se connaissent pas, nous tournons autour de banalités : le tourisme, la météo, le jour des marchés… Cet homme a vraiment une sympathie qui se dégage de lui, je sais que mon séjour en sera d'autant plus agréable et rassurant. Comme quoi, je ne suis peut-être pas faite pour la solitude après tout.

***

Ma journée a été douce. Après avoir flâné en ville une partie de la matinée, j'ai décidé de piqueniquer sur la plage non loin de la *petite Cerise*. Il n'y avait que quelques promeneurs avec leurs chiens. J'étais seule avec mon livre. Cette plage appelée « du soleil » porte bien son nom, il nous a chaperonnés sans cesse.

Pour m'activer un peu et me mettre en appétit, j'ai demandé à Léon en rentrant si je pouvais cueillir quelques fruits dans le fond de son jardin. J'ai vu qu'il y avait des tonnes de framboises et de fraises. Lorsqu'il m'a dit qu'il n'y allait jamais, j'ai sauté sur l'occasion. Mes parents ont raison, je suis folle, je pourrais visiter l'île et siroter des cocktails. Je me retrouve à quatre pattes, les bras griffés et les cheveux décoiffés. Je ne sais pas pourquoi je me suis lancée là-dedans. Mais je n'arrive pas à m'arrêter tant et si bien que je me retrouve avec trois seaux de fruits. J'en arrive à la conclusion accablante qu'il y a un côté addictif à la cueillette.

Ma première idée est de faire une tarte à Léon, il vit seul, ça me chagrine. Peut-être pourrais-je aussi en proposer une aux gentils voisins ? Je frappe chez Léon pour lui demander des moules à tarte, néanmoins personne ne me répond. Je m'oriente donc vers la maison d'à côté, d'après Léon, je ne devrais pas être mangée. C'est le blond du téléphone avec la voiture retournée sur la route qui m'ouvre. Il a d'ailleurs toujours son appareil dans les mains. A la manière dont il me dévisage, je comprends que mon allure doit faire peur. Néanmoins, il me sourit, ses yeux se remettent à rire.

- Bonjour, dis-je timidement. Je me demandais si vous pouviez me prêter un ou deux moules à tarte ?
- Bonjour, rentre, me dit-il. Ma mère doit avoir ça.
- Non, non je ne veux pas vous ennuyer.
- Mais entre je te dis, insiste-t-il.

Je m'exécute et vois mon reflet dans le miroir en traversant le couloir. J'ai des traces de jus de framboises sur les joues et le front, mes cheveux sont ébouriffés. Je regarde mes mains, elles sont sales, très sales. J'ai aussitôt honte. Comment est-il possible de parvenir à se ridiculiser en quelques instants auprès de parfaits inconnus ? Et ce, en réussissant l'exploit de traverser la France, pour passer justement inaperçue. Je vais très certainement gagner une palme : celle de l'humiliation. Partout où je passe, la dignité trépasse.

La dame que j'ai croisée hier m'accueille comme si elle me connaissait depuis toujours. Elle est petite, charnue, les cheveux blonds coupés à la garçonne. Son sourire est constant. C'est encore une fois rassurant.

- Louise, c'est ça ? Léon m'a parlé de toi. Je suis Madeleine. Tu connais déjà Baptiste ?, me dit-elle en désignant son fils. Alors tes vacances se passent bien ?
- Très bien merci. Comme vous le voyez, j'ai un peu profité de mon temps libre pour aller à la cueillette. J'ai vraiment beaucoup de fruits. Je me demandais si vous pouviez me dépanner d'un ou deux plats à tarte.
- Pas de souci, je t'apporte ça. Tu veux aussi des pots pour faire des confitures ? Daniel, mon mari, ne jette rien, il y en a plein la remise. Ça me ferait plaisir que tu m'en prennes un peu, ça fera de la place.
- C'est une excellente idée, je n'y avais pas pensé. Mais oui avec plaisir !
- Baptiste, tu veux aller chercher les pots et les amener chez Louise s'il te plaît ? Vous voulez dîner avec nous ?

Léon a raison, ces gens sont adorables, elle ne me connaît pas et m'invite aussitôt. Toutefois, comme, je ne me sens pas à l'aise dans l'état dans lequel je suis, je préfère refuser mais à contrecœur. J'aurais aimé discuter avec des Oléronais. Cela fait partie des voyages que de faire des rencontres. Et pour le coup, cette famille a l'air particulièrement accueillante.

- Je suis navrée Madeleine, pas ce soir. Mais c'est très gentil à vous. Une autre fois, peut-être ?

- Comme vous voulez, je ne force personne. N'hésitez pas si vous changez d'avis. Vous connaissez le chemin, me répond-elle avec un large sourire.

Je m'apprête à ressortir lorsque Baptiste revient les bras remplis. Il se propose de m'accompagner pour que je n'aie pas à porter cette charge. Nous faisons les quelques mètres pour rejoindre mon logement, il est le premier à rompre le silence.

- Tu es ici pour combien de temps ?
- Juste quatre jours. Ma fille m'attend sagement chez mes parents. La séparation est difficile pour maman.
- Pourquoi tu es venue sans elle ?, me demande-t-il naïvement.
- C'est une longue histoire, dis-je sans en rajouter.

Je ne me sens pas à l'aise à l'idée de lui dévoiler les raisons et surtout, je doute qu'il éprouve un quelconque intérêt à m'écouter faire la pleureuse.

- J'ai le temps, me répond-il en me fixant dans les yeux.

J'ouvre la porte sans savoir quoi répondre à cela, sa présence me gêne, ce qu'il vient de me dire et la manière dont il l'a fait encore plus.

- Merci pour les pots, j'en ferai bon usage, dis-je pour clôturer l'échange.
- De rien, la prochaine fois, viens avec ta fille, je suis sûr qu'elle adorerait ici...
- C'est marrant, tu es la deuxième personne qui me dit ça aujourd'hui.
- C'est donc que tu dois mettre en pratique. Vous revenez quand ?
- Ouh là, nous n'y sommes pas encore... *Il me perturbe, il a de l'assurance, je n'en ai aucune : je me sens cruche.* On verra... Peut-être avant la rentrée de septembre ? J'ai prévu quelques congés. *Pourquoi ai-je répondu ça moi ? Je n'ai jamais songé à revenir en fait...*

- Ou avant ? ... Bonne soirée, me dit-il en partant. Je rentre chez moi, j'habite sur le continent mais si tu acceptes de manger chez mes parents mercredi soir, je peux revenir, tu nous diras ?

Et il me laisse en plan sans me donner le temps de répondre, avec mes pots vides, mes ongles sales et mes joues tracées de rose. Je prends quelques minutes pour retrouver mes esprits. Au programme de ce soir, douche, Bérénice en visio et cuisine. Le meilleur des scénarii.

CHAPITRE VI

Le lendemain, Léon n'est cette fois pas surpris de me voir débarquer chez lui au petit matin avec un paquet pour lui à la main. Il m'accueille chaleureusement, mon jus de fruits est déjà prêt.

Je sors de mon sac à dos, un cadeau supplémentaire lui étant destiné : un pot de confiture aux framboises de son jardin.

- Merci, c'est l'une de mes saveurs préférées, dit-il en regardant le bocal un peu ému. Vous avez cueilli tout ça dans notre jardin ?
- Oui. Et pour accompagner ceci, voici de la brioche, dis-je fièrement.
- Eh bien, vous savez chouchouter les gens vous. J'aurais dû vous embaucher pour mon gîte, j'aurais eu un succès fou.
- J'adore cuisiner pour les autres. Et votre jardin est un trésor en matière de verger, j'ai vu que vous aviez aussi des pommiers, des pruniers et des poiriers ?
- A votre avis, d'où viennent les noms de ces trois maisons ? « *Villa Pomme* », la « *petite Cerise* », et la « *maison Abricot* », Jean adorait les arbres fruitiers, c'est la première chose que nous avons faite après avoir acheté la propriété : planter des arbres.
- Jean ?
- Mon « ami » pour faire dans le politiquement correct, mon grand amour pour faire dans la vérité. J'espère que je ne vous choque pas ?, me demande-t-il d'une voix remplie de tristesse.
- Un grand amour est toujours beau, j'ai la naïveté de le croire, dis-je comme pour moi-même.

- Je souhaite à tout le monde de connaître ce que j'ai vécu en tout cas, ajoute-t-il d'une manière plus guillerette. Dites-moi, j'ai réfléchi à ce que je vous ai proposé hier. Que diriez-vous de revenir durant la saison estivale ? Vous aurez l'occasion de profiter des autres fruits. Je vous sens l'âme d'une maraichère.
- Cela m'aurait fait plaisir, dis-je en riant, mais vous savez j'ai des choses personnelles à gérer et je ne pense pas avoir les moyens de me payer des vacances dans votre magnifique logement parfaitement situé durant la haute saison.
- Ah... que diriez-vous d'une contrepartie en échange de ce séjour ? Je me fais vieux, j'ai beaucoup à faire ici, peut-être pourriez-vous m'aider ?
- Pourquoi avez-vous besoin d'aide Léon ? Peut-être que je peux vous aider dès aujourd'hui ?
- Reposez-vous. N'importe quelle âme même insensible verrait que vous en avez besoin. Mais pour les deux dernières semaines d'août, je suis persuadé que vous aurez rechargé vos batteries. Je vous ferai une petite liste. Je songe notamment à quelques peintures et un petit nettoyage du jardin.
- J'y réfléchirai Léon, c'est généreux de votre part.
- Les deux semaines vous sont réservées, venez avec Bérénice et une autre personne de votre choix. Fin de la discussion.

***

La première partie des vacances s'achève déjà. Je suis extrêmement partagée ; le temps ici est agréable au sens cérébral du terme. Sans que je comprenne réellement pourquoi, mon retour sur ces terres me fait du bien. J'observe chaque arbre, chaque sentier, le ressac de l'océan, j'apprécie chaque odeur, chaque brise. Je me sens chez moi, je me sens respirer. J'ai la sensation en mon for intérieur que je ne pourrais jamais me lasser de ce lieu.

Mais une ombre plane sur mon bien-être, Bérénice me manque cruellement. Ma chair souffre de ne pas la voir, de ne pas la prendre dans mes bras, de ne pas lui caresser les cheveux, de ne pas entendre son rire. Mon rôle de mère est d'être auprès d'elle. C'est la première fois que nous sommes séparées aussi longtemps. La culpabilité vient se mêler à cette excitation de vivre enfin une chose rien que pour moi, aussi simple soit-elle.

Je prends le temps de réfléchir à notre vie, à notre avenir à court et long terme. Je songe à cette promotion, si je l'accepte, ces séparations se feront courantes. En suis-je capable ? En ai-je surtout envie ? Va-t-elle en subir les conséquences alors qu'elle a déjà beaucoup à gérer depuis quelques mois. Il faut que je me pose sur cette question. Christian n'aura pas la patience d'attendre trop longtemps ma réponse. Lundi, tout doit être clair et définitif dans ma tête et dans mes agissements... mais ai-je vraiment le choix de refuser ? Je ne le pense pas, il me l'a déjà laissé entendre.

Après avoir appelé ma mère qui n'a rien fait pour me rassurer : « *Oui, ça va mais franchement, je la trouve fortement collée à son doudou, tu lui manques, c'est évident...* », je décide d'aller m'installer dans un transat avec un peu de musique. En complément, une bonne lecture ou une bonne sieste, mon corps décidera parmi les deux options.

Accessoires indispensables à ce moment de farniente, mes écouteurs qui sont encore dans la valise posée dans l'armoire de ma chambre. Je vais les chercher et en profite pour regarder mon téléphone professionnel posé sur ma table de nuit. Huit appels en absence. Je m'inquiète de suite et écoute mon répondeur, j'ai peur qu'un problème soit arrivé. Christian n'a pas l'air content : il doit envoyer un avenant au contrat d'un de nos plus gros clients. Je le rappelle immédiatement, je sens déjà le stress venir en moi et mon cœur battre plus fort, plus vite. J'ai peur d'avoir fait quelque chose de mal, ce vieux souci de confiance en soi.

« Ah ! Louise, il était temps que tu répondes ! Je ne suis pas d'accord avec cette clause de mise en concurrence. Pourquoi veulent-ils arrêter l'exclusivité ? Ça cache un loup... Tu n'aurais pas pu être plus vigilante ? Des fois, tu es naïve, tu sais... »

Je tente tant bien que mal d'exposer mon point de vue, je connais ce client depuis des années, je lui fais confiance et je sais que c'est réciproque.

« Tu ne m'écoutes pas ! Je veux que tu organises un call avec eux dès que possible ! »

Je décide d'aller dans son sens et lui propose de fixer un point dès la première heure lundi.

« Lundi, c'est trop tard, propose leur avant. »

Timidement, je lui rappelle que je ne suis pas aussi disponible que je le souhaiterais puisqu'en vacances (même si mon ordinateur a fait le chemin avec moi pour parer à toute éventualité telle que celle-ci).

« Louise, ce n'est pas une heure de travail qui va te tuer. J'ai un créneau de 10h à 11h vendredi. Allez, je te laisse, je suis déjà en retard pour ma prochaine réunion. »

Et voilà : je crois que l'expression appropriée de ce que je ressens est que, je suis une « bonne poire ». Je n'ai pas su m'affirmer, je suis dépréciée dans mon travail et me voilà obligée de sacrifier une heure de mes vacances que je souhaitais m'accorder plus que tout.

Heureusement, ce fameux client bien plus sympathique que mon directeur accepte la proposition de rendez-vous. Je peux donc enfin aller profiter du soleil et de la chaleur naissante du printemps.

J'ai du mal à faire partir mon malaise intérieur alors je sors un grand classique de la musique : « Purple rain ». Que c'est bon… J'augmente le son, l'effet est instantané. Je chante (faux) sur le chemin qui me mène à ma chaise longue impatiente.

Finalement, je n'opte ni pour l'option une de lecture, ni pour l'option deux de la sieste. Je ferme juste les yeux et profite de la musique. C'est un luxe lorsque l'on est une maman active.

Il fait vraiment chaud pour la saison. Le réchauffement climatique n'est pas un leurre. Il est tout ce qu'il y a de plus concret. Je décide de retirer mon tee-shirt et de ne garder que mon soutien-gorge : je sais que Léon n'est pas là cet après-midi, je ne risque pas d'être vue. Je suis bien, je ne pense à rien, je profite de chaque seconde, je suis là pour ça.

Je sens une ombre qui me donne un frisson, un nuage sans doute. J'ouvre les yeux, il n'en est rien. Quelqu'un est posté devant moi, je crie tout en prenant mon tee-shirt contre moi.

- Excuse-moi, je ne voulais pas te réveiller, me dit une voix que je ne reconnais pas sur le moment.

Je mets du temps à comprendre qu'il s'agit de Baptiste, le fils des voisins.

- Pour…, t'espérais me regarder combien de temps comme ça ? Mais qu'est-ce que tu fais là ?, dis-je en me rhabillant avec hâte.
- Je suis passé par le portillon qui permet de communiquer entre les deux jardins.
- Non. Je m'en moque de comment tu es arrivé… encore que… Ce que je veux dire c'est, qu'est-ce que tu fais ici sur l'île ? Tu ne devais pas rentrer chez toi ? Ce n'est pas ce que tu m'avais dit ?

- Si, néanmoins j'ai un match de rugby à couvrir à Rochefort, ce n'est pas si loin d'ici. Du coup, j'ai décidé de rester un peu plus longtemps. Ça te tente de m'accompagner ? Je me dis que ça pourrait occuper une de tes soirées de vacances et de voir à quoi ressemble le continent.
- Je connais le continent, j'y habite. Et, tu penses que mes soirées sont pourries parce que je suis seule ici en vacances ? Je te donne l'impression d'être dépressive ou en manque de vie sociale ?
- Non, pardon, je ne voulais pas... non je sais que *Prince* te tient compagnie, me répond-il avec un large sourire moqueur.
- Tu es là depuis quand ?, dis-je, rouge avoisinant le pivoine. *Encore une variation du rouge, j'augmente ma palette.*
- Depuis « Purple », je crois. J'étais dans le jardin en train de bosser. Je t'ai entendue. J'ai juste pris le temps d'appeler pour voir si je pouvais avoir une place supplémentaire et je suis venu. Alors ça te dit ? Tu n'as rien à gérer, je t'emmène et te ramène saine et sauve, je te promets.
- Un match de rugby tu dis ?
- Oui LE sport régional évidemment... Je suis journaliste sportif, c'est pour le boulot. Au moins, je ne serais pas seul. Tu me rends service. S'il te plaît..., ajoute-t-il d'une voix de petit garçon implorant.

Je m'entends accepter, après tout, je dois apprendre à être spontanée. Aller voir un match de rugby avec un inconnu de l'autre côté de l'océan est un bon début.

CHAPITRE VII

Le match que nous nous apprêtons à aller voir, oppose vraisemblablement Rochefort à Pessac. Pour le coup, c'est une vraie découverte pour moi. Tant sur ce sport, que sur les villes que je ne connais que de réputation. Je ne sais pas trop comment m'habiller. Jean, tee-shirt blanc, blazer bleu et Stan Smith font l'affaire, du maquillage très léger sur les yeux, un chignon bun. Ma préparation est rapide. Après tout, c'est du sport.

Alors que je passe le seuil de la porte, je tombe nez-à-nez avec Baptiste. Muni d'un large sourire, il me dit qu'être habillée me va bien. Je ne sais pas s'il fait allusion à mon côté dévêtu de cet après-midi ou à mon côté sac à patates depuis que je suis arrivée. Je me contente donc de rougir en guise de réplique fulgurante. Apparemment, c'est devenu ma spécialité.

La route se passe assez vite. Baptiste est habile dans l'art de la conversation. Il me parle de sa famille, de sa sœur, de son enfance, de sa passion pour le sport, de son côté épicurien. Je me plais à l'écouter et à répondre à ses questions.

Autant son enfance est similaire à la mienne, autant nos vies d'adultes sont diamétralement opposées. Je suis en couple depuis quelque chose qui se rapproche de « toujours », j'ai un enfant, je suis casanière et ma vie est faite d'interdits divers et variés. Il est célibataire depuis quelques mois même si je pense que nous n'avons pas la même définition du statut. Je crois comprendre qu'il a vécu avec plusieurs filles auparavant. Il aime voyager, a d'ailleurs pas mal de destinations en projets. Il aime le bon vin, la bonne bouffe, passer du temps avec ses amis, aller à des concerts et des festivals.

Je me sens cruche, je ne connais pas tout ça. Mais il parle alors je n'ai pas besoin de développer ma partie. Les questions qu'il me pose sont liées à Bérénice, il semble vraiment s'y intéresser.

Le match nous permet d'inverser les rôles. Je vis chaque minute intensément. Je décide de soutenir Rochefort pour des raisons totalement arbitraires et subjectives : Jean Rochefort est formidable dans *Le château de ma mère* qui est l'un de mes films préférés. Baptiste, lui, est sérieux et appliqué. Il note chaque action sur un petit calepin. Il ne vit pas les points comme je les vis. Alors que je vibre, il écrit, pendant que je crie, il regarde sa montre. Quelle étrange manière de vivre sa passion.

Je le vois enfin se détendre lors du coup de sifflet final. Il me sourit.

- Tu as aimé ?, me demande-t-il.
- Oui, beaucoup. Pourquoi ? Pas toi ?
- Si bien sûr, c'était un très bon match, tu as eu de la chance.
- Je te fais confiance, tu es meilleur juge de la qualité que moi, lui dis-je en souriant.
- Tu me fais confiance aussi pour le resto ?
- Un resto ?... Oh non, ne te dérange pas pour moi, je mangerai un bout en rentrant chez Léon.
- Allons, il est passé 20h. Tu crois vraiment que je vais refaire la route le ventre vide ? Viens, je t'emmène à *la Cantine*, tu verras : c'est délicieux.

J'hésite, je ne m'y attendais pas. Sébastien et moi n'allions jamais au restaurant, il n'aime pas ça. Je suis surprise de cette invitation, je crois qu'en dehors de mon cadre professionnel, je n'y suis pas allée depuis des années. Mon silence doit traduire mon mal-être.

- Tu me rendrais service, j'ai besoin des impressions de la plus grande cheerleader de Rochefort, dit-il comme pour me taquiner.

Je souris, mon sourire doit traduire ma réponse...

***

La « Cantine » est un restaurant intimiste à l'univers feutré. La décoration est vintage, l'atmosphère agréable. Je regarde la carte, j'opte pour une salade. Normalement, le soir, je mange très peu... De vieux démons qui ne veulent pas se déloger... Baptiste opte pour un double burger raclette sauce au poivre mais il souhaite que nous prenions un apéritif avant de manger.

De nouveau, je le sens beaucoup plus à l'aise que moi pour le choix de sa boisson. Il est gentil, avec moi, avec le personnel, courtois, poli... Dans ses yeux, je ne vois pas le reflet d'une cruche. Comme si, quoi que je fasse, il ne porterait pas de jugement négatif. Même si c'est un peu déroutant, c'est agréable.

Je l'écoute. Il me parle de son métier, d'une blessure qui lui a fait stopper sa carrière sportive pourtant prometteuse, de sa principale ambition dans la vie : être heureux. Ni plus ni moins.

- Il est bon ce vin, tu veux goûter ?, me dit-il.
- Non, merci. Je suis désolée, mais je pense que ce serait du gâchis, je n'y connais absolument rien.
- Pourquoi tu es désolée ? Je vais te montrer comment on goûte un vin, après tu as le droit d'aimer ou pas. Regarde, tu prends le verre, tu sens le vin. Ensuite, tu le fais un peu tourner dans ton verre pour l'aérer : ça fait ressortir les arômes. Sens à nouveau et trempe tes lèvres.

Je m'exécute un peu gauchement et réalise toutes les étapes comme il me les a décrites. Le vin pique un peu puis s'arrondit comme s'il fondait dans la bouche me laissant un goût de bois et de noix trop mûre, peut-être du champignon en fait. Je n'ose pas lui dire que cette saveur est assez spéciale, trop. Comme une incompatibilité avec mon palais. Mais il semble lire dans mes pensées.

- Ton palais finira par se faire, je t'apprendrai, me dit-il en souriant du coin des lèvres. Mais pour commencer, tu devrais prendre un blanc liquoreux. Pourquoi pas un Côte de Gascogne. Ça te dit ?

- J'ai déjà commandé un coca zéro, c'est gentil.
- Je ne comprends pas, Louise. Tu as le temps, tu ne conduis pas, tu es en vacances, j'imagine que tu dois compter sur les doigts d'une main les soirées sans ta fille. Tu sais que tu as le droit de prendre un peu de bon temps aussi ? Je ne veux absolument pas te forcer mais le vin c'est le partage, de la convivialité, de bons moments.

Ces mots sont un uppercut, je suis là pour ça : prendre du bon temps. J'accepte sa proposition et décide autant que possible d'arrêter de penser. Le vin aidant, je me surprends à rire volontiers à ses anecdotes d'enfance. Je comprends que ses parents sont très aimants, que sa famille est soudée. Je lui explique les raisons de ma venue, de la séparation aux souvenirs de cette île. Le temps passe et nous réalisons que nous sommes les bons derniers dans le restaurant. Il est temps de libérer nos hôtes pour qu'ils puissent enfin retourner chez eux.

Baptiste me ramène à bon port comme il me l'avait promis. Sur la route, il me parle de sa sœur, il me dit que je l'apprécierais sans doute. Je ne suis là que quelques jours, je sais que je n'en saurai jamais rien. Mais je m'intéresse. Elle est plus jeune que lui, en couple depuis des années. Le grand frère s'inquiète pour sa sœur qu'il trouve un peu éteinte depuis quelque temps. J'ai de l'empathie pour cette fille dont je ne connais que le prénom : Stéphanie. Nous passons le pont, signe que la soirée s'achève. Je regarde les lumières défiler, j'aime revenir sur cette île même si je ne l'ai quittée que quelques heures.

Nous nous garons devant nos maisons voisines l'une de l'autre, et sortons de la voiture. Baptiste me ramène devant mon portail.

- Merci pour cette belle soirée inattendue Baptiste, je crois que c'est ce dont j'avais besoin en fait. Merci... vraiment..., lui dis-je sincèrement.
- Je suis ravi que ça t'ait plu et merci de m'avoir accompagné, me dit-il en fixant son regard dans le mien avant d'ajouter, je suis juste navré que tu nous quittes déjà après-demain.

Un frisson me parcourt le corps, je décide de me hâter pour rentrer. Je ne sais pas ce qu'il essaie de me dire, ce qu'il attend. Je ne suis pas encore en mesure de m'ouvrir à ce genre de situation, peut-être ne le serais-je jamais. Je le salue brièvement avant d'ouvrir ma porte et de m'éclipser définitivement. Je le vois me sourire. Cet homme a décidément beaucoup de charme.

CHAPITRE VIII

Ma dernière journée de vacances s'achève, je suis heureuse. Je sais que je vais retrouver Bérénice, elle me manque terriblement. Je pense que je ne serais pas aussi bien si je n'avais pas cette perspective de revenir assez vite. Je le dois à Léon. Cet homme laissera une empreinte sur moi, je le sais déjà. Il est bon, doux, gentil, d'une culture incroyable. Je le trouve tellement attendrissant. Je sens une profonde tristesse qui le gouverne. Il n'en fait pas part, ne se plaint pas : ça se devine, c'est tout. J'aimerais pouvoir l'aider, cependant je ne suis personne, juste de passage dans sa vie.

Ma valise est quasiment faite, je pars aux aurores demain matin. Je ne peux pas partir sans aller saluer les Duchemin. Madeleine m'accueille comme si je faisais partie de la famille. Je ne l'ai vue que trois fois : Baptiste a raison de dire qu'il fait partie d'une famille généreuse. Elle m'invite à m'installer dans sa cuisine. Elle est en train de préparer l'arrivée de sa fille et de son gendre pour le week-end. Elle a l'air heureuse de les accueillir.

- C'est dommage que tu partes, tu aurais rencontré Stéphanie, me dit-elle en découpant les carottes.
- Oui Baptiste m'en a parlé. Il m'en a dit le plus grand bien. Vous avez un couteau que je vous aide ?
- Ils se sont toujours bien entendus, on a de la chance, me répond-elle en me tendant l'objet.
- D'ailleurs, je n'ai pas vu la voiture de Baptiste, il est parti ?, dis-je l'air le plus détaché possible.

- Oui, on l'a appelé ce matin, il doit remplacer au pied levé un collègue sur un évènement. Ne me demande pas trop quoi, j'ai juste compris qu'il serait là pour demain midi à l'arrivée de sa sœur. C'est un vrai nomade celui-là.
- Oh…, je tente de cacher ma déception que j'ai du mal à comprendre moi-même. Stéphanie habite à Nantes, c'est ça ?
- Oui, elle y est partie pour les études et elle n'est jamais revenue. Elle a rencontré l'amour, qu'est-ce que tu veux ? On ne peut pas lutter, me répond-elle en souriant.
- C'est effectivement une bonne raison. Vous habitez ici depuis longtemps Madeleine ?
- Depuis 30 ans, j'étais enceinte de la petite. Oh, je l'appelle la petite, si elle m'entendait !

Je sens que Madeleine est surexcitée à l'idée de retrouver sa fille. Elle prend l'ensemble des cubes de carottes pour les mettre dans un saladier et ramène d'une desserte au fond de la cuisine, des aubergines et des courgettes. Après les avoir lavées, en m'expliquant que le couscous est une de ses spécialités qu'elle a apprise d'une amie marocaine, elle les amène à table pour que nous poursuivions nos découpes.

- Nous ne serions jamais restés sans Léon. Cet homme est un sain. J'exagère à peine. Et si tu avais vu comme ils étaient amoureux avec Jean. Ils étaient inséparables et complémentaires à la fois. Jean au jardin, Léon à la cuisine. Léon le timide, Jean aussi sociable qu'un homme politique en pleines élections. Vraiment, c'est dommage qu'il soit parti si vite.
- Que lui est-il arrivé ?
- Quand je dis vite, il n'était pas si jeune, quoi que… 75 ans… mais il a eu un cancer du poumon décelé en janvier il y a trois ans. En juillet, il partait d'une infection pulmonaire. Je crois qu'une partie de Jean a arrêté de respirer en même temps.
- C'est beau ce que vous dites Madeleine, c'est triste, mais beau.

- Ce n'est pas de moi, c'est de mon Baptiste, il en a dans la tête celui-là. C'est le genre à mettre des costumes et à savoir discuter avec des gens importants...
- Madeleine, vous êtes toute aussi importante que n'importe qu'elle autre personne, réponds-je comme si je pensais tout haut. Parlez-moi de Léon, comment l'avez-vous rencontré ?, dis-je pour changer de sujet.
- Mon mari était fleuriste, il tenait un stand dans le marché couvert. Il faisait toujours des prix à Jean et Léon lorsqu'ils venaient en fin de matinée au moment où il fallait écouler les stocks. Il me disait toujours « mieux vaut perdre sa marge plutôt que de jeter »... Un jour, ils ont appris que nous avions des soucis avec notre propriétaire. Celui-là, un con, j'te dis pas ! On avait des fuites d'eau partout dans la maison. On en avait même des champignons qui poussaient sur le rebord de la baignoire dans la salle de bain ! Il ne voulait rien faire ce couteau économe ! Baptiste enchaînait les bronchites, Stéphanie avait toujours froid, et lui, il s'en moquait comme de l'an quarante ! Je ne sais plus pourquoi je disais ça... Ah oui ! Léon nous a proposé de venir ici, avec un loyer si faible qu'on ne pouvait pas refuser ! Et figure-toi qu'il ne l'a jamais augmenté d'un centime ! Tu imagines ? Ici rien que sur la haute saison, il aurait pu se faire trois ou quatre fois plus...
- J'imagine surtout qu'il n'aurait sans doute pas eu de voisins aussi gentils.
- Ah c'est marrant, c'est ce qu'il m'a toujours dit...
- Vous voyez, dis-je d'un large sourire. Pourriez-vous dire au revoir à Daniel de ma part, je dois partir faire quelques achats pour rapporter des cadeaux à mes proches. Et si vous pouviez aussi saluer vos enfants ?
- Ce serait fait, me dit-elle en m'embrassant.

Madeleine et moi repartons vers la porte d'entrée qui en est une de sortie pour moi. Juste avant de la saluer une toute dernière fois, je la regarde, je m'imprègne autant que possible. « J'ai laissé pas mal de pots de confitures dans le logement pour les futurs locataires, vous les récupérerez au fur et à mesure, j'ai prévenu Léon. Mais n'hésitez pas à vous servir. C'est une vraie boutique ».

***

Ma dernière balade en vélo s'achève. Je me suis levée en même temps que le soleil, j'ai assisté à son ascension. Les lumières étaient magnifiques. J'ai eu le cœur serré tout le trajet, j'ai essayé de mémoriser autant que je le pouvais chaque centimètre parcouru. J'ai roulé plus doucement que les jours précédents. J'ai été émue au moment de payer la boulangère, elle a dû me prendre pour une dingue, surtout quand j'ai commandé huit fois la même viennoiserie.

A présent, le moment que j'appréhende arrive. Quatre jours à ses côtés, je me suis déjà attaché à ce vieil homme. Léon m'accueille avec un sourire discret.

- Je n'arrive pas à savoir si c'est une bonne ou une mauvaise nouvelle que vous partiez. Ces chocolatines vont me manquer mais certainement pas ma ligne de jeune homme svelte qui les regarde d'un mauvais œil.
- Arrêtez Léon, vous êtes d'une beauté éclatante, un vrai mannequin.
- Alors quels sont vos plans à votre retour ? *J'avais parlé brièvement à Léon de ma situation et des choix auxquels j'étais confrontée.*
- Eh bien, je pense que je vais accepter la promotion que mon directeur me propose. Ensuite, je vais faire les démarches pour reprendre le crédit de la maison à mon compte, cela permettra à ma fille de ne pas déménager, dis-je en soufflant.
- Ça en fait des projets pour un seul petit bout de femme. Vous n'allez pas beaucoup vous reposer. Croyez le vieux débris que je suis Louise, on a qu'une seule vie et elle est courte, ne passez pas à côté. Prenez le plus de bon temps possible avant qu'il ne soit trop tard.

- Je sais Léon, ce sera après. Je fais justement tout cela pour penser un peu à moi. Bon, il est temps que je parte. Il y a une petite fille qui n'attend que de revoir sa mère, dis-je la voix tremblante.

Léon me raccompagne jusqu'à ma voiture. Nous discutons de son jardin, des travaux qu'il envisage après la saison. Je lui propose mon aide, je lui dis que je serai ravie de le revoir dans deux mois. Son dos se courbe, le poids de la solitude le pèse. J'ai l'impression que ma présence bien que très éphémère lui a fait du bien. Je lui demande alors si je peux l'appeler à l'occasion. Ses yeux s'illuminent.

- Bien sûr, n'hésitez pas. Si vous avez besoin d'un conseil, le vieux sage pourrait vous guider.
- Léon, arrêtez de dire que vous êtes vieux. Je connais des gamins plus âgés que vous.
- Faites attention à la route et bonnes retrouvailles avec Bérénice. Dites-lui d'être gentille avec sa maman.
- Elle l'est toujours Léon, dis-je en ouvrant la portière. Au fait, la maison est propre, les fenêtres sont ouvertes, j'ai voulu aérer. Et cerise sur le gâteau, les draps sont dans la machine à laver, j'ai demandé à Madeleine d'aller les étendre dans la matinée.
- Vous êtes une sainte Louise. Merci.
- Non Léon, c'est juste normal. A bientôt, prenez-soin de vous.

Je ferme la portière et démarre ma voiture. Un dernier signe de main, un dernier regard vers la *villa Pomme*, puis la *petite Cerise*. Je regarde la maison des Duchemin, *la maison Abricot*, la voiture de Baptiste n'y est pas. Je termine mes adieux par cet être qui m'est cher : l'Océan. Qu'il va me manquer ! Je n'ai que quelques semaines à attendre mais qu'est-ce que ce sera long… J'ai tellement hâte de faire découvrir ces lieux à Bérénice, ainsi qu'à Annabelle. Mes larmes montent, décidément, je ne suis pas faite pour les longues routes.

CHAPITRE IX

Il est presque 16h lorsque je me gare devant chez mes parents. La route a été calme, je ne me suis arrêtée que pour faire le plein de ma voiture et acheter un sandwich que j'ai mangé en roulant. Je ne voulais plus attendre.

Je rentre dans la maison, je vois Bérénice en train de faire un puzzle constitué de grosses pièces de bois. Elle lève les yeux vers moi et s'écrie « Mamaaaan ! » en courant dans ma direction. Qu'il est bon d'entendre ce mot dans cette petite bouche tout innocente. « A bras, à bras !», me dit-elle. Je ne me fais pas prier. J'embrasse chaque centimètre de son visage, je respire ses cheveux. Elle me serre autant que je la serre.

Ma mère interrompt ces retrouvailles, je la sens arriver derrière moi. Elle était sans doute dans la cuisine.

- Tu as fait bon voyage, me demande-t-elle ?
- Très bien, merci, dis-je en l'embrassant, ma fille, toujours à bras.
- Il était temps que tu arrives, ça devenait trop long pour elle.
- Pour moi aussi maman, ça fait du bien de la voir.
- J'espère au moins que ça a été utile..., lance-t-elle sans ménagement.
- Et papa, il est là ?, dis-je pour ignorer sa remarque.
- Je t'ai dit de lui laisser du temps.
- Il a dix ou soixante ans ?, m'entends-je répondre.
- Un peu de respect tu veux ?
- Pardon, je n'aurais pas dû. Mais en ne me disant plus bonjour et en m'évitant, c'est lui qui me manque de respect non ?

- Mais enfin Louise, tu t'attendais à quoi ? Qu'est-ce que les gens vont penser ?
- Vous avez honte de moi ?
- De ce que tu fais...
- Mais enfin, vous ne pensez pas que...
- Louise, tu as choisi Sébastien, tu as décidé de faire un enfant avec lui, il faut que tu assumes. Ça, c'est sûr, j'aurais préféré que tu prennes un fils de médecin ou de dentiste... mais tu as toujours été butée. Maintenant arrête tes enfantillages. Il ne manquerait plus que tu aies une réputation de Marie-Couche-Toi-Là.

J'ai un nœud à la gorge, je souffre de retenir mes larmes ou de crier, je ne sais pas. Elle a déballé tout ça devant ma fille qui, après quatre jours de séparation, entend que sa mère est une moins que rien, une mauvaise personne, qui n'a pas de compassion pour son père. Je rassemble ses affaires en silence tout en la gardant à bras. Le temps me paraît infiniment long. J'ai hâte de sortir de cet endroit. Je passe enfin la porte et trouve la faible force de lui dire quelques mots avant de partir.

« Merci pour Bérénice ».

**

J'ai proposé à Annabelle de venir passer la soirée avec moi : la conversation que j'ai eue avec ma mère m'a bouleversée. Je n'ai ni l'envie ni le courage de passer la soirée à ruminer. Je sais que ma meilleure amie saura m'aider à me détacher de ces mots assassins. Elle a cette capacité à me donner du courage et me rassurer. Je l'ai appelée il y a une heure à peine, elle a accepté au pied levé. C'est ça Annabelle : la générosité incarnée. Elle doit arriver après vingt heures juste avant le coucher de sa filleule.

Parce que dans un premier temps, j'ai besoin de me retrouver seule avec ma fille en tête-à-tête. Nous l'avons bien mérité toutes les deux.

Bérénice et moi avons fait des cupcakes en rentrant chez nous, je sais qu'elle aime la pâte à gâteau crue, elle en a mangé plus que de raison mais qu'importe : je la sens heureuse de me retrouver. Qu'ils sont bons ces moments passés avec elle. Nous avons poursuivi nos activités avec son circuit de billes qu'elle affectionne par-dessus tout. Et là, c'est l'heure sacrée du bain. Elle joue avec ses poissons, leur parle. Dans son monde, elle gère les acteurs, les scenarii et les chutes. Si la vie pouvait être comme cela… Elle souhaite que je reste près elle, quitter la pièce n'est pas une option. J'obéis volontiers, rien n'est plus important à cet instant que de la voir barboter.

J'en profite pour appeler Léon, j'espère qu'il ne m'en voudra pas de cette familiarité. Après tout, je ne suis qu'une locataire de passage. Mais je ressens le besoin de savoir si tout va bien pour lui, si mon île n'a pas disparu.

- Allô, dit une voix assez faible.
- Léon, c'est Louise, je viens aux nouvelles, ça a été votre journée ?
- Oh Louise, comme c'est gentil. Comment allez-vous ? Les retrouvailles avec Bérénice étaient à la hauteur de vos attentes ? me demande-t-il d'un ton plus guilleret.
- Très bien, elle est justement à côté de moi, elle prend son bain. Et vous ? Vos nouveaux locataires sont arrivés ?
- Oui, ce sont quatre jeunes, je sens déjà qu'ils vont me saccager le canapé. Je me fais trop vieux pour tout ça…
- S'ils vous embêtent : dites-le-moi, je débarque, réponds-je sur le ton de la rigolade surprise de ses propos.
- Je vous prends au mot Louise.
- N'hésitez pas si besoin, dis-je simplement et sincèrement.
- Merci, c'est gentil.
- Léon ?
- Oui ?
- Je pourrais vous rappeler le week-end prochain ?
- Avec plaisir, me répond-il apparemment surpris et touché.

Je raccroche après l'avoir salué. Je me demande si les locations sont pour lui une nécessité financière. C'est vrai qu'à son âge, cela doit être fatigant de gérer toutes ces contraintes. Je me sens contrariée, comme si je culpabilisais de lui avoir imposé ma présence.

Une notification me signale qu'Annabelle est en bas devant la porte d'entrée. Je l'invite à nous rejoindre dans la salle de bains : elle connaît la maison.

J'ai le droit à une énorme accolade, Bérénice l'accueille chaleureusement à coups de « Marraine », « je peux sortir ? », « à bras ! ».

Nous nous empressons de la sécher et de la mettre en pyjama. Comme à son habitude, ma meilleure amie a amené de quoi manger pour quinze. Elle ne connaît pas le concept « d'invitation ». Plateaux de crudités, biscuits apéritifs allégés, du kirithon comme elle se plaît à appeler sa préparation, et le nécessaire à mojitos. Je l'ai toujours connue au régime mais pas vraiment au régime quand même.

Nous nous installons pour les heures à venir dans mon canapé. Je lui raconte mes vacances en omettant volontairement certains détails et lui apprend qu'elle est invitée dans quelques semaines à m'y rejoindre.

- Génial !!! C'est vrai ? On va se faire des vacances ensemble ??
- Oui mais attend, la condition pour la gratuité du séjour, c'est d'aider le propriétaire à nettoyer la maison et le jardin, peut-être même à peindre quelques trucs. Il y aura sans doute un ou deux coups de pinceaux à mettre.
- Ouais bon, c'est toi qui géreras ça, moi je gère le soleil. Je suis trop contente ! On va se faire une semaine girly les meufs !!
- Attention à la manière dont tu parles devant ma fille toi, dis-je en souriant tout en le pensant réellement.
- Pardon ma chérie d'amour, marraine est une mauvaise graine, elle ne devrait pas parler comme ça, dit-elle en la soulevant dans ses bras.

Après avoir couché Bérénice, je m'accorde enfin mon premier mojito et Annabelle s'accorde à me poser des questions plus directes. Je lui raconte l'échange que j'ai eu dans l'après-midi avec ma mère. Elle écoute sans mot dire jusqu'à ce que je termine mon récit.

- Ton verre est vide, je t'en refais un ?, me dit-elle.
- C'est tout ?, dis-je surprise. Tu n'as rien à commenter ?
- Ben quoi, tu l'as bien mérité de boire un peu, me répond-elle en se levant avec mon verre. Tu es entourée de cons, encore heureux que je relève le niveau de tout ça... Ah non ta sœur, elle est bien elle...

Je ne peux m'empêcher de pouffer. Je la vois déjà en train de détacher les feuilles de menthe impassible. Je crois qu'elle réfléchit aux mots qu'elle va prononcer.

- Tu sais, tes parents ont toujours été dans le « paraître ». Ne le prends pas mal, mais ils se soucient plus de l'image qu'ils reflètent que de ton bonheur. Ce n'est pas qu'ils ne t'aiment pas : loin de là. Mais cette obsession de passer pour quelqu'un de bien passe au-dessus de tout le reste. Tu as de la chance : tu vaux mieux que ça. Tu es une belle personne, pas besoin d'essayer de le montrer ou de le faire croire...
- Oui... mais c'est dur de ne pas se sentir soutenue dans tes décisions. J'en arrive à douter parfois...
- Faut pas. Je suis là pour toi et surtout : tu es là pour toi, comme jamais tu ne l'as été. Si tu ne vis pas ta vie, personne ne la vivra pour toi. Il serait peut-être temps que tu t'y mettes.

J'intègre ces mots simples et pourtant remplis de sagesse. Il est temps que je me détache de cela et que je trouve assez de confiance en moi pour faire mes propres choix sans me soucier du regard des autres. Je ne dois pas être comme mes parents.

- Au fait, tu as réfléchi à la promotion ? Tu dois donner une réponse après-demain non ?, me demande-t-elle en me tendant mon verre.
- Tu crois que j'ai le choix ?
- Non ma vieille.

- C'est bien ce que je me dis... En d'autres circonstances, j'aurais été ravie, toutefois j'ai peur que ça fasse beaucoup.
- Beaucoup pour qui ?
- Pour moi déjà : la séparation, le rachat de la maison... et pour Bérénice aussi. Qui va la gérer durant mes absences ? Parce que des déplacements aux quatre coins de la France, il va y en avoir. A mon avis, pas Sébastien... Elle ne va pas comprendre grand-chose.
- Je t'aiderai... une marraine, c'est fait pour ça aussi...
- Merci c'est gentil, ça me soulage déjà. Mais le soir et le matin ? Je vais avoir des horaires de dingue.
- C'est là qu'il faut que tu imposes tes modalités auprès de Christian. Tu acceptes à condition que tu fasses une partie de ta journée de chez toi, lorsque la petite est couchée.
- Pas bête... C'est une excellente idée même !, réponds-je rassurée.
- Ouais j'y ai pensé pour toi forcément... Il reste quand même un sérieux problème....
- Lequel ? *Je m'inquiète de ne pas avoir pensé à tout.*
- Tu fais comment pour te trouver un mec ?
- Un mec, lui réponds-je en m'étouffant. Pourquoi faire ?
- A ton avis ? Jouer au scrabble. Elle est bête celle-là.
- C'est trop tôt.
- Tu attends d'avoir les tétons à la hauteur des genoux pour les montrer à un bel inconnu ?

J'éclate de rire. L'alcool et Annabelle sont les meilleurs ingrédients pour parvenir à me détendre. J'hésite à lui parler de Baptiste, j'ai peur qu'elle se précipite dans une brèche qui n'existe pas. Nous passons le reste de la soirée à discuter, boire (plus que jamais en ce qui me concerne), l'insouciance est agréable. La liberté aussi.

CHAPITRE X

Octobre 1973

Léon a vingt-huit ans lorsqu'il franchit pour la première fois le pont de l'île d'Oléron. Une île dans un pays qui lui est inconnu, bien qu'il ait appris la langue depuis son plus jeune âge. Il est en manque de repères, il n'a plus de patrie. Celle qui l'a vu naître le répugne.

Ici, les paysages sont différents, tout est sauvage, la nature est reine. Les odeurs aussi le surprennent. L'océan fort, violent parfois, est pourtant source de vie. Il a eu le temps de le regarder, de l'admirer... cinq jours qu'il est là, à traîner, à errer sans but. Il ne sait plus où aller.

Il n'a pas mangé depuis hier matin, il ne sait pas où il va dormir ce soir. Il s'en moque, il voudrait mourir, écourter cette vie qui ne l'a fait que souffrir. Si son corps pouvait le lâcher durant la nuit, il en serait soulagé, mais il sait que le destin ne sera pas aussi clément avec lui. Il va continuer à lui infliger des peines encore et encore.

Le mois d'octobre s'achève. Le vent est déjà glacial, il lui transperce la chair jusqu'à atteindre ses os. Il est assis sur un banc lorsqu'un homme vient se poser à ses côtés.

- Vous voulez une cigarette, lui demande-t-il.
- Non merci, je ne fume pas...
- Allemand ?
- Cela s'entend tant que ça ?
- Disons que c'est un accent facilement reconnaissable...

Un ange passe, Léon n'a pas la force ni l'envie de faire la conversation. Cela ne semble pas freiner le jeune homme qui poursuit :

- Un plat chaud alors ?
- Pardon ?
- Je vous invite à manger. Je n'habite pas très loin.

Pour la première fois, Léon tourne la tête vers lui, vers cet homme qui changera sa vie, il ne le sait pas encore. Il le regarde dans les yeux, il y voit des étincelles qui lui manquent, de l'espoir qu'il n'a plus.

- Et pourquoi feriez-vous cela ?, demande Léon maladroitement.
- Acceptez, vous n'avez pas grand-chose à craindre si ce n'est de faire face à mes piètres talents culinaires...

Léon hésite, que risque-t-il après tout ? On ne peut rien perdre lorsque l'on n'a rien. Il finit par acquiescer de la tête sans dire un mot. Les deux hommes se lèvent. Le premier courbé, le visage terne, suivant le second droit et lumineux.

***

- Vous vous appelez comment ?, demande l'hôte à Léon en lui servant un verre de vin.

Léon observe la maison, elle est petite mais propre. Une tapisserie florale orangée recouvre les murs du séjour, un immense buffet en merisier sculpté encombre une partie de l'espace, il manque un peu de luminosité, néanmoins l'endroit est chaleureux.

- C'est un meuble que j'ai hérité de ma mère, dit le jeune homme qui observait son invité contempler la pièce. La pauvre est partie trop tôt, son cœur trop généreux n'a pas tenu le coup.
- Je suis désolé, dit sincèrement Léon.
- Alors, vous ne répondez pas ?, insiste-t-il.
- Auguste et vous ?

- Vous pensez vraiment que mentir à quelqu'un qui vous offre le repas est digne de vous ?
- Comment savez-vous que je vous mens et pourquoi pensez-vous que je sois digne ?
- Je le sens, je le vois dans vos yeux. Je suis intuitif. Je crois ne m'être jamais trompé sur mes premières impressions.
- Il y a un début à tout…
- Jean, répond le maître des lieux après avoir longtemps fixé Léon dans les yeux. Je m'appelle Jean.

Le jeune allemand finit par céder. Quelque chose en cet homme, le rassure, lui apporte un peu de chaleur.

- Léon…
- Bien, c'est déjà mieux.
- Vous venez d'où Léon ?
- De Dortmund.
- Je comprends donc que vous ayez fait tout ce chemin. Vous êtes dans un endroit enchanteur.
- Si vous le dites…
- Et pourquoi pensez-vous que vous ne soyez pas digne ?
- C'est l'impression que je vous donne ?, demande Léon, pris de court par la question.
- Non c'est ce que vous avez sous-entendu.
- Parce que je suis faible.
- Faible ?, demande Jean en tendant à Léon un bol de soupe à la courge. Pourquoi donc ?
- Parce que je n'ai pas le courage de mes envies.
- Et de quoi avez-vous envie ?
- De me venger… De reprendre la vie à celle qui me l'a volée…

CHAPITRE XI

Ma sœur nous a invitées à un barbecue juste avant nos vacances. Nous sommes dimanche, il fait beau et chaud, un avant-goût du bonheur.

Lucie est plus âgée que moi de deux ans, elle est enseignante en biologie dans un collège. Son mari, professeur d'histoire, est d'une culture étonnante. Je me demande parfois s'il n'est pas connecté directement à une encyclopédie. Je me dis souvent que c'est un absolu gâchis qu'il n'ait pas fait une grande carrière... Mais je n'oserai jamais le dire à voix haute : la plus grande des responsabilités pour lui est de faire grandir ses élèves. Selon lui, le plus noble des métiers, il a la chance de le faire. Alors j'ai un peu honte parfois de ne pas servir aussi mon prochain avec autant de passion et d'altruisme.

En plus de son intelligence, Olivier est attentionné surtout lorsqu'il s'agit de ma sœur. Il a toujours le mot pour rire et la rassurer. Je l'ai vue au fur et à mesure des années s'épanouir à ses côtés. J'en suis heureuse. Le chemin était mal entamé pour elle.

Lucie aime par-dessus tout, ces moments de convivialité familiaux... enfin... si l'on considère que la famille exclut nos parents. Du haut de ses trente-trois ans, une certaine rancœur la gouverne encore et il lui est difficile d'être toujours affectueuse avec eux. Alors s'abstenir de les voir est parfois la meilleure solution. Ma sœur a plus de caractère et de courage que je n'en aurai jamais, elle ne mâche pas ses mots alors que je réponds souvent par le silence.

Mes deux neveux, Louis et Antoine de sept et dix ans, sont évidemment présents. Ils sont cancres mais foncièrement gentils. Ils jouent avec Bérénice avec la plus grande bienveillance espiègle. Que vont-ils encore lui apprendre à l'école de la vie, aujourd'hui ?

- Comment se passe ton boulot ?, me demande Olivier. Lucie m'a dit que tu allais avoir une promotion ?
- Tu peux passer du futur au présent… mon directeur élargit déjà ma mission, contrairement à sa promesse d'attendre septembre. J'ai passé un mois de juillet de dingue, je ne compte pas mes heures, surtout le soir alors que Bérénice est couchée. J'ai hâte d'être en vacances la semaine prochaine.
- J'espère que tu vas partir sans ton ordinateur là-bas…, intervient ma sœur.
- Je ne peux pas. Pas pour l'instant… Le travail est plus complexe que ce à quoi je m'attendais mais le challenge est stimulant. Ça me plaît d'apprendre des choses. Néanmoins, je sens déjà que certains sujets me dépassent. Pas parce que je n'ai pas la capacité de les gérer mais parce que je n'ai pas le temps de les appréhender comme je le souhaiterais. La charge est énorme.
- Fais attention à toi, tu as plus essentiel dans la vie, me dit Lucie en regardant Bérénice.
- Je sais, je ne le sais que trop bien… C'est pour cela que, quand Sébastien accepte de la prendre le week-end, je rattrape le temps que je n'ai pas assez eu la semaine.
- Et du temps pour toi, tu en as quand ?, demande mon beau-frère en train de verser le charbon dans le barbecue.
- Ça viendra…, réponds-je en acceptant le verre que me tend ma sœur.
- Aujourd'hui déjà est un bon moment, n'est-ce pas ?, me dit-elle en souriant avant d'ajouter. De toute façon, je vais veiller au grain. Tu n'as pas quitté une prison pour en intégrer une autre.
- De quoi tu parles ?, dis-je naïvement.

- A ton avis ? De Sébastien.
- C'est ce que tu penses ?, dis-je réellement étonnée.
- Tu le sais qu'on le trouvait trop dur avec toi. On ne te l'a jamais caché.

Je regarde tour à tour ma sœur et son mari qui ne semble pas aller contre l'avis de sa femme. C'est vrai qu'ils m'avaient à plusieurs reprises demandé de prendre plus soin de moi et de m'affirmer davantage. Je n'avais jamais pris leurs paroles au sérieux, leur couple parfait me paraissait hors de la réalité et donc inaccessible.

- Ce n'est pas l'avis des parents, dis-je en baissant les yeux, honteuse de remuer certains souvenirs.
- Laisse-les où ils sont. Ils ont déjà fait assez de mal comme ça.

Je ne continue pas sur la thématique, je sais que ce sujet est douloureux pour ma sœur. Nous regardons les enfants jouer dans le jardin et mettons la table alors que la viande est doucement en train de cuire.

- Tes valises sont prêtes ?, me demande Lucie.
- J'ai juste commencé, il me reste quelques jours avant le départ. La voiture va être bien chargée entre les affaires d'Annabelle et celles de Bérénice.
- On peut te filer notre coffre de toit si tu veux... Et tu as des nouvelles du propriétaire ? Il est toujours partant pour t'offrir des vacances ?, intervient Olivier.
- Oui, je l'ai appelé à plusieurs reprises, je ne le connais pas assez pour juger complètement mais il m'a l'air fatigué. La semaine dernière, il m'a annoncé que ses voisins locataires avaient acheté un camping-car. Il avait l'air contrarié de cette histoire.
- Et en quoi ça le peinerait, ils font ce qu'ils veulent ces gens, non ?
- Je ne sais pas justement. C'est quelqu'un de profondément tolérant, je ne le vois pas se mêler de la vie des gens.

Le repas est achevé depuis une bonne heure, j'attends que Bérénice se réveille de sa sieste. Ma sœur et moi en profitons pour faire un peu de farniente dans son jardin, allongées dans des hamacs sous un grand noyer. Elle me raconte les vacances qui viennent tout juste de s'achever pour elle, leur destination a été le Lavandou comme depuis des années. Elle a déjà hâte de partir à nouveau dans cette région qu'elle aime tant. Deux mois de vacances ne lui suffisent pas. Pourtant, ses élèves lui manquent, je le ressens.

De mon côté, je lui relate mon début d'été. Les journées passées à la plage avec Bérénice, sa découverte du sable pas aussi joyeuse que je ne l'aurais souhaité. Les balades du dimanche après-midi à bord de sa draisienne, les pique-niques improvisés avec sa marraine. Ces moments passés avec ma fille sans regarder les heures défiler qui m'ont fait un bien fou autant qu'à elle. Je raconte aussi à Lucie que j'ai pu toucher du bout des doigts à la vie d'adultes. J'ai en effet expérimenté, non sans appréhension, mes premières sorties dans des bars le vendredi soir avec des collègues, ce qu'ils appellent des afterworks. Je lui explique aussi que je suis allée à un festival avec Annabelle, le premier de ma vie.

- Tu as aimé ?, demande-t-elle.
- Au début, j'étais hyper mal à l'aise, mais Annabelle m'a aidée à me sentir mieux.
- Pourquoi tu n'étais pas bien ?
- Pour plein de raisons, je me sentais cruche. Je culpabilisais d'être là plutôt que de m'occuper de Bérénice.
- Eh ben dis donc, ils t'ont bien lobotomisé les parents et Sébastien... Tu as le droit de prendre du temps pour toi bon sang ! Ta fille se sentira d'autant mieux si sa mère est épanouie.
- Bref, dis-je pour éviter le sujet. Lorsque j'ai réussi à me détendre, j'ai adoré. C'était canon. Il y avait des Food trucks un peu partout, les gens étaient hyper sympas. Les artistes déchiraient, je les écoute en boucle

depuis. J'ai fait le plein d'émotions, je pense sincèrement que je me souviendrai longtemps de ce festival.

- C'était quoi comme festival ?
- Le Main Square, dis-je d'un ton enthousiaste. Il y avait Sam Smith, Muse, IAM, Oscar and the Wolf...
- Tu m'étonnes que ça t'ait plu, Olivier et moi, on y est allés pas mal de fois. Il faudrait d'ailleurs qu'on s'y remette, on prend la poussière là, dit-elle en souriant.
- C'est vraiment le genre de choses que je n'aurais pas pu faire avec Sébastien, dis-je en repensant au père de ma fille.
- Ça se passe comment avec lui en ce moment ?, me demande-t-elle.
- C'est compliqué. Il n'a pas le temps pour la petite, je sens qu'elle se détache de lui. Et en toute sincérité, ça me gêne. Ce n'est pas un étranger, cela ne le sera jamais. J'y tiens. Et sur le plan financier, il doit acheter de nouvelles machines, il me dit que c'est à cause de moi s'il ne peut pas investir plus vite. Je suis un frein, nous sommes un frein à son expansion et à sa réussite. Tu te doutes bien que les menaces sur une éventuelle pension alimentaire vont bon train.
- Tu as toujours été sa vache à lait, s'enflamme Lucie. Et sa fille, ce n'est pas un bouche-trou. C'est facile de dire que t'es la mère donc tu gères. Quel misogyne celui-là ! Et je suis désolée de te dire, c'est vraiment un égoïste à la con. Je ne comprends même pas comment tu n'as pas pu t'en rendre compte plus tôt.

Je rigole de son emportement. Depuis la fin de l'adolescence, elle n'a cessé de s'affirmer. J'admire la personne courageuse qu'elle a toujours été, et cette force qui ne cesse de grandir en elle. Elle, qui se croit fragile... Ma grande sœur est une louve pour ceux qu'elle aime, j'ai la chance d'en faire partie. Je sais que tout peut m'arriver, elle sera mon armure. Je suis trop pudique ou trop bête pour lui dire mais mon port d'attache sera définitivement toujours là où elle est, j'en suis convaincue.

CHAPITRE XII

Il est à peine midi lorsque nous nous garons devant la *villa Pomme*. La Golf décapotable de Léon est toujours là. Je suis ravie de voir que rien n'a changé et pourtant tout à la fois. La végétation est différente, l'herbe a souffert de la chaleur, le soleil est plus lumineux et plus chaud. Mais les maisons de Léon sont intactes, toujours aussi accueillantes, dans leur écrin paisible.

Je sors Bérénice qui a hâte de se dégourdir les jambes. En apercevant Léon, elle se rapproche timidement de ma jambe pour s'en faire une cachette.

- Tu dois être la petite Bérénice, lui dit le vieil homme avec un sourire chaleureux.
- Oui, lui dit-elle de son demi-visage visible.
- Ma chérie, tu dis bonjour à Léon, nous sommes chez lui ici, dis-je en la prenant dans mes bras et en m'approchant de Léon pour lui faire une bise couplée d'une accolade.

Notre hôte a l'air surpris de cet élan d'amicalité. Il caresse les cheveux de ma fille lorsque nous entendons un bruit de claquement suivi d'un juron émanant de ma meilleure amie. Sa valise s'est éclatée sur le sol alors qu'elle essayait de la sortir. Je songe alors à Baptiste qui avait étendu ses affaires à peu près au même endroit lors de ma première visite et me dis que décidément, cette rue a un pouvoir d'attraction. Léon et moi faisons les quelques pas pour la rejoindre. Je décide de déposer Bérénice pour aider Annabelle, les sous-vêtements sur le bitume ne sont pas du meilleur goût des quelques passants. Je crois voir l'œil de Léon friser malicieusement en nous voyant à quatre pattes. Je finis par m'asseoir pour éclater de rires.

- Tu trouves ça drôle ?, râle Annabelle.

- Bah oui, c'est drôle, lui dis-je simplement.
- T'as raison, finit-elle par dire en souriant avant de se redresser pour serrer la main de Léon.
- Mademoiselle, après ce que j'ai vu de vos effets, je vous propose d'éviter le formalisme et de m'embrasser plutôt que de me présenter votre main froide.
- Je comprends pourquoi Louise vous aime bien, répond-elle.
- Le coup de foudre peut aussi être amical, me dit-il en me faisant un clin d'œil.

Léon nous annonce que nous sommes invitées le soir-même à dîner. Il s'éclipse pour nous laisser arriver tranquillement. Les présentations du logement n'étant plus à faire.

Nous nous installons rapidement dans *la petite Cerise*, mes compagnes de voyage sont ravies du logement et du jardin du domaine. Bérénice est très impatiente de plonger dans la piscine. Annabelle, quant à elle, est pressée de siroter un cocktail au soleil. Je prépare la petite et la munis d'un joli maillot de bain rose et de brassards violets et laisse la grande se débrouiller. Je range rapidement les vêtements dans les armoires, prépare la salle de bain et remplis la cuisine de nos denrées. Les courses pourront attendre lundi.

Je prends quelques minutes pour observer la marraine et sa filleule. Elles sont ravies chacune à leur manière. Je suis rassurée de voir que ma fille se limite aux marches du bord de la piscine où son arrosoir et son camion ont également élu domicile. Je dépose un sandwich au pain de mie dans une assiette que je place sur une desserte au cas où la faim se ferait ressentir.

Ensuite, je demande à Annabelle de veiller sur ma fille quelques minutes afin que je puisse saluer les Duchemin, j'ai hâte de les revoir également.

***

Madeleine et Daniel sont tous les deux dans le jardin en train de nettoyer leur nouvelle acquisition, le fameux camping-car dont Léon m'avait parlé. Ils semblent ravis de me voir. Ils m'expliquent qu'ils reviennent de quelques jours passés dans le bassin d'Arcachon. Ils sont à présent revenus pour fêter l'anniversaire de Daniel qui aura soixante-sept ans dans quelques jours. Pour l'occasion, les enfants sont conviés et passeront la semaine chez leurs parents.

- Tu sais que tes confitures ont fait fureur ?, me dit Madeleine. Je me suis permise d'en prendre quelques pots pour les faire découvrir à mon club de lecture. Madame Poissonnier veut savoir si tu en vends, elle adore.
- Non du tout, dis-je en éclatant de rire. Mais s'il en reste, je vous en rapporte, je n'ai pas fait attention.
- A mon avis, les locataires ont dû les dévorer, à moins que Léon n'ait géré un approvisionnement au compte-gouttes.
- Je lui demanderai.
- Bon cette fois, tu restes deux semaines Léon m'a dit ? Tu viendras fêter l'anniversaire de Daniel avec nous ?
- J'en serais ravie Madeleine, réponds-je gênée, mais je ne suis pas seule...
- Ah bon, tu as un amoureux, mais c'est une bonne nouvelle ça, viens avec ! Comment s'appelle-t-il ?
- Non non, pas du tout, dis-je en sentant mes joues s'empourprer. Je suis venue avec ma meilleure amie et ma fille cette fois.
- Raison de plus ! On a hâte de rencontrer ton petit bout. Si seulement Stéphanie pouvait nous faire ce cadeau, mais elle n'a pas l'air pressée. Et en ce qui concerne Baptiste, celui-là... il n'est pas prêt de se laisser accrocher...

Je souris. Madeleine est comme dans mes souvenirs, sans filtres, aussi bavarde qu'une pie, complètement dédiée à sa famille et à ses enfants tout particulièrement. J'aperçois Daniel qui souffle avec une certaine lassitude en écoutant sa femme, un seau à la main, une éponge dans l'autre. Mais le sourire qui domine son visage trahit la tendresse et la bienveillance qu'il a pour elle.

Je me surprends à admirer ce couple que je connais à peine mais qui semble uni comme au premier jour. Comment est-ce possible ? Comment peut-on aimer sans réserve des décennies durant ? Comment peut-on continuer à faire front ensemble lorsque le bateau tangue parfois un peu trop fort ou trop souvent ? Si la vie pouvait m'offrir ne serait-ce qu'un aperçu d'une telle harmonie amoureuse, je lui en saurais très reconnaissante. Mais pour l'heure, je ne peux que m'attendrir au contact de ces belles personnes et être heureuse pour elles.

Je salue mes voisins temporaires en leur promettant une visite rapide et repars d'où je viens. Je retrouve mes acolytes qui n'ont pas bougé d'un iota depuis mon départ. Les vacances commencent pour le mieux pour chacune d'entre nous. Il me reste juste un détail pour que la perfection gouverne ce moment. Je pars mettre mes tongs. Il n'y a pas meilleur bruit que leur claquement sur cette Terre.

CHAPITRE XIII

Comme convenu, nous nous rendons chez Léon faisant suite à son invitation. Alors que nous faisons les quelques pas séparant la *petite Cerise* de la *villa Pomme*, j'aperçois la voiture de Baptiste. Il est donc arrivé comme prévu chez ses parents pour la semaine. Un sentiment partagé me gouverne, je crois que j'appréhende un peu de le revoir. Il a sans doute oublié mon existence, j'ai peur d'être blessée.

Léon nous a préparé une table digne d'un restaurant. Tout y est : verrines, toasts, tapenades, cakes salés. Je suis gênée qu'il ait fait autant d'efforts pour nous accueillir et le lui reproche de suite.

- Léon, vous n'êtes pas sérieux ! Je pensais qu'on allait juste prendre l'apéritif, c'est un énorme repas ça ! On voulait juste passer un moment avec vous et pas vous fatiguer...
- Eh bien vous resterez plus longtemps que prévu, et je suis ravi de m'être de nouveau mis aux fourneaux, ça faisait longtemps, me répond-il en allumant quelques bougies posées sur la table.

Bérénice, encore prise de timidité, le regarde faire. Elle observe chacun de ses gestes dans un silence religieux. Léon s'en aperçoit.

- Tu vois ma petite, je fais ça pour toi : ce sont des bougies à la citronnelle, elles empêchent les moustiques de s'approcher vilainement de ta jolie petite frimousse. J'ai du jus d'abricot pour toi, est-ce que tu aimes ?
- Oui, z'aime bien, s'il te plaît, répond-elle d'une voix fluette.

- Je te prépare ça. Et les grandes ? Un pineau vous irait ?
- Avec plaisir, répond Annabelle en s'asseyant sans qu'on l'ait invitée à le faire.

Je suis responsable de l'éducation de l'une des deux mais pas de l'autre, j'espère que Léon l'aura remarqué. Alors que notre hôte s'affaire dans sa cuisine, j'admire le jardin. Un cabanon aux volets bleus au fond semble à l'abandon, son aspect vieilli et défraîchi donne un charme incroyable au lieu. Des ampoules suspendues de la véranda, aux arbres en passant par la clôture apportent une lumière tamisée chaleureuse. Bérénice fixe quant à elle son doudou sans rien dire et Annabelle a déjà testé les toasts chèvre miel avec délectation. Je la fustige du regard.

- Bah quoi, ils m'appelaient, ils ont l'air divins. Je rectifie : ils sont divins.
- Elle a raison, intervient Léon, ils sont là pour ça. Bérénice, je t'ai amené un jeu de construction en bois. Il a bien soixante-dix ans, il appartenait à Jean. Tu peux y jouer. Regarde sur la boîte, tu peux faire un chalet, il y a même des petits personnages.

Les yeux de Bérénice s'illuminent. Elle lui tend les bras en le remerciant avec un large sourire. Emu, Léon lui propose de le garder.

- Oh non Léon, c'était à Jean. Vous ne pouvez pas.
- Déjà je fais ce que je veux, me dit-il. Ensuite, vous n'allez pas décevoir votre fille. Et pour finir, vous croyez vraiment qu'à mon âge, je vais me mettre à enfanter. Si Bérénice aime ce jeu, je suis ravi de lui apporter une seconde vie.
- Merci beaucoup Léon, c'est adorable, réponds-je simplement.
- Alors mademoiselle, Annabelle, c'est ça ? dit-il en se tournant vers elle. C'est votre premier rendez-vous avec notre île ? Vous aimez ?

- Je n'ai pas encore vu grand-chose, dit-elle. Déjà j'ai bien profité de votre jardin qui est fort sympathique ma foi, ensuite nous sommes allées mettre les pieds dans la mer d'en face.
- Océan !.
- Océan, ça va c'est bon… pardon. Mais on voit le continent, tu avoueras que c'est chelou non ? Bref… Demain, nous irons sur un immense marché.
- Vous allez à Château ?, s'interroge Léon.
- C'est ça, admis-je. Quand j'étais petite, c'était l'évènement lorsqu'on y allait. Je me rappelle de tellement de monde. C'est toujours le cas ?
- Oui, c'est le plus gros de l'île. En période estivale, vous ne serez pas déçues, répond le vieil homme.

Ce qui devait être un simple apéritif se transforme en dîner très agréable avec notre hôte qui semble complètement à l'aise parmi nous. Je lui demande à plusieurs reprises s'il n'est pas dérangé ou fatigué. Mais il me soutient qu'il est ravi de notre compagnie et qu'il ne veut absolument pas que nous partions. Je le sens sincère.

Bérénice, captivée par son nouveau jouet, vient de temps à autre voler un ou deux toasts. Annabelle, plus détendue que jamais, enchaîne les anecdotes de voyages, parle de nos collègues, de notre rencontre. Comme toujours, je suis plus silencieuse et discrète. J'observe régulièrement l'œil de Léon bienveillant qui se pose sur moi.

- Léon, il serait temps que vous nous disiez ce que vous attendez de nous durant cette quinzaine. Quels sont les travaux que vous envisagez ?
- Profitez donc du moment Louise, rien ne presse.
- Léon, c'était la condition, vous ne m'aurez pas. De quelle aide avez-vous besoin ?
- Vous êtes coriace Louise. Que diriez-vous de repeindre les volets da *la villa Pomme* et du chalet ? La peinture s'écaille depuis quelque temps déjà. Ça donne un aspect négligé à la bâtisse. Est-ce que ça ne vous semble pas insurmontable ?

- Je pense que non, n'est-ce pas Annabelle ?
- Si je me limite au rez-de-chaussée et choisis toujours des endroits exposés au soleil pour parfaire mon bronzage : ça peut le faire.
- Bien, je me charge du reste, dis-je en souriant. Léon, vous avez la peinture et tout le matériel ?
- Oui sauf l'escabeau, mais je sais que vous pourrez emprunter celui de Daniel. Je vais le prévenir que vous passerez le chercher.
- Ok, nous commencerons lundi, fais-je soulagée de ne pas profiter de la gentillesse de cet homme que je commence décidément à beaucoup apprécier.

***

Bérénice dort paisiblement dans sa chambre, je sais qu'elle a passé une excellente journée et qu'elle est ravie d'être ici. En tout cas, c'est ce que je ressens de mon côté, et je crois que c'est la même chose pour Annabelle.

Nous sommes toutes les deux allongées sur le sol au bord de la piscine éclairée d'une jolie lumière bleue. Profitant de la douceur de la nuit, nous admirons un magnifique ciel clair riche de milliers d'étoiles scintillantes. Je voudrais que le temps se fige. Le silence qui me lie à ma meilleure amie me réchauffe le cœur. La simplicité de notre relation, l'inutilité des faux-semblants, la sincérité des échanges sont une bouffée d'oxygène pour moi, à un moment où mes repères changent et se bousculent : elle est là, infailliblement.

Nous entendons les Duchemin poursuivre également leur soirée dans le jardin voisin. J'entends le rire sonore de Madeleine et la voix roque de Daniel.

- C'est quand déjà l'anniversaire du voisin ?, me demande Annabelle.
- Mercredi. Je suis désolée, j'ai été un peu prise de court, ça me gêne de t'imposer ça.
- N'importe quoi, je suis en vacances, y a de l'alcool et de la bouffe gratos, je suis contente.

- T'en rates pas une toi, dis-je en souriant.
- En tout cas, il est sympa le Léon…
- Oui je suis d'accord, mais il a l'air triste, Madeleine me dit que c'est depuis que son conjoint est décédé.
- …
- Annabelle, ça va ? Tu t'es endormie ?
- Non, me répond-elle avec une voix éraillée.
- Qu'est-ce qu'il se passe ? Ça ne va pas ?
- Si si, me dit-elle avec cette même fébrilité.

Je m'assieds immédiatement et la regarde, elle me tourne volontairement le dos, je la vois se sécher une joue brièvement. Je ne l'ai jamais vue pleurer, cette fille est un roc. Je ne veux pas la brusquer mais je sais qu'une brèche s'est créée.

Je continue de l'observer en silence, son visage est tordu par la douleur, ses joues inondées de larmes. Elle peine à respirer. Je finis par m'approcher d'elle, m'allonge à ses côtés et pose ma tête sur son torse. Nous restons immobiles durant de longues minutes. Sa main vient ensuite sur mes cheveux, elle me caresse.

- J'ai rencontré Antoine à vingt-et-un an, il en avait vingt-trois. On attendait à la même pizzeria. On a pris la même commande : la « chicawaienne ». Base tomate, filet de poulet, ananas, mozzarella, curry. Tu te dis que je suis chelou de te donner ce genre de détails mais cette pizza, on a l'a commandée des centaines de fois par la suite, c'était la nôtre. Ce jour-là, il s'est approché de moi et m'a demandé si j'avais faim. Je me suis dit qu'il était cinglé. Pour moi, c'était évident : j'étais dans une pizzeria ! J'allais le remballer quand il a ajouté « Non je voulais juste savoir si vous étiez seule ou accompagnée pour la manger… Je peux supposer que si vous avez vraiment faim, elle est uniquement pour vous. Et dans ce cas précis, ce serait une bonne nouvelle pour moi puisque je pourrais éventuellement, me permettre de vous proposer de dîner avec moi… C'est complètement intéressé, j'ai besoin de comparer la qualité de nos pizzas qui sur le papier sont identiques. J'ai toujours soupçonné ce mec de ne pas m'aimer et de me mettre moins de fromage que pour les autres».

Ça m'a fait rire, c'est comme ça que ça a commencé. Il m'a eue par l'humour et la bouffe, à croire qu'il me connaissait avant de m'avoir rencontrée. Tout est allé très vite par la suite. On a emménagé ensemble quelques semaines plus tard sans forcément en parler à nos familles respectives. On voulait vivre le truc simplement, sans pression. Après forcément, ça a été un peu plus officiel. On s'aimait, c'était normal. Le jour de mes vingt-cinq ans, il m'a offert une bague. J'ai pas tout de suite compris. Il avait mis des post-its un peu partout dans la maison. Mais je ne les ai pas trouvés dans l'ordre qu'il avait imaginé. Il est devenu dingue quand j'ai mis une heure à les mettre dans l'ordre le soir. En fait, ça disait : « parce que tu crois que c'est une simple bague ? ». Tu me connais, j'ai répondu un truc du genre « bah non elle est belle celle-là ». Quand il me l'a retirée et qu'il a mis un genou sur le sol, j'ai cru que mon cœur allait exploser. Il était si beau, si innocent, ses yeux étaient remplis d'amour... Pour moi en plus... Tu penses bien que j'ai accepté. Je crois que même le voisin du sixième a entendu mes cris.

Je te jure, c'était vraiment une relation parfaite, un homme parfait. Qu'est-ce qu'il était drôle... Doux, gentil, attentionné, bordélique aussi c'est sûr. Mais si tu avais vu la manière dont il me regardait...

Le Noël qui a suivi, il n'arrêtait pas de se gratter l'œil, comme s'il était toujours sec. Je l'ai tanné pour aller voir un médecin... Il s'est éternisé avant d'y aller. Il se traînait au sérum physiologique... tu parles... En février, on lui a décelé un cancer. Sa joie de vivre s'est doucement éteinte, il a souffert le martyre avant même que je réalise ce qu'il se passait. Il est parti en avril. J'ai rien compris. En deux mois, j'ai perdu l'homme de ma vie et tous mes espoirs. J'ai voulu crever en même temps que lui, j'ai voulu crever après lui. Encore maintenant, des fois, je me demande ce que je fous là. Je sais que je ne peux pas tomber amoureuse à nouveau, ce serait le tromper. Déjà rire sans lui, je me le suis longtemps interdit...

Je culpabilise tu sais, même au bout de dix ans, je n'arrive pas à parler de lui... Je crois que c'est pour ça que tu dis que je n'ai pas de filtres... je crois que j'ai arrêté de penser tout court parce que si je pense, c'est à lui que je pense. Et je te jure que ça fait mal, dans chacun de mes membres, de mes muscles, de mes cellules.

Je n'ai plus jamais mangé de « Chicawaïenne », t'as toujours cru que je n'aimais pas les fruits, c'est juste que j'ai tout le temps peur de tomber sur un morceau d'ananas. Voilà, tu le sais...

Je digère ces paroles. Je suis complètement sous le choc de ses révélations. Je m'attendais à une peine de cœur mais je n'avais jamais envisagé quelque chose d'aussi dramatique. Je suis terriblement attristée. J'aimerais prendre une partie de sa douleur, je ne sais pas encore si je vais pouvoir l'aider. Je comprends enfin mieux ma meilleure amie. Je suis heureuse qu'elle se soit confiée et peinée aussi, qu'elle ait mis autant de temps à le faire. Je me tourne vers elle. Elle regarde le ciel étoilé. Sans doute, l'une d'elle brille un peu plus pour elle. Antoine...

- Le « A » sur ton poignet...
- C'est lui, je ne suis pas si nombriliste...
- Je sais...
- J'ai fait des progrès tu sais, j'ai mis du temps mais j'ai commencé à me débrouiller sans lui. La première fois que j'ai rigolé après lui, ça faisait des mois... je me suis entendue rire, ça m'a fait bizarre... je m'en suis voulue. J'avais pas le droit de vivre des choses sans lui... Maintenant ça va mieux, je vous aime toutes les deux, j'ai arrêté d'avoir peur de vous perdre, il ne peut pas m'arriver deux fois la même chose. La vie est cruelle mais pas à ce point...
- Tu as eu peur de nous perdre ?

- Evidemment, tu crois vraiment que je m'attendais à perdre Antoine ? Mais j'ai réalisé que ce n'était pas pour moi que j'étais triste mais pour lui. Je suis triste qu'il ne vive pas tout ce qu'il méritait de vivre.
- C'est pour ça que tu ne m'as pas répondu tout de suite quand je t'ai demandé d'être la marraine de Bérénice ?
- Exactement... C'est là que j'ai décidé de réfléchir... de me confronter à la réalité. Bérénice m'a obligée à me demander si je choisissais l'amour des vivants ou celui de mes souvenirs douloureux...
- Je t'aime Annabelle.
- Moi aussi ma loupiotte, si tu savais...

CHAPITRE XIV

Je n'ai pas beaucoup dormi cette nuit. Je ne sais pas si c'est aussi le cas pour Annabelle, j'ai évidemment pensé à elle toute la nuit. Je suis brisée pour elle cependant je me dois de ne pas lui gâcher ses vacances. Il ne faut pas qu'elle regrette de s'être confiée. Je ne veux pas qu'elle voie en moi de la pitié ou de la peine. Je ne veux être celle qui lui rappelle sa douleur.

Bérénice est réveillée, je préfère libérer la maison pour laisser la possibilité à ma meilleure amie de se reposer. Je laisse un mot sur la table, nous partons sur le marché de Saint-Trojan. Le fameux de Château-d'Oléron attendra dimanche prochain.

Ma fille et moi marchons le long de l'océan, elle est de plus en plus habile sur sa draisienne. Elle grandit bien davantage que je ne le souhaiterais. Elle est pétillante, vive, intelligente, drôle et d'une gentillesse incroyable. Je suis fière du petit bout que je vois. J'espère que la séparation de ses parents ne l'abîmera pas trop, ne brisera pas son éclat.

Il est dix heures lorsque nous atteignons le centre bourg. Les commerçants s'affairent avec le sourire, prennent le temps d'échanger avec les passants, touristes ou insulaires. L'ambiance conviviale est à l'image des lieux. Je suis surprise par la foule qui règne, lors de ma dernière visite, j'étais bien plus seule. Des stands se sont ajoutés, des bijoux artisanaux, des chapeaux, viennent se mêler aux objets soi-disant révolutionnaires du quotidien. Je la trouve évidemment, cette coupeuse, trancheuse reine des marchés, je crois que même lorsque j'étais petite, elle était déjà là et déjà révolutionnaire.

J'ai promis à Bérénice de lui acheter du melon pour compléter son petit déjeuner. Elle trépigne depuis que je lui ai dit hier que c'était une spécialité de la région. Nous arrivons à l'étal des fruits et légumes. Une jeune fille avec des lunettes rondes et de longs cheveux roux sert les clients avec un large sourire. Elle doit avoir à peine vingt ans. Quel courage de faire ce métier, même le temps d'un été !

Le client qui nous précède me rappelle mon grand-père. Je ressens la douce sensation de revenir des années en arrière, je suis enfant, je l'observe silencieusement. Bien portant, bleu de travail et débardeur blanc, casquette Gavroche, il porte un panier en osier. Ses cheveux blancs et ses rides n'entachent pas sa bonhomie. Il semble serein et heureux.

- Qu'est-ce que je vous sers Henri ?, lui demande la jeune fille.
- Deux belles pêches, ma petite. C'est pour le dessert de madame, répond-il en souriant une main dans la poche.
- Je vous en mets des bien mûres alors. Vous ferez attention avec le transport en vélo.

Je suis attendrie de voir ce vieil homme aussi attentionné envers sa femme et j'imagine que les années ont dû pourtant passer entre eux... L'amour aussi simple que cela, aussi pur, aussi tendre, semble merveilleux. J'imagine ce couple, je les envie. Ils sont inspirants. Je sais qu'il y aura un avant et un après, Henri dans ma vie même si nous nous sommes croisés quelques instants. Décidément, les couples heureux ne sont pas si rares ou ils ont tous élu domicile ici.

Je sens une tape sur mon épaule, Annabelle est là, avec des lunettes de soleil couvrant la moitié de son visage. Je soupçonne qu'elles sont une arme pour masquer les excès de la veille ou les larmes durant la nuit, je ne le saurai jamais. J'ai à peine le temps de lui sourire que Bérénice est déjà dans ses bras.

- Alors les filles ? On file en douce ?, nous demande-t-elle.
- On t'a juste laissée dormir, tu as vu notre mot ?, lui réponds-je.
- Bah oui, c'est pour ça que je suis là. T'as cru que j'étais devin ou quoi ? Vous avez déjeuné ? J'ai une de ces faims !

- J'avais justement envie de me poser en terrasse, ça te tente ? Regarde, il y a des chaises à l'extérieur de la boulangerie là-bas.
- J'espère qu'ils font des beignets, j'ai envie de gras, bafouille-t-elle sans me regarder en nous tournant le dos et en commençant le trajet sans nous attendre.

Apparemment, elle n'a pas changé en une nuit... Je crois qu'elle se parle à elle-même mais je ne suis pas sûre. En tout cas, dans un monde parallèle : elle se trouve, j'en suis persuadée.

***

Nous sommes à table depuis une dizaine de minutes, à profiter de la chaleur naissante du jour et du soleil de plus en plus haut. Bérénice a dévoré la moitié de son melon, Annabelle entame son deuxième beignet. Le premier était à la crème, le second est à la pâte à tartiner. Je savoure doucement mon jus d'abricot. J'adore le moment que nous sommes en train de vivre.

- Bonjour Louise, me dit une voix qui m'est familière.
- Bonjour..., *réponds-je avant même de savoir qui était mon interlocuteur et de m'apercevoir qu'il s'agissait de Baptiste.* ... Baptiste.

Je me sens cruche, j'espère qu'il ne croit pas que j'ai oublié son prénom. Je suis juste surprise de le voir et si jamais on me pose la question, le soleil m'éblouissait.

- Tu dois être Bérénice toi, dit-il d'un large sourire en direction de ma fille.

Ce sourire charmeur n'est donc pas destiné qu'aux adultes, je vois déjà ma petite princesse y répondre. Mais comment se souvient-il de son prénom ?

- Oui je m'appelle Bérénice, dit-elle, tu connais moi ?

- Grâce à ta mère, je sais que tu es une petite fille exceptionnelle et que tu adores le melon.

En guise de réponse, Bérénice sourit timidement mais joyeusement. Je la sens toute fière devant cet inconnu. Cette rencontre inattendue me perturbe un peu. Je me sens mal à l'aise à la fois de la présence de Baptiste qui m'intimide un peu mais aussi de celle d'Annabelle, qui nous observe déjà tous et qui, je le sais, en train d'analyser chacun de mes faits et gestes.

- Bonjour, je m'appelle Baptiste, dit-il en serrant la main à ma meilleure amie.
- Bonjour, moi c'est Annabelle, je suis la marraine de la petite fille exceptionnelle. Une chaise est libre, vous la prenez ?
- Avec plaisir, si ça ne vous dérange pas, m'interroge-t-il du regard.

Je suis étonnée qu'il s'intéresse à mon avis. Je l'invite donc naturellement à prendre place.

- Louise m'avait caché qu'elle avait des amis sur l'Ile, enchaîne Annabelle.
- Baptiste est le fils de Madeleine et Daniel, les voisins de Léon. Je t'en ai parlé, réponds-je.
- Aaah... le fils..., s'exclame-t-elle un peu déçue que notre lien ne soit pas plus croustillant.
- C'est ça, c'est moi, dit-il en s'asseyant muni de son éternel sourire avant d'ajouter : je suis vraiment heureux de rencontrer enfin cette petite puce.

Il accompagne ses propos d'une pincette amicale sur la joue de ma fille. Cette dernière frétille sur sa chaise. Sa marraine m'interroge du regard, je la connais, elle va me mitrailler de questions dès que nous serons seules. Je prie intérieurement pour qu'elle ne commence pas de suite. J'anticipe et me précipite, j'entame la conversation.

- Alors comme ça, vous êtes tous présents cette semaine pour l'anniversaire de ton père ?
- Oui. J'ai su que maman vous avait invitées, c'est génial.
- C'est gentil de sa part, réponds-je à la hâte pour ne pas laisser de place à Annabelle que je vois amusée par la situation.
- Ça fait plaisir à tout le monde Louise, me dit-il en me fixant du regard plus longtemps que je ne l'aurais souhaité pour rester insensible.

Il ne manque plus que les pop-corns à Annabelle pour que son spectacle soit complet. Néanmoins, après quelques échanges d'une grande banalité au cours desquels elle apprendra que Baptiste a trente-cinq ans, qu'il habite sur le continent non loin de la Rochelle et qu'il est journaliste de profession suite à une longue vie sportive, elle propose à Bérénice d'aller dans la boutique d'à côté pour lui acheter un kit de plage. La petite ne se fait pas prier, je sais, tout comme sa marraine, qu'elle a hâte de faire des châteaux de sable. Ma meilleure amie est à peine discrète dans son désir de nous laisser seuls, Baptiste et moi. Mon cœur bat un peu trop vite, je m'agace d'être déstabilisée.

- Ta fille a l'air adorable, vraiment.
- Merci, dis-je attendrie par ses paroles et immédiatement détendue. Elle l'est vraiment.
- Vous restez deux semaines, c'est ça ?
- Oui, enfin : je vais pouvoir profiter un peu plus et ce qui ne va pas gâcher mon plaisir, je suis avec ma fille. C'était dur en mai sans elle.
- J'avais ressenti... Et je comprends, je n'ai pas d'enfants pour l'instant mais j'imagine qu'ils sont un peu notre oxygène une fois qu'ils rentrent dans notre vie.

Je suis touchée qu'il ait remarqué mes états d'âme, c'est une chose que Sébastien n'aurait jamais faite. Je suis aussi étonnée qu'il comprenne ce que je peux ressentir, lui le papillon sans attache. Peut-être est-il plus sensible qu'il n'y paraît, d'autant qu'il sous-entend vouloir devenir père à l'avenir.

- Louise, enchaîne-t-il, si tu le souhaites, je peux vous servir de guide pour cette semaine. Je ne veux évidemment pas m'imposer mais je propose... au cas où...
- C'est gentil, réponds-je étonnée de cette proposition. En tout cas, nous serons certainement preneuses de tes conseils.
- Louise, la miss veut tester ses jouets, on va à la plage ?, nous interrompt Annabelle de retour avec Bérénice.
- Bien sûr, on est là pour ça, réponds-je de manière enjouée avant de me retourner devant Baptiste. On va aller à la petite plage devant chez nous pour ce matin. Mais si jamais tu connais des endroits agréables et compatibles avec l'âge de Bérénice, on sera ravies de découvrir.
- Je vais vous faire une liste, me dit-il. Vous repartez à pied ? Je peux me joindre à vous ?
- Avec plaisir, répond Annabelle.

Et nous voilà, tous les quatre à reprendre notre balade matinale, j'observe silencieusement mes compagnons. Les adultes s'échangeant cordialement des politesses, la petite fièrement attachée à son seau et sa pelle. Je tiens sa draisienne à la main.

A mi-chemin, Bérénice commence à montrer des signes de fatigue, tout naturellement Baptiste lui propose de monter sur ses épaules. Je pense que j'ai rarement vu ma fille aussi ravie de cette prise de hauteur. Son sourire prend tout l'espace libre de son visage, elle commente tout ce qu'elle voit et même ce qu'elle ne fait qu'imaginer. Baptiste semble sous le charme, il rit et boit chacune de ses paroles.

Je n'ai pas souvenir que Sébastien ait déjà eu cette insouciance avec elle. Je chasse vite cette pensée, nous sommes en vacances, les nuages ne font pas partie du décor.

CHAPITRE XV

Les journées passent relativement vite et sont agréables, le maître mot est repos pour l'instant et personne ne semble s'en plaindre.

Je ne cesse de me dire qu'il est important que je fasse découvrir les lieux de mon enfance à ma meilleure amie mais je procrastine un peu. Le temps est doux ici, il n'a pas de mesure. J'apprécie, pour une fois, de ne pas planifier, de ne pas organiser, de ne pas avoir à anticiper. Alors, en dehors du marché, de la piscine et de la plage, les activités sont réduites.

Les rituels prennent place, les journées se ressemblent, nous nous gorgeons de soleil et d'air iodé. Nos soirées sont plus festives, accompagnées d'apéros, de rigolades et de discussions de tous types. Lorsque Bérénice est couchée, Annabelle et moi, nous retrouvons allongées au bord de la piscine éclairant les douces nuits et refaisons notre petit monde. Notre bureau, nos collègues, ma vie bien rangée de mère fraîchement célibataire. Je n'ai pour l'instant pas encore osé aborder à nouveau le passé de mon amie, je sais que le moment viendra, je ne veux pas la brusquer.

Mais ce soir, le programme est différent, nous sommes invités à l'anniversaire de Daniel. Léon sera présent. Je sais qu'il est un peu anxieux à l'idée de passer une soirée mondaine. J'aime aller le voir chaque matin après mon tour de vélo pour lui apporter sa viennoiserie, c'est l'occasion d'échanger, de passer du temps avec lui avant que mes deux belles endormies ne s'éveillent.

Après quelques discussions avec lui mais aussi avec les Duchemin, je commence à me faire une opinion sur Léon. Je crois comprendre que depuis le décès de Jean, il s'est assez renfermé sur lui-même. Son goût de la vie s'est érodé. Il attend, je ne sais quoi mais qui ne s'annonce pas très gai. Il m'a appris qu'ils étaient restés amoureux plus de quarante ans. Je vois dans ses yeux une éternelle reconnaissance envers cet homme que je n'aurai pas la chance de connaître. Léon est perdu sans son amour, c'est indéniable.

Aussi, je lui ai promis ce soir de prendre soin de lui, de l'accompagner chez Madeleine et Daniel, de ne pas le laisser seul et de lui donner des excuses s'il devait s'absenter. J'ai face à moi un petit garçon en manque de repères, je tâche tant bien que mal de lui en donner.

Nous sommes attendus pour 20h chez nos voisins, Bérénice et Annabelle ont eu beaucoup de mal à répondre à cette contrainte. Je suis le maître du temps depuis le milieu d'après-midi, bien à mes dépens. Lorsque tout le monde est enfin prêt, nous rejoignons la *villa Pomme* pour prendre au passage notre hôte comme je le lui avais promis.

Léon est d'une élégance singulière, j'en suis bouché bée. Je pense qu'il n'a pas conscience du charisme qu'il dégage. Son visage traduit son malaise.

- Léon, vous allez passer une bonne soirée, on vous demande juste d'apprécier le moment et de ne pas vous forcer à rester si vous ne vous sentez pas à l'aise, lui dis-je à l'oreille.
- Dis donc, vous êtes canon ! Vous pourrez me dire où vous achetez vos fringues, elles tuent !, s'exclame Annabelle.
- Elles tuent ?, demande-t-il affolé.

Je me permets d'intervenir pour donner plus de clarté au vieil homme.

- Cela signifie qu'elles sont très très belles, et je donne raison à Annabelle, vous êtes magnifique.
- Merci, répond-il gêné, allons-y, qu'on en finisse.

***

A notre arrivée, nous sommes surpris de voir que le comité est plus restreint que nous le pensions. De fait, en dehors, de la famille Duchemin, nous sommes les seuls invités. Madeleine se jette sur Bérénice qui ne se fait pas prier pour recevoir des bisous. Daniel me présente Stéphanie et son conjoint Thibault. Stéphanie a quelque chose dans les yeux que je ne connais que trop bien, cependant je préfère me dire que mon intuition est fausse. Nous nous saluons timidement, toutefois les échanges sont très aimables.

Alors qu'Annabelle s'est déjà jetée sur Madeleine pour avoir la recette de son guacamole, *celle-là alors, elle ne connaît pas la bienséance et a déjà goûté à la moitié de ce qu'il y avait sur la table...* J'entends des pas dans les escaliers, je devine aux baskets que Baptiste va faire son apparition. Vêtu d'une chemise à carreaux bleue et bordeaux et d'un jean bleu légèrement usé, je me surprends à le trouver beau voire même sexy. Ses yeux bleus illuminent son visage.

Il nous salue tous de manière amicale. Il prend le temps de s'intéresser à la santé de Léon, il demande à Annabelle si les vacances lui sont agréables. Il fait virevolter Bérénice du haut de ses bras, ce qui a pour conséquence de la faire rire aux éclats. Pour terminer, alors que Léon me délaisse quelques instants pour échanger avec Daniel, il se pose à mes côtés.

- Alors, elles te font du bien ces vacances ?, me demande-t-il.
- Oui, réponds-je sans hésiter. Surtout quand je vois mes deux compagnes de voyage, je n'ai aucun regret. Je suis contente d'avoir accepté l'invitation de Léon.
- D'ailleurs en parlant de cette invitation, j'ai appris votre négociation. J'y ai réfléchi, j'ai tourné les choses dans tous les sens... néanmoins je trouverais cela « dommage » que Bérénice ne profite pas pleinement de ses vacances.
- P...
- Laisse-moi finir s'il te plaît, j'ai quelque chose à te proposer si tu n'y vois pas d'inconvénient, bien sûr... Je me disais que je pouvais t'aider à repeindre ces fameux volets et comme ça, Annabelle pourrait profiter de sa filleule. Vous comptiez faire quoi de ce bout de chou ? Lui demander d'attendre des heures que vous ayez fini le travail. Ça ne va pas être trop long pour elle ?

Il avait visé juste. C'est un point qui m'avait contrarié ces derniers jours pourtant je n'avais pas trouvé de solution pour occuper Bérénice durant nos travaux de rénovation. Léon étant trop âgé pour la garder, mes réflexions en étaient encore au néant...

- J'avoue que je ne sais pas quoi faire d'elle lorsqu'on peindra. C'est d'ailleurs pour ça que je n'ai pas encore commencé le chantier...
- Ah, tu vois ! Et en plus c'est dangereux entre les escabeaux et le reste...
- ...
- Donc je vais t'aider à peindre et les filles vont profiter de la plage et de la piscine, ajoute-t-il avec conviction.
- Mais enfin, tu ne vas pas gâcher tes vacances pour ça, dis-je en étant sincèrement étonnée et touchée de sa proposition.
- Déjà, je ne gâche absolument pas mes vacances, c'est pour Léon. Et ensuite, au pire, je prends un ou deux jours de plus... je n'ai pas posé de congés depuis cinq ans, mon compteur est sur le point d'exploser.
- Et en plus, j'ai pas signé pour en chier moi !, intervint Annabelle, c'est vrai quoi, je suis venue en vacances et on me fait bosser... moi, au même tarif, je préfère être nounou, ajoute-t-elle en faisant un clin d'œil à Baptiste.

Le sujet étant clos, et après avoir remercié à plusieurs reprises Baptiste pour cette aide précieuse, je m'attelle à mes deux objectifs de la soirée : faire passer du bon temps à Léon et découvrir Stéphanie, assise timidement sur un pouf en retrait. Le nombre d'invités étant restreint, ma tâche n'en est que facilitée. Nous nous retrouvons tous très vite autour de la table du salon pour ce qui s'improvise comme un apéro dînatoire. Nos hôtes ont une capacité étonnante pour accueillir de la manière la plus conviviale. Les échanges de tous genres se font aussi naturellement que possible.

J'observe comme à mon habitude. Daniel est heureux, il le porte sur son visage, il ne dit pas grand-chose mais il rit et sourit sans cesse, il regarde ses enfants et sa femme avec beaucoup d'amour. Cet homme est complètement dévoué à sa famille, quel plaisir de voir ça.

Madeleine en cheffe de famille, organise les va-et-vient de mets qu'elle a longuement et courageusement préparés. La nourriture bien trop abondante fait incontestablement sa fierté. Elle prend plaisir à décrire chacune de ses recettes à qui veut l'entendre. Son rire sonore inonde la pièce à plusieurs reprises. Voilà une femme comblée.

Annabelle est dans son élément. J'en suis la première étonnée : elle est plutôt du genre à s'ouvrir avec le temps. Mais cette fois, elle est complètement détendue. Elle relance les conversations, s'intéresse à ses hôtes, se lève parfois pour jouer avec sa filleule, mange et bois sans compter... J'aimerais la voir aussi décontractée et sereine plus souvent.

Thibault est très discret. Il est grand et mince, les yeux verts avec les cheveux noirs corbeau. Il sourit peu, semble mal à l'aise parfois. J'apprends de lui qu'il est contrôleur de gestion dans une société de crédit à la consommation. Il pratique le badminton avec ses collègues le temps de ses pauses déjeuner. Forcément ma curiosité me pique un peu et j'observe aussi son attitude dans son couple. Les gestes d'affection envers sa compagne sont rares mais son regard ne trompe pas, il l'aime et se soucie d'elle.

Stéphanie est une petite blonde aux yeux marron. Elle a hérité du gabarit de sa mère. Mais alors que les formes de Madeleine traduisent de sa personnalité, une bonne vivante, la vérité de Stéphanie est toute autre. Ses clavicules apparentes, ses poignets marqués, sa mâchoire trop carrée m'inquiètent un peu. Mes doutes se confirment au fur et à mesure de la soirée. Seuls quelques cornichons atteindront sa bouche. J'ai mal pour elle, d'un mal qui résonne encore en moi des années plus tard.

Léon est bien mieux que je ne l'avais craint. Il savoure les verrines de Madeleine et ne cesse de la féliciter. J'en apprends un peu plus de lui et de son passé, encore... Et notamment, que la pièce où nous sommes installés est celle où eût lieu le premier dîner entre son Jean et lui. Il nous explique qu'une cloison partageait à l'époque la salle à manger du salon et que le carrelage a été remplacé dans les années 80. Ses yeux brillent en évoquant ses souvenirs... Que j'aimerais lui donner la chance d'effleurer à nouveau ces moments.

Bérénice est ravie. Elle passe de genoux en bras, de bras en genoux. Est-ce possible d'être autant chouchoutée en un temps si concis ? Le plus honoré de ses câlins et sans conteste, Baptiste. Il a toujours un regard vers elle, s'inquiète qu'elle ne se blesse pas, qu'elle ne s'ennuie pas. Il est aussi bienveillant avec les autres, sa sœur notamment, je vois qu'il se soucie d'elle. Il aide sa mère autant que possible, accorde de l'importance à notre bien-être. Je suis touchée des propos respectueux qu'il a à l'égard de Léon. Je découvre également une personne extrêmement posée, sensée, pleine de culture. Nous ne jouons définitivement pas dans la même catégorie. Il est dans une ou deux ligues au-dessus de la mienne.

La soirée passe finalement vite et très agréablement pour chacun. Il est deux heures du matin lorsque nous prenons la décision de partir. Bérénice dort depuis quelques heures déjà dans le canapé, la tête paisiblement posée sur son doudou. Je suis la dernière à franchir le pas de la porte, je suis précédée d'Annabelle, Léon et Baptiste qui porte Bérénice dans ses bras pour m'éviter de le faire.

- Merci Madeleine, dis-je avant de la saluer. Je suis ravie de ce moment passé avec vous. C'était vraiment agréable de vous découvrir. Je ne m'attendais pas à ce petit comité, je suis d'autant plus touchée de votre invitation.
- Merci à toi d'être venue. C'est Baptiste qui m'a demandé de limiter mes invitations. On va refaire une soirée samedi avec les autres : mon frère, les voisins, les copains… mais pour aujourd'hui, il voulait la crème de la crème. Ravie de cette soirée, tout le monde est content et mon Daniel aussi.

Je suis perplexe sur ce qu'elle vient de me raconter. Sur les quelques mètres qui me séparent de la maison, j'y songe. Pourquoi n'avons-nous pas été conviés en même temps que les convives habituels ? Baptiste cherchait-il à nous préserver ? Pensait-il que nous serions de trop dans leur cercle intime ? Après tout, c'est vrai que nous ne sommes que des inconnus, sans doute, était-ce une simple invitation de politesse…

Après avoir salué Léon, nous rentrons tous les quatre dans la *petite Cerise*. Annabelle se précipite dans sa chambre prétextant un état de fatigue avancé. J'indique à Baptiste la chambre de Bérénice. Nous lui retirons ses vêtements sans qu'elle ne se réveille. Baptiste lui pose délicatement son doudou contre le visage. Il la regarde une dernière fois avant de sortir de la pièce. Je trouve cela touchant. Je le raccompagne ensuite en silence.

- Merci d'avoir ramené la puce.
- Merci à vous d'être venus, c'était une belle soirée.
- Tes parents ont été très polis et gentils de nous inviter. Ils n'auraient pas dû se donner autant de peine. D'autant que vous remettez ça samedi.
- Ils adorent recevoir, ne t'en fais pas pour eux. Ils seront ravis de recommencer les festivités ce week-end.
- Pourquoi « ils » ? Tu n'y seras pas toi ?
- Non, c'était à la soirée d'aujourd'hui que je tenais. J'ai passé un très bon moment, me dit-il en me fixant dans les yeux.

Je ne réponds rien. Je ne sais pas quels mots pourraient suivre après cela. Je ne sais pas ce qu'il essaie de me dire, ou pas d'ailleurs. Je baisse brièvement les yeux. Il m'embrasse sur la joue et me souhaite une bonne nuit, d'une voix douce et chaude à la fois. Je le regarde alors s'éloigner et réalise au moment de fermer la porte que je ne lui ai pas répondu... Décidément... le mutisme devient une de mes caractéristiques principales lorsque je suis à son contact. C'est peut-être une chose que je devrais travailler.

CHAPITRE XVI

Février 1978

Léon habite maintenant depuis quatre ans, avec Jean, sur l'île qu'il a su à présent apprivoiser. Après quelques contrats précaires qui lui ont permis de perfectionner son français et de prendre goût à la mentalité des Oléronais, il a, à présent, un emploi stable.

Il travaille chez un ostréiculteur de Marennes dont la principale source de revenus est l'export à l'international. En plus de l'allemand qui est sa langue maternelle, il a des notions d'anglais. Ces qualités sont un véritable atout pour son métier et son employeur ne tarit pas d'éloges le concernant.

Pour la première fois de sa vie, il se sent à sa place. Il est aimé par un homme aux qualités humaines formidables, il est respecté de ses collègues et de sa hiérarchie. Il n'a pas honte de ce qu'il est, de ce qu'il représente.

La vie lui sourit bien plus qu'elle ne l'a jamais fait. Mais dire aujourd'hui qu'il a de la chance, serait nier, ou oublier, son passé. Et cela, il n'en était pas encore capable. Il touche du doigt le bonheur, il l'apprécie autant qu'il est terrorisé à l'idée de le voir s'échapper. Néanmoins, il tait ses craintes, en espérant que le temps lui donnera raison de garder le secret espoir que la joie peut durer.

Jean, est instituteur dans le village de Saint-Pierre, à quelques kilomètres de chez eux, non loin du port de la Cotînière. Il est aussi serein que Léon est anxieux, aussi épicurien que Léon est mesuré. Jean adore sa vie, ses élèves, il apprécie son quotidien avec son homme, se moque du *qu'en-dira-t-on*. De doute, il n'en a aucun. Léon est parfois jaloux de cette capacité à apprécier l'instant sans arrière-pensée, sans crainte.

Un dimanche matin, alors que Jean revient du centre du village où il est allé chercher son journal habituel, il tombe sur la voisine qui lui fait part de son projet de quitter l'île.

- Tu sais que madame Pinson compte partir sur le continent, dit-il à Léon en l'embrassant.
- Qui ça ? La voisine ?, demande Léon en étalant son fond de pâte dans le moule à tarte.
- Tu fais de la quiche lorraine ? Je suis ravi, j'adore tes quiches mon amour, répond-il en croquant dans un morceau d'emmental.
- Tu as le don de commencer une histoire et de ne pas la finir Jean. Donc ? Ça veut dire quoi « partir » ? Cela signifie qu'elle déménage ?
- C'est ça, répond Jean le regard vers la maison en question, avec un air un peu mélancolique.
- Mais elle va faire quoi de sa maison ? Qui va pouvoir s'occuper de cette grande propriété ?, s'inquiète Léon.
- Elle se rapproche de ses enfants du côté de Biarritz, elle se sent vieillir et voudrait profiter de ses petits-enfants un peu plus. Et en ce qui concerne sa maison, c'est bien ça le drame, mon drame... Elle a décidé de vendre.
- Pourquoi « ton » drame ?, s'étonne Léon.
- J'ai toujours adoré cette maison : d'aussi loin que je me souvienne. Lorsque je jouais avec sa fille chez eux, tout me fascinait, du jardin aux combles. Dans mes rêves les plus fous, je m'en voyais propriétaire. Mais petit maître des écoles que je suis, je n'en aurai jamais les moyens. Triste réalité quand tu te confrontes à nous, conclut-il sur un ton lyrique avec un large sourire.

Léon garde le silence quelques instants. Il étale sur sa pâte les lardons, qu'il a fait revenir durant la matinée, dépose son appareil généreusement complété de crème fraîche et d'emmental râpé. Une hérésie pour les Lorrains mais n'étant, de toute façon, pas tout à fait français, il se permet quelques entorses à la recette originelle.

- Pourrais-tu lui demander s'il est possible de la visiter dans les jours à venir ?, dit-il simplement.
- Pourquoi, pouffe Jean, tu veux te faire du mal ?
- Non... je veux juste connaître un peu plus ton histoire avant qu'il ne soit trop tard et que la maison soit dans les mains d'inconnus qui vont tout dénaturer...

**

Quelques semaines après cette discussion, madame Pinson accompagnée de ses enfants, achève son léger déménagement. Elle a décidé de laisser la plupart de son mobilier et de sa vaisselle dans ces lieux qui l'ont abritée des décennies. Une manière à elle de ne pas vraiment dire au revoir à cette maison. La voir vide aurait été un crève-cœur, la fin d'une histoire.

Le départ approchant, elle vient saluer une dernière fois ses chers voisins, le « petit Jean » comme elle se plaît à l'appeler depuis sa naissance, et qui a bien grandi d'ailleurs, et Léon, son compagnon qu'elle a appris à connaître et apprécier. C'est une certitude, ces deux-là vont lui manquer.

L'émotion des adieux est vraiment palpable tant pour elle que pour Jean. Ils échangent largement sur l'évolution de l'île, de Saint-Trojan, des habitants qui vont le plus lui manquer. Des banalités pour tenter d'oublier la douleur du départ.

- Bon, c'est l'heure pour moi de vous abandonner, dit-elle la gorge nouée. Vous me donnerez de vos nouvelles ?
- Vous aussi Annette ! J'espère pour vous que vous vous plairez dans votre nouvelle demeure et que vous trouverez vite des acquéreurs pour celle-ci. Je n'ai aucun doute sur le fait qu'une belle bâtisse comme celle-ci trouvera preneur dans les plus brefs délais, répond Jean qui n'est plus en mesure de contenir ses larmes.

Annette se contente de caresser la joue de ce qui est encore pour elle, le gentil petit voisin, celui qui a arrosé sa maison de rires il y a plus de trente ans et qui, même encore aujourd'hui, garde ces mêmes yeux innocents. Elle se tourne ensuite vers Léon et lui prend les deux mains entre les siennes. Dans un dernier sanglot, elle lui chuchote à l'oreille juste quelques mots.

- Vous ne savez pas à quel point je vous suis reconnaissante Léon.

Quelques minutes plus tard, de leur portail, les deux hommes regardent leur voisine faire ses adieux définitifs à la rue. Fébrile, Jean reprend le chemin de sa maison. Léon le prend par le bras et le fait dévier de sa trajectoire.

- Viens avec moi s'il te plaît, dit-il.
- Mais pourquoi voyons ? J'ai envie de pleurer et j'ai faim, répond Jean en se frottant brièvement la joue.
- J'ai quelque chose à te montrer...
- Mais enfin, ça ne se fait pas d'aller chez madame Pinson en son absence, s'exclame-t-il.
- Suis-moi, je te dis, reprend Léon en ouvrant la porte de cette grande demeure.
- Mais comment as-tu eu les clés ? Elle te les a données ?
- Jean, te voici chez toi... En fait, cela fait déjà deux semaines que tu es chez toi mais Annette avait besoin d'un peu de temps pour préparer son départ.
- Q... Co... Je ne comprends pas...
- J'ai acheté la maison pour toi, pour nous, toute la propriété qui va avec, jardin et annexes comprises. J'espère que tu aimes jardiner parce qu'il y a de quoi faire. Je me suis dit qu'on pouvait louer ta maison puisque c'est avant tout celle de ta mère et je sais que tu y es attaché.
- Mais... mais Léon, comment est-ce possible ? Je ne comprends pas, dit Jean sous le choc.
- Quand je t'ai dit que ma mère avait été chassée de son pays. Dans les faits, je ne t'ai pas précisé que son père ne voulait plus d'elle non plus. Ce grand-père que je n'ai jamais connu était un très riche entrepreneur

de la région de Cologne. Sa réputation était bien plus importante pour lui que ne l'était sa fille. Il lui a offert une très grosse somme d'argent pour qu'elle parte loin de chez lui, qu'elle disparaisse. Quel homme abject… Ma mère a accepté cet argent mais uniquement pour me léguer quelque chose. Puisque la honte en question, c'était moi. Elle s'est saignée toute une vie pour ne pas toucher à cette somme. Elle m'a toujours dit qu'elle était riche de m'avoir et que cet argent de la honte était surtout celui de l'amour, celui qu'elle avait pour moi. Alors, je me suis dit que comme mon grand amour à présent, c'était toi, il était normal qu'il te revienne à ton tour.

- Tu… Tu as acheté… la villa pour moi ?
- Oui.
- Mon dieu, je ne sais pas quoi dire. Je ne sais pas si je mérite un geste pareil Léon.
- Je t'aime Jean. Tu le sais que tu m'as sauvé la vie, tu m'as sorti de mes heures sombres. Ne me fais pas l'affront de le nier. Nous ne sommes pas un couple conventionnel. Je ne peux pas te demander en mariage, ni même t'offrir des enfants, mais je peux te promettre de t'aimer jusqu'au bout de notre longue vie. Alors, vois ça comme un engagement, une sorte d'alliance mais sans prêtre et sans cérémonie pompeuse.

Jean éclate en sanglots en prenant place sur la première chaise qu'il trouve. Il reste immobile quelques instants et se lève. Il s'approche de Léon et le prend dans ses bras.

- Et tu sais ce que je lui aurais dit au prêtre qui aurait eu la chance de nous marier au cours de cette cérémonie pompeuse et pleine d'hypocrisie ?
- Quoi donc ?, demande Léon.
- Je lui aurais dit un grand OUI…

CHAPITRE XVII

- C'est bon, je pense qu'on a bien travaillé, j'espère que Léon sera content du résultat.
- Merci Baptiste... de toute ton aide, je ne sais pas si j'y serais arrivée sans toi. Franchement, ça me gêne que tu aies pris sur ton temps de vacances. Je t'en dois une.
- Arrête Louise, j'ai passé quatre matinées, c'est pas la fin du monde. J'ai vraiment pas vu le temps passer, c'était sympa à faire. En plus, je suis gagnant sur tous les plans : j'ai bien profité du soleil, j'ai pris l'air et j'ai réussi à te faire parler un peu. Je ne suis pas peu fier, tu mets du temps pour t'ouvrir toi.

Je rougis en regardant le sol. C'est vrai que, sur les premiers moments, Baptiste était plus loquace que moi. Mais au fur et à mesure des heures passées ensemble, ma curiosité sur son histoire, sur sa famille que j'ai apprécié découvrir, m'a aussi encouragée à me confier.

Nous avons beaucoup échangé sur nos deux sœurs. Je lui ai expliqué mon amour inconditionnel pour la mienne, toute la fierté que j'éprouvais pour elle. Il m'a dit avoir besoin de protéger la sienne, et ce, depuis toujours. Il s'est néanmoins remémoré des souvenirs honteux qui nous ont fait rire tous les deux.

- Tu sais quand on est petit, on est vraiment stupide. Je lui ai fait croire qu'un ver de terre était un saucisson. Elle l'a mangé, m'avait-il dit. Je me suis fait tuer par ma mère. Encore maintenant, Stéphanie m'en veut.

- Je pourrais t'en raconter cent des souvenirs comme ça. Mais c'est bizarre, ce dont je me souviens le plus avec Lucie, c'est plutôt lié à la nourriture. On adorait le Galak à la noix de coco et les petites boîtes de salades de fruits en métal. On se bagarrait littéralement pour en avoir plus que l'autre.

- Moi je l'ai forcée à regarder *la soupe aux choux* tous les soirs pendant quasiment six mois. Maintenant elle se crispe dès qu'elle voit De Funès, c'est comme si je l'avais vaccinée contre lui.

- Oh ! ça me fait penser que nous, on regardait une sorte de série qui passait à chaque Noël, ça s'appelait *la Caverne de la Rose d'Or*. On voulait toutes les deux ressembler à l'héroïne, Fantaghoro.

- Ah mais attend, je connais ce truc, il n'y avait pas un Romualdo dans cette histoire ?

- Siiiii, tu connais, mais comment est-ce possible ? Je croyais que ma sœur et moi, on était les seules à regarder ce truc sorti de nulle part.

J'étais la première étonnée à m'entendre me confier sur une partie de mon intimité d'enfance. Nous sommes restés sur des souvenirs heureux. Je ne le connaissais pas assez pour évoquer les côtés plus sombres de cette belle personne qui m'a accompagnée et aidée à grandir. Je crois que pour lui, c'était la même chose. Notre pudeur nous a fait taire les craintes que nous avions pour ces adultes d'aujourd'hui. Mais j'ai vu dans ses yeux, qu'il se faisait du souci pour Stéphanie. J'aurais pu lui dire que j'avais vu, que je savais que sa sœur avait des troubles alimentaires, qu'il était important que tous en aient conscience pour l'aider de la bonne manière. Mais cela aurait impliqué de dévoiler un passé encore trop frais que je cherche à enfouir, dont j'ai encore honte.

A un autre moment, nous avions évoqué nos rêves futurs. Il m'avait dit être très ambitieux pour sa vie, il la voyait « grande » : « Je veux visiter le monde, profiter de chaque instant, et aimer sincèrement et indéfiniment. ». J'avais été décontenancée par ces paroles. A aucun moment, il n'a fait allusion à l'argent, à sa profession. L'ambition de Sébastien réside dans l'accumulation de richesses matérielles, celles que l'on voit. Naïvement, je m'attendais aux mêmes idées pour Baptiste. De mon côté, je lui ai dit que mon principal objectif dans la vie était de voir Bérénice heureuse ou de lui apprendre à apprécier la vie telle qu'elle est. C'était ma motivation au quotidien.

- De ce que je vois, tu réussis très bien. Et je trouve, que c'est très bien. Mais pour toi ?, m'avait-il demandé.
- Quoi ? Moi ?
- Tu n'as pas un rêve pour toi ? Qu'est-ce qui te rendrais heureuse ?
- Oh... je ne sais pas... J'avoue que je n'y ai jamais réfléchi.
- Il serait peut-être temps non ?
- Je suis d'accord avec lui, était intervenu Léon subitement apparu dans la salle de bain dont nous étions en train de repeindre les boiseries.
- Léon, on écoute aux portes ? On ne vous a pas appris que c'était indiscret ?, l'avais-je taquiné.
- Un : je suis chez moi et je suis vieux, j'ai le droit de tout... Deux : vous n'arrêtez pas de parler. Pia pia pia, et pia pia pia... Si vous ne voulez pas être entendus, cessez-donc de bavarder comme deux pies. Vous ronronnez dans ma tête.

Et il était parti aussi vite qu'il était venu. Ce qui nous avait valu un fou-rire comme je n'en avais pas eu depuis longtemps.

La seconde matinée, Baptiste avait discrètement et timidement abordé ma vie amoureuse. Je confirmais ses doutes sur mon statut de célibataire sans chercher à développer. Il avait ensuite voulu savoir si j'étais en bons termes avec le père de ma fille. J'avais joué la carte de la sincérité. Après tout, je n'avais rien à perdre, cet homme serait sans doute un souvenir dans les mois à venir.

- C'est un peu compliqué pour l'instant. Il n'est pas en phase avec la séparation. Il ne comprend pas que je ne reviendrai pas. La tromperie n'a été qu'un déclencheur pour moi, un instrument qui m'a permis d'ouvrir les yeux. Je crois qu'on ne se rendait pas heureux. Donc je ne lui en veux même plus, au contraire, je sais que je le remercierai dans quelques années.... Il me trouve égoïste, je ne lui donne pas tort. Je me choisis moi, plutôt que Bérénice. Je ne sais pas toujours si je fais bien.

- Tu ne penses pas que Bérénice justement, préfère une mère heureuse et épanouie ?
- Si... mais je la prive de son père en partie et de moi de l'autre. Néanmoins, j'avoue que c'est ce que j'essaie de me dire quand c'est dur avec Sébastien, que je le fais pour une meilleure harmonie de tous à terme.
- Dur à quel point ?

Je dévie mon regard, je ne peux pas tout lui dire, je ne peux d'ailleurs me confier à personne... Je ne veux pas inquiéter qui que ce soit, c'est juste un mauvais moment à passer.

- Il n'a pas... Il a du caractère, plus que moi. Je ne lui avais jamais tenu tête avant alors il perd un peu ses repères.
- Je suis étonné. J'ai rarement vu une fille avec autant de qualités, tu as l'air pourtant d'être pleine de confiance.
- C'est, je crois, l'image que je reflète à mon travail. Mais je suis différente en privé.
- Ça ne devrait pas être le cas... La Louise qui est en face de moi, c'est laquelle ?

J'avais été gênée par cette question. Il avait vu juste. A force de m'adapter aux souhaits de Sébastien, j'avais fini par me perdre.

- C'est la Louise qui cherche à savoir quelle adulte, elle est devenue, dans sa maternité et sa vie de femme. J'ai besoin de me trouver ou me retrouver, je ne sais pas encore.

- Je crois qu'il ne te faudra pas trop creuser. La Louise qui a sommeillé longtemps en toi, s'est enfin réveillée. Il faut juste que tu la laisses s'exprimer...

La quatrième matinée s'achevait déjà. Nous avons travaillé efficacement puisque toutes les requêtes de Léon avaient été honorées. J'ai passé de vrais bons moments en compagnie de Baptiste, il m'a fait beaucoup rire, parfois à ses dépens. Sa maladresse n'y étant pas étrangère. Jamais il ne m'a reproché de rire trop fort ou de trop parler. J'ai pu exposer mon point de vue sur tous les sujets abordés. Je me suis sentie vraiment bien, d'égal à égale.

Léon nous rejoint, il nous offre un sourire satisfait. Je propose encore mon aide sur certains travaux qu'il envisagerait mais il me remercie en me disant que tout va pour le mieux, que nous en avons déjà fait bien assez.

- Baptiste, tes parents m'ont dit que tu repartais demain déjà ?, dit-il.
- Oui, j'ai un évènement à couvrir sur Toulouse, je dois y loger quelques jours. Je pense repasser d'ici quelques semaines pour un week-end, je viendrai m'assurer que notre travail tient la route.
- J'espère bien que tu me feras le plaisir de ta visite. Louise m'abandonne définitivement dans quatre jours. Et elle n'a pas fait mieux que de ramener son petit trésor auquel on s'attache bien trop fort ma foi. Leur départ va me déchirer le cœur, dit-il en me faisant un clin d'œil.
- Mais enfin Léon, j'avais déjà ma petite idée en tête, pourquoi pas revenir l'année prochaine ?, réponds-je. Je ne suis pas contre le fait de devenir une habituée des lieux. Vous avez encore un peu de place dans votre planning ?
- Pour vous, toujours, vous serez évidemment prioritaires, répond le vieil homme.
- J'en serais ravi aussi, mais c'est trop loin l'année prochaine. Vous ne pensez pas Léon ? C'est qu'on s'attache à ces petites bêtes..., intervient Baptiste.

Annabelle et Bérénice choisissent ce moment pour faire leurs apparitions. Ma fille se jette tour à tour sur mes deux compagnons que je vois émus chacun à leur manière. Finalement, la séparation sera dure des deux côtés. Je songe déjà à la tristesse de ma petite chérie lors de notre départ et je me revois des dizaines d'années en arrière.

- Dites-moi, je me disais que ce serait sympa de faire un tour en barque dans les marais salants. J'ai regardé, la mer est haute en fin d'après-midi. Et ensuite, je vous offre le resto. C'est au port des Salines, juste à quelques kilomètres. Enfin... si vous êtes partantes mesdames, demande Baptiste en prenant Bérénice dans ses bras.
- D'accord si Léon nous accompagne, répond Annabelle en me chuchotant à l'oreille : *je ne tiens pas la chandelle*.
- Léon, ça vous tente ?, demande Baptiste avec l'attitude d'un politicien cherchant jusqu'à la dernière des voix.
- Qu'est-ce que je ne ferais pas pour ma petite loupiotte, dit-il en prenant la main de ma fille avant de l'embrasser sur la joue.

Non, décidément, la séparation ne sera pas simple...

***

Il est à peine vingt heures lorsque nous nous installons au relais des Salines, un restaurant sur pilotis au cœur des marais que nous venons de parcourir.

L'expérience a été formidable. Nos yeux d'adultes étaient aussi émerveillés que ceux de la fillette qui nous accompagnait... Les connaissances de Léon sur les huîtres ont largement enrichi notre balade, et je me suis surprise à apprécier chacune de ses paroles, de ses anecdotes. J'aurais aimé que cela dure infiniment. Décidément cet homme est fascinant, je sais que je suis déjà au-delà du stade de l'attachement... mon côté fleur bleue sans doute.

Même Annabelle n'avait de cesse de poser des questions à notre hôte, elle rebondissait à ses propos comme une élève studieuse. Je l'entendais répéter « c'est clair, ce soir, je me tape des huîtres ». J'étais tellement heureuse pour elle qu'elle apprécie le moment.

Baptiste qui menait la barque, profitait incontestablement de chaque instant. Je le voyais tantôt rire, tantôt intervenir dans le débat, souvent poser ses yeux bienveillants sur Bérénice. À plusieurs reprises, nos regards se sont également croisés. Mon cœur réagissant à chacune de ces rencontres.

- J'ai faim, s'exclame Annabelle. Vous exagérez Léon. J'ai l'impression que je n'ai pas mangé depuis des semaines.
- Ne me mettez pas sur le dos votre gourmandise ma chère. Prenez exemple sur moi, je l'assume entièrement, je vais commander un poulpe confit, tagliatelles à l'encre de seiche, sauce tomate pimentée, j'en salive déjà.
- Non mais j'ai une faim de loup. Et ça, depuis qu'on est allés au parc en début d'après-midi. Il y avait une gamine de cinq/six ans qui s'est prise d'affection pour Bérénice. Tu te rappelles ma puce ? Elle s'appelait Eulalie, elle t'a même dit qu'elle n'avait jamais entendu un prénom aussi joli. Eh ben, cette petite avait une glace immense saveur fraises, pistaches. Eh ben, vous savez quoi ? Elle a préféré la donner à sa mère pour pouvoir jouer avec Bérénice. Comment on peut abandonner une glace ?!?, s'indigne ma meilleure amie.

Je la regarde s'énerver, je souris. Je me dis que je pourrais lui demander, ne serait-ce que le temps d'un instant, de relativiser un peu les faits. De songer à l'existence de nombreux conflits internationaux et aux conséquences du réchauffement climatique et de la déforestation. Mais je crois deviner que cela ne mettrait que de l'huile sur le feu. L'estomac d'Annabelle donne le « LA » de son humeur, il est plus temps de manger que de discuter et philosopher.

- Eulalie vous dites ? Ce doit être la petite fille de madame Sitone, dit Léon avant d'ajouter, elle habite la rue perpendiculaire à la nôtre.
- Ah oui, c'est la gamine de Robin alors. J'ai appris qu'il venait souvent avec sa petite famille. Il faudrait que je l'appelle pour prendre des nouvelles à l'occasion, répond Baptiste.
- Bon apparemment, mon drame ne choque personne, les interrompt Annabelle, vu que tout le monde préfère travailler sur un arbre généalogique. Je vais souffrir en silence mais après avoir relancé le serveur quand même.

Baptiste et moi nous regardons en souriant, nous sommes les deux seuls adultes à table.

Le repas se passe de la manière la plus chaleureuse, Jean est un peu présent à travers Léon. A l'heure du dessert, Baptiste me demande les souvenirs que j'ai de mon enfance ici. Je lui explique brièvement mon histoire, ainsi que celle de ma famille. J'y ajoute celles de mes cousins qui ont contribué aussi à mon bonheur ici.

- Ça a dû vous coûter de ne plus venir ici ?, me demande Léon.
- Oh que oui, c'est sûr. Mais ce n'est pas moi qui décide, je ne peux que remercier mes grands-parents pour le bonheur passé. Sans eux, je n'aurais sans doute jamais connu cette île...
- Allons Louise, si tu veux, je vais lui toucher deux mots à mamie Joséphine, on peut éventuellement négocier avec elle une nouvelle maison dans le coin. Elle a peut-être des remords depuis que papi Charles est parti, intervint Annabelle qui connaît mes grands-parents et mon histoire.
- Parti ?, demande Léon.
- Oui il est décédé il y a un an, je crois que c'est aussi pour ça que j'ai eu envie de revenir ici. Pour essayer de revivre des moments avec lui, réponds-je sincèrement à ma plus grande surprise.

- Vous dites ? Joséphine et Charles ? Puis-je vous demander leur nom ? Je les connais peut-être ?
- Ce serait drôle ! Leur nom est Brasseur. Elle est toute petite ma grand-mère et lui était grand et fin.
- Je..., ce nom ne me dit rien..., répond Léon.
- Dommage, on aura tenté, lui dis-je avec un sourire.

Après ce délicieux moment, Baptiste nous ramène à bon port, il était temps. Bérénice s'est endormie dans la voiture et Léon est clairement épuisé, je m'inquiète pour lui. Peut-être lui en avons-nous trop demandé. Annabelle se propose de prendre ma fille pour la déposer au lit, Léon s'empresse de rejoindre sa maison et ne fait que nous saluer brièvement.

Je raccompagne Baptiste jusqu'à son portail pour le remercier de cette belle fin d'après-midi. Il semble nerveux, lui qui, d'habitude est tellement à l'aise avec l'art de converser.

- Louise, je... putain ça fait chier cette distance, se dit-il à lui-même.

Je crois comprendre à quoi il veut en venir. Je ne suis pas sûre, j'ai des doutes. Mais je sens mon cœur battre et perçois une tension entre nous qui n'avait jamais existé auparavant. Je ne suis pas prête à ce qu'il me parle d'autres choses que de banalités. Cela fait des années que je n'ai pas vécu un début d'histoire amoureuse. J'ai envie de prendre mes jambes à mon cou. Mon corps est trop petit pour accueillir de nouvelles émotions, pas aussi fortes en tout cas.

- Louise, ce séjour m'a confirmé ce que j'ai ressenti la première fois que je t'ai vue. Tu es vraiment une très belle personne. Ne doute pas de toi. Ne laisse personne remettre en question tes qualités.

Je baisse les yeux. Je crois savoir à qui il fait allusion... Il soulève mon menton de son doigt pour m'obliger à soutenir son regard.

- Louise, tu vas être heureuse, je le sais. Fais-moi plaisir s'il te plaît, pense à toi. Tu es une mère et une amie formidable. Tu me l'as montré ces dix derniers jours. Tu as une tonne de courage, utilise le pour toi aussi, d'accord ?

- D'accord, dis-je du bout des lèvres, en le regardant dans les yeux.
- Prends soin de toi, me dit-il en s'éloignant de moi.

Je le salue une dernière fois et reprend le chemin de la maison. Je crois que je suis soulagée lorsque j'entends un retentissant « et puis merde, fait chier ». Je sens une main accrocher mon bras, ce qui m'oblige à me retourner. Je lui fais face, il me regarde les yeux brillants avec une intensité que je ne lui connais pas.

Il prend alors mon visage dans ses mains et m'embrasse avec fougue. Je réponds sans réfléchir. Ses lèvres viennent se mêler aux miennes. Nos langues se goûtent. Mes mains agrippent son tee-shirt. Nos corps sont collés l'un à l'autre. Notre baiser se fait de plus en plus fort, je sens l'envie monter en moi, de lui, de ses bras, de sa protection. J'en veux plus. Doucement, nous ralentissons et poursuivons sur des baisers plus tendres, plus chastes. Il pose son front sur le mien et me dit :

- Je te parle de courage, mais il fallait que j'en fasse preuve moi-même.
- Baptiste, je suis en chantier, je ne suis pas sûre que ce soit une bonne idée. Et comme tu dis... la distance...
- Si, c'est une bonne idée. Je n'ai jamais été aussi sûr de moi Louise. Je sais que tu en vaux la peine, je sais qu'on peut en valoir la peine.
- Je ne peux rien te promettre. J'habite à 700 kilomètres, je suis à peine séparée, j'ai une fille de deux ans... Pour toi aussi d'ailleurs, c'est impossible de te projeter dans ces conditions.
- J'avais remarqué... Ecoute, je ne veux pas te forcer. Je peux quand même essayer de faire des efforts. Tu veux bien me laisser une chance ?
- Evidemment... Mais doucement, laisse-moi le temps de reprendre confiance en moi. Et ne me fais pas de promesse que tu ne tiendrais pas, d'accord ?
- D'accord.

Puis il m'embrasse à nouveau et me prend dans ses bras tendrement. Je le quitte à regret. J'ai le vertige de ce qu'il vient de se passer. Ma réalité n'est pas celle-ci, je le sais. J'ai peur de la chute. D'habitude, je réfléchis avant d'agir, et là j'ai laissé parler ma spontanéité que j'avais perdue depuis des lustres.

Je touche mes lèvres et repense à ces baisers, au plaisir qu'ils m'ont procuré. Je souris, demain sera un autre jour… De l'instant présent, profitons…

CHAPITRE XVIII

Les trois derniers jours des vacances se font sous la canicule. Nous profitons de la plage le matin après un petit tour de marché. L'après-midi, sieste pour les petites, lecture pour la grande que je suis et ensuite piscine. Le soir, nous alternons entre resto ou apéro dînatoire sur la terrasse.

Baptiste m'envoie régulièrement des messages, à tout moment de la journée. Pour me saluer, pour prendre des nouvelles de la température de l'eau, de Bérénice. Il me fait part de sa journée, me dit qu'il aimerait être avec nous... avec moi. J'accueille ses marques d'attention avec précaution, c'est assez inhabituel pour moi alors je fais ce que je sais faire. Je reste sur la mesure. Je n'en ai d'ailleurs toujours pas parlé à Annabelle, on verra... Mais je me surprends à attendre des signes de sa part, à sourire à chacun de ses mots. Je me sens légère grâce à lui.

Chaque matin, je continue mes visites auprès de Léon pour lui amener son feuilleté choco-noisettes que je suis allée chercher lors de ma balade à vélo. J'ai l'impression qu'il est ailleurs, comme soucieux. Il est toujours très courtois mais je sens comme une distance. Je me refais le film de nos derniers échanges et cherche ce qui aurait pu le froisser. Je ne trouve pas, je ne comprends pas. J'en arrive à la conclusion qu'il est sans doute fatigué de toute cette saison à gérer les allers-retours de ces étrangers dans sa propriété.

- Léon, nous partons en fin de soirée. Comme ça Bérénice dormira plus facilement sur le trajet.
- Oh, me répond-il visiblement déçu. Je croyais que vous partiez au petit matin comme la dernière fois. Vous pouvez rester jusque demain soir si vous le souhaitez, la maison est libre.

- C'est gentil Léon et merci pour votre proposition. J'aurais aimé. Mais Annabelle et moi reprenons le travail lundi, il faut qu'on s'y prépare.
- Et Bérénice ?
- Elle va continuer d'aller chez la nourrice jusque décembre. Ensuite, elle commencera l'école comme une grande. Ça va aller vite.
- ...
- Léon, qu'est-ce qu'il se passe ? Vous avez l'air ailleurs depuis quelques jours...
- Sans doute que votre absence va me peiner un peu, je ne sais pas, dit-il sans me regarder.
- Léon, j'aimerais vous payer pour ce séjour, je suis mal à l'aise à l'idée de partir sans vous donner un centime. Puis-je vous dédommager ?
- Allons Louise, vous n'êtes pas sérieuse, s'emporte-t-il. Il est hors de question de recevoir un sou de votre part, ni aujourd'hui, ni demain, vous m'entendez ?

Je le vois vraiment contrarié par ma proposition, il ne s'agit donc pas d'argent. Je ne saurais sans doute pas ce qui le chagrine. Je ne peux pas me permettre d'insister. C'est à lui de me laisser entrer dans sa vie, je ne peux pas m'imposer.

- Léon, finis-je par dire en m'approchant de lui et lui posant une main sur l'avant-bras. Vous allez nous manquer aussi. Il y a des choses que l'on n'explique pas... Bérénice vous a clairement identifié comme un proche et vous aime du haut de ses deux ans. Annabelle, sous ses airs détachés, est touchée par votre personnalité. Et moi... si vous saviez...

Il baisse les yeux, je le sens touché par mes mots sincères. Je ne veux pas l'embarrasser. Je sais qu'il est du genre à vouloir garder ses émotions. Sa réputation d'homme-carapace lui est importante. Je décide donc de changer complètement de conversation pour détendre l'atmosphère.

- Léon, j'adore votre cuisine ! Elle est vraiment belle, spacieuse, lumineuse. Je trouve que les liserés bleus sur les bois blancs vieillis donnent un charme fou. Mais elle a un gros défaut ! Vous travaillez dos à votre magnifique jardin ! Vous ne pensez pas que ce serait merveilleux d'avoir un îlot central pour pouvoir pâtisser tout en admirant les oiseaux se balader, le vent titiller vos arbres fruitiers, admirer le bleu du ciel éternel.

- Vous essayez de vous mettre à la poésie Louise ?
- Non... je m'emporte quand je pense aux îlots centraux... c'est mon rêve, quand je serai grande, j'en aurai un !, dis-je en éclatant de rire. Vous voyez ? Je ne suis pas difficile, je ne veux pas être célèbre ou riche... je veux juste un îlot dans ma cuisine...
- Allez... arrêtez de dire vos bêtises. Filez profiter de votre dernière journée, me souffle-t-il en enfouissant un sanglot.

Ma diversion n'a pas vraiment fonctionné. Je me permets de l'embrasser sur la joue et le quitte avant de le retrouver en fin de journée pour lui dire un véritable au revoir.

***

- C'est bon de ton côté Annabelle, tes valises sont prêtes ?
- Quais... ça y est ! C'est déjà fini... J'en reviens pas comme c'est passé vite. Je suis à deux doigts de chialer, me répond-elle.
- Et moi donc...

Nous décidons de mettre une dernière fois les pieds dans l'eau. Assises toutes les deux sur le rebord de la piscine, nous observons Bérénice qui n'a pas conscience que cette vie de rêve va s'arrêter dans trois heures. Prêtes pour la route, il ne reste plus qu'à profiter des derniers instants mais c'est le cœur lourd que nous appréhendons ce moment. C'est Annabelle qui commence la première, le bal de la nostalgie.

- Putain c'était top… Merci Louise. Ça fait du bien de passer du temps avec vous. Et t'as pas tort, c'est vraiment sympa ici. Je suis définitivement plus Méditerranée qu'Atlantique mais le côté sauvage de cette île est très apaisant.
- Eh bien, te voilà pleine de sagesse dis-donc, dis-je en lui donnant un coup de coude taquin.
- Louise, je t'ai découvert une nouvelle personnalité, moins sage, plus libérée… J'ai adoré. Je t'ai entendu rire, chanter, parler comme jamais. Je crois que je ne t'avais jamais vue détendue auparavant. Continue ce chemin qui mène à toi. Je crois que c'est en de bonne voie.

Je suis surprise et gênée du sérieux de mon amie. Ce n'est pas son genre. Je suis d'autant plus troublée qu'avec des mots différents, elle me lance le même message que Baptiste. Je profite de ce moment d'intimité pour aborder la sienne.

- Je dois dire que ça m'a fait beaucoup de bien ces vacances. J'ai vu grandir ma fille à une vitesse incroyable. Je suis sûre qu'elle a pris deux centimètres en deux semaines. J'ai adoré passer du temps avec toi et te découvrir un peu plus. Merci de t'être confiée à moi. Je suis vraiment touchée et reconnaissante Annabelle.
- Il était temps que je te le dise. Il y avait un côté schizophrène à garder tout ça pour moi. Antoine fait partie de ce que je suis. Il m'a rendue heureuse, j'aurais voulu que ça dure toujours. Ma vie aurait été différente, j'aurais été différente. Mais au final, j'ai beaucoup souffert de son départ. J'ai perdu mes repères, j'ai détesté son absence. J'ai beaucoup culpabilisé de vivre, alors que lui, était parti trop tôt. Je me suis interdite d'apprécier même les petits moments de la vie. J'ai longtemps cru que c'était mon âme-sœur, ce sera sans doute l'homme de ma vie. Mais quand je vois comment tu te bats, la manière dont tu prends ta vie en main sans te soucier des obstacles… Je le vois que l'amour de ta vie, il n'est pas celui que j'imaginais. Tes yeux pétillent quand tu vois ta fille, tu es plus belle, tu es plus forte à côté d'elle.

Ma gorge se serre, des larmes inondent mes joues. Tant pis, je ne peux pas me retenir. J'espère qu'elle comprendra, qu'elle me pardonnera de flancher devant cette carapace qu'elle brise enfin. Les mots sont inutiles, je lui prends la main.

- Attends, calme-toi avant de pleurer, je vais te lâcher une bombe.
- Quoi qu'est-ce qu'il y a ?, dis-je soudain craintive.
- J'ai un peu geeké tous les soirs avant de dormir. Je me suis renseignée sur un truc… Il y a des pays qui sont un peu plus ouverts à l'insémination des femmes célibataires. Peut-être même qu'en France, je vais réussir à soudoyer un gynéco qui aura pitié de moi…, me répond-elle avec un sourire.
- Tu veux un bébé !! Mais c'est génial !, dis-je sans pouvoir me contrôler, ma surprise étant à la hauteur de l'annonce.

Paradoxalement, Annabelle est d'un calme olympien. La perspective d'être mère l'a-t-elle fait grandir en quelques heures ? J'y crois peu. Il reste sans doute une suite à ce qu'elle est en train de me raconter. J'attends donc à nouveau, comme toujours avec elle.

Faisant des cercles dans l'eau avec ses pieds tendus, elle prend son souffle et annonce enfin ce qu'elle appréhende de me dire.

- Je vais démissionner lundi. J'aurais sans doute un préavis de trois mois. Ensuite je pars voir le monde. Un peu les copains, un peu d'autres pays peut-être. Je vois que la vie de maman est prenante, alors considère ça comme un dernier souffle de liberté avant le souffle de la vie.
- Ouahouh… T… Tu pars combien de temps ?
- Je ne sais pas, au moins six mois je crois. Je n'ai pas encore vraiment bouclé la chose. C'est un peu frais pour moi encore, me répond-elle d'un sourire malicieux. J'ai juste la certitude que c'est ce qu'il faut faire. C'est maintenant ou jamais et je ne veux pas de regret.
- Euh… d'accord, je comprends. Mais, tu vas vivre comment ? Enfin de quoi ? Si tu démissionnes, tu n'as plus de revenu, non ? *Je me sens gênée d'être aussi pragmatique.*

- J'ai hérité de deux ou trois sous au décès de mon père. J'avais quatorze ans, c'était placé sur un compte jusqu'à ma majorité mais je n'y ai jamais touché finalement. En fait, c'est un peu plus que deux ou trois sous...
- Oh... Eh bien... je ne sais pas quoi dire.
- Ben encourage moi, ce serait déjà pas mal de la part de ma meilleure pote !
- Bah écoute, je ne sais pas, t'as pas dit un seul gros mot, pas un truc salace, pas une vacherie... je ne suis pas sûre de reconnaître ma meilleure amie, dis-je avec un large sourire.
- T'es bête, me dit-elle en me donnant une légère tape sur la cuisse.
- Putain, ça va être chiant le bureau sans toi.
- Tu m'étonnes... Tu vas prendre dix ans.

Je me lève et m'accroupis derrière elle pour la prendre dans mes bras.

- Je suis fière de toi ma chérie, lui dis-je simplement.
- Souhaite-moi bonne chance, je deviens adulte, me répond-elle.
- Pas besoin, tu es née pour ça. J'attendais que tu ouvres les yeux. Voilà une bonne chose de faite.

CHAPITRE XIX

Le retour à la réalité se fait sans transition. La charge de travail est énorme. J'enchaîne les réunions, les urgences en plus de la masse habituelle quotidienne. Pour Christian, tout est urgent. Je le découvre sous un autre jour, il est ambitieux et souhaite laisser une empreinte. Je me demande parfois s'il a conscience que tout le monde n'a pas ce même objectif. Il est quelquefois dur, avec mes collègues, avec son assistante, avec moi aussi. Je courbe le dos en espérant des temps plus calmes.

Annabelle est évidemment plus détachée, elle reste professionnelle après avoir déposé sa démission mais regarde avec plus de recul les marionnettes du cirque s'agiter. Deux semaines que nous sommes rentrées, j'ai déjà les batteries à plat, elle garde le sourire et ses soirées.

C'est le week-end, repos bien mérité après une semaine bien trop chargée... Ma sœur m'a conviée à dîner chez elle ce soir. J'ai hâte de la revoir. Je ne l'ai pas vue depuis des semaines maintenant. C'est la même chose pour mes parents, mais paradoxalement, je n'éprouve pas le même manque en ce qui les concerne. Leur discours commence à être redondant, je considère ma rupture avec Sébastien comme acquise, ils ne sont pas d'accord. Divergence de point de vue.

Baptiste est patient avec moi, je ne sais pas combien de temps cela va durer. Il aurait souhaité venir me voir quelques jours, passer un week-end chez moi. Mais je trouve cela bien trop prématuré. Avant tout pour Bérénice : j'ai besoin de m'assurer de la pérennité d'une relation avant de lui présenter qui que ce soit. Puis... pour Sébastien qui n'est pas prêt à me voir avec une autre personne : il nourrit encore l'espoir de me voir revenir. En plus, il se considère encore chez lui dans la maison que nous avons achetée ensemble, il serait capable de débarquer à tout moment et de faire une scène qui ne laisserait de bons souvenirs à personne. Et pour finir, cela ne serait pas non plus une bonne idée d'introduire officiellement quelqu'un dans ma vie pour mes parents, je ne ferais que mettre de l'huile sur le feu dans une relation déjà tendue. Dans quoi me suis-je embarquée ? Certes, cet homme semble plein de qualités mais nos mondes sont tellement différents. La distance, nos vécus, Bérénice... ça me semble voué à l'échec.

Je suis dans mes pensées lorsque mon téléphone sonne. Le numéro m'est inconnu, l'indicatif indique le Sud-Ouest de la France. Qui peu donc m'appeler un samedi matin ?

- Mademoiselle Dufour ?
- Oui, bonjour.
- Bonjour mademoiselle, maître Durant, notaire associé de Saint Georges d'Oléron.
- Oh...
- Mademoiselle, vous devez certainement être surprise de mon appel. Je vous appelle concernant la succession de monsieur Léon Muller.
- La succession ? Pardon, je ne comprends pas. De quoi me parlez-vous ?
- Le testament de monsieur Léon Muller stipule que les derniers locataires de ses maisons deviennent de fait les propriétaires de ses biens suite à son décès.
- Excusez-moi maître...
- Durant.
- Pardon, maître Durant, vous devez faire une erreur, le seul Léon que je connaisse à l'île d'Oléron est en bonne santé, je l'ai vu il y a tout juste deux semaines et il allait très bien.
- Pardon mademoiselle, j'ai malheureusement le regret de vous informer que le décès de monsieur Muller est survenu il y a dix jours maintenant.

- Mais monsieur, maître pardon, ce n'est pas possible. Je l'aurais su. Je suis encore en contact avec lui, même s'il n'a pas répondu à mon appel dimanche dernier. Mais... ses voisins, les Duchemin me l'auraient évidemment dit.
- Je viens juste d'en informer monsieur et madame Duchemin. Il s'avère que monsieur Muller n'était pas chez lui au moment des faits mais dans son pays d'origine, ses obsèques ont eu lieu là-bas. Je crois, mademoiselle, qu'ils n'étaient pas au courant non plus.

Je n'ai plus aucune force dans les jambes, je m'assieds et tente de reprendre mes esprits. Un double appel se fait entendre mais je n'y prête pas attention. J'ai déjà trop à ingérer en ce moment. Léon est décédé. Une immense peine m'assomme.

- Mademoiselle Dufour. Je dois procéder à la succession de monsieur Muller. Vous serait-il possible de venir à mon office dans les jours à venir ? J'aurais quelques détails à vous expliquer.
- Je... je ne comprends pas...
- Je sais que vous habitez assez loin, toutefois je peux demander à ma secrétaire de me charger de vos billets d'avion. Que pensez-vous de vendredi de la semaine prochaine ?
- ...
- Ma secrétaire vous rappellera pour convenir des détails. Je vous présente mes condoléances, mademoiselle.
- M...merci..., dis-je en ne comprenant pas pourquoi j'avais le droit à cet égard, ces mots étant normalement destinés aux proches.

Je raccroche et reste silencieuse un long moment. J'ai reçu un uppercut. Je vois Léon, entend le son de sa voix, son rire. C'est forcément une erreur, je reprends mon téléphone pour l'appeler. Il rigolera sans doute de cette histoire.

Je constate un appel en absence, j'avais déjà oublié. C'était Baptiste. Je décide de le rappeler avant de joindre Léon.

- Allo Louise ? Comment tu te sens ?

J'entends à sa voix que quelque chose ne va pas. Il est inquiet. Tout ceci est donc bien réel.

- Baptiste, non. C'est… c'est pas vrai ?, m'entend-je.
- J'ai bien peur que si, me répond-il la voix brisée.

J'éclate en sanglots en me glissant contre le sol. Baptiste connaît Léon depuis toujours et pourtant, on dirait que c'est mon monde qui s'écroule. Je ne le connaissais que depuis peu et pourtant, le regard qu'il posait sur moi me faisait du bien. Sa gentillesse, sa sagesse et sa retenue m'ont tout de suite attendrie. Sans m'en rendre compte, j'aurais voulu qu'il fasse partie de mon futur, j'aurais voulu l'accompagner dans le sien.

Baptiste me console, il trouve les mots justes. Je le sais profondément attristé mais il oublie son chagrin pour réduire le mien. Nous restons un long moment ensemble jusqu'à ce que je reprenne un peu de vigueur. Et là, les rôles s'inversent. Je sens qu'il éprouve le besoin d'évoquer son enfance avec son voisin, les souvenirs qu'il a de Jean et Léon. Je ris en l'écoutant, nous pleurons ensemble. Grâce à lui, Léon est un peu encore là.

Pour la première fois, j'envisage un « nous », pour la première fois de ma vie, je ne me sens pas seule.

***

Les fleurs dans un bras, Bérénice dans l'autre, j'atteins difficilement le bouton de sonnette. Ma sœur nous accueille avec un immense sourire et nous enlace toutes les deux. Je suis très vite délestée de ma fille. Je m'occupe donc de mettre les fleurs dans un vase.

- Qu'est-ce qu'il y a Louise, encore un souci avec les ascendants ou le boss ?

Je sais qu'elle fait allusion à mes parents et à Sébastien dont elle pense que seule son entreprise compte pour lui. C'est sa manière à elle de passer sous les radars de Bérénice. Comme je ne réponds pas, elle demande à son plus jeune fils d'emmener sa cousine jouer un peu dans le jardin pendant que nous préparons les toasts.

- Qu'est-ce qu'ils ont encore fait ?, s'inquiète-t-elle.
- Je ne suis pas allée voir les parents depuis mon retour, et je n'en ai pas envie… j'en ai marre de me forcer pour me prendre des coups au final.
- Bien, voilà enfin une parole pleine de sagesse, me dit-elle en m'étreignant avant d'ajouter, il était temps. C'est dur de te voir en punching-ball, j'étais prête à intervenir. Je le suis toujours d'ailleurs. Du coup, c'est Séb ? Qu'est-ce qu'il en encore fait celui-là ?
- Même pas…, je l'ai vu le week-end dernier. Il est venu chercher Bérénice dimanche après-midi. J'aimerais qu'il la prenne un peu plus et crois-moi, ce n'est pas pour mon plaisir. Mais il me dit qu'il n'a vraiment pas le temps. Il enchaine les tournages de journée et les évènements musicaux la nuit. Ce qui me contrarie, c'est que je vois Bérénice se détacher. Il va le regretter.
- Je ne suis même pas sûre, c'est ça le pire… Bon qu'est-ce qu'il se passe alors ? C'est quoi cette tête d'enterrement ?
- Le propriétaire du logement que j'ai loué à l'île d'Oléron est décédé.
- Oh…, pendant tes vacances ?
- Non juste après, je viens de l'apprendre ce matin.
- Mais comment tu sais ça ?
- C'est le notaire qui m'a appelée.
- Qu'est-ce qu'il vient faire là-dedans ?
- Apparemment j'aurais hérité du logement en tant que dernière locataire. C'est son testament qui le dit…
- C'est une blague non ?

- Je croyais... j'ai essayé d'appeler Léon, le propriétaire en question, dimanche dernier..., il n'avait pas répondu. J'ai regardé sur Internet, ce notaire existe. Alors du coup, j'ai appelé les voisins. Ils ont eu ce même appel et effectivement, ils n'ont pas croisé Léon depuis deux semaines. Il serait parti juste après mon départ.
- Je suis désolée mais encore une fois, je ne comprends pas pourquoi les voisins sont dans cette histoire...
- Ils sont locataires de Léon aussi mais eux, c'est une location à l'année...

Un ange passe, je n'ai pas le courage de faire la conversation avec elle, pas maintenant. Je suis vraiment chamboulée parce qui est en train de se passer. Je n'ai pas précisé que le voisin que j'ai appelé, c'est en fait le fils des voisins. Je n'ose pas lui dire que j'ai passé une heure avec lui à pleurer, pleurer sans doute un peu plus que Léon parce que j'ai gardé trop de choses pour moi ces derniers mois. Je n'ose pas lui dire qu'il a été d'une patience d'ange à m'écouter raconter des choses que je n'avais jamais dites avant, à personne. Je n'ose pas lui dire que s'il m'a écoutée, c'est qu'il y a peut-être quelque chose entre nous même si je ne me l'avouais pas jusqu'alors.

- Tu vas faire quoi ?
- Je n'en sais absolument rien... Le notaire souhaite me voir assez vite, vendredi si j'ai bien compris.
- Tu veux que je gère Bérénice le week-end prochain ?
- Oh... oui s'il te plaît. Je réfléchissais justement à la logistique pour pouvoir y aller. Et j'avoue que demander aux parents, c'est fini pour moi... en tout cas pour l'instant.
- Louise, tu connais mon avis sur la question... Évite-les comme je les évite. Tu ne seras que plus heureuse. Je ne sais même pas comment on peut descendre de deux individus aussi médiocres.

Je sais à quoi elle fait allusion, c'est comme un sujet tabou pour moi. Comme si je n'avais pas été à la hauteur non plus des évènements de l'époque. Comme si je portais une part de responsabilité dans sa douleur toujours présente. Quitte à grandir, je dois aussi affronter ce démon qui me ronge depuis des années. Alors qu'elle me tend les assiettes pour que je commence à dresser la table, je regarde par la baie vitrée, je vois son mari jardiner, les enfants s'amuser dehors. Je prends mon souffle et me lance.

- Je suis désolée Lucie. Désolée de ne pas avoir pris ta douleur avec toi.
- Ce n'était pas à toi de le faire, me répond-elle sèchement.
- Mais quand même… J'aurais pu faire quelque chose, je ne sais pas moi, gueuler en même temps que toi, rendre la vie affreuse aux parents, en parler à d'autres adultes…

Je la vois se radoucir et s'arrêter le temps d'un instant, posée sur son plan de travail, un torchon à la main.

- Je suis désolée, je me suis emportée. Ce n'était pas toi que je visais. Qu'est-ce que tu voulais faire ? Tu avais douze ans, tu t'es pris un mur comme moi… Tu n'as pas dû comprendre grand-chose d'ailleurs à l'époque.
- J'ai compris que tu souffrais, mais j'ai pas su comment t'aider.
- Et pourtant, tu l'as fait, me dit-elle en s'approchant de moi.

Ma gorge se noue, je n'arrive pas à soutenir son regard. Ma culpabilité dure depuis des années. Je n'ai jamais osé lui dire.

- Ce n'est pas ta faute Louise.
- C'est toi qui me console, réponds-je en me frottant la joue. Le monde à l'envers.
- Arrête, me dit-elle en me serrant dans ses bras. On était des enfants.

Nous recommençons la préparation du repas. Chacune dans ses pensées, entrecroisées sans doute. C'est elle qui brise le silence.

- En fait, ce qui me peine. C'est que dans une mesure différente, ils reproduisent le même schéma qu'avec moi.
- Oh, non tu ne peux pas comparer la situation à la tienne, dis-je choquée.
- Ils ne veulent pas que tu quittes Sébastien parce qu'ils ont honte d'une fille séparée, d'une mère célibataire. Ils m'ont obligée à me taire, à ne pas dénoncer cet homme qui a abusé de moi durant des années. Pourquoi ? Parce que c'était un ami ? Un copain, riche qui leur donnait la possibilité de partir en vacances au Cap-Ferret et de dire « notre ami le médecin » ?

Je baisse les yeux, je ne sais que lui répondre. Chaque pore de sa peau transpire la colère, chaque ride reflète la douleur accumulée depuis des années. Je n'ai qu'une vague idée de ce qu'elle a pu endurer. Personne ne peut le savoir. Elle voit les enfants revenir doucement vers la baie vitrée et s'approche de moi pour me souffler.

- Tu sais ce qu'est ce fameux dénominateur commun ? C'est le paraître... L'image qu'ils reflètent aux autres, aux étrangers qui sont plus importants que nous. Qu'est-ce que les gens vont penser de nous ? Encore et toujours... Etre belles, gentilles et intelligentes, on a jamais eu le droit à une faille... Mais là... ce ne sont même pas des failles... si seulement on était responsables ?, me dit-elle les yeux tristes.
- Tu ne les as pas écoutés Lucie, du haut de tes dix-sept ans, tu y es allée au commissariat..., dis-je dans un souffle.
- Oui, j'ai attendu trop longtemps..., des années après qu'il se soit désintéressé de moi. Mais toi, tu ne céderas pas à leur chantage et tu vas aller chercher le bonheur où il se trouve... Coucou les petits trésors, enchaîne-t-elle d'une voix enjouée.

C'est là que je comprends une chose. Instantanément, en voyant ma sœur, faire volte-face à l'arrivée de nos enfants. Le « paraître » a longtemps été destructeur pour nous, aujourd'hui, c'est une arme que nous utilisons pour protéger nos enfants. Ma sœur a raison, le bonheur est sur mon chemin, je saurai le reconnaître le moment venu.

PARTIE 2

CHAPITRE I

Cette semaine raccourcie à quatre jours va paradoxalement me faire du bien. Je n'ai pas réussi à me concentrer, le travail n'est pas au cœur de mes pensées pour le moment. Annabelle et moi avons beaucoup échangé au sujet de Léon. Elle aussi, est affectée par ce qu'il vient de se passer. A plusieurs reprises, elle a répété que tout cela, la confortait dans ses choix. Ses recherches de centres de fertilité se précisent. Son road trip aussi. En janvier, son bureau sera occupé par quelqu'un d'autre. Alors que je pensais avoir déjà vécu beaucoup de changements ces derniers mois, je me rends compte que rien n'est défini à l'avance.

Soit Christian est toujours plus exigeant, soit je ne suis pas à la hauteur de ce poste. Je poursuis mes efforts pour parvenir à ses attentes, puisqu'évidemment, il ne les reverra pas à la baisse. Toutefois cela ne se fait pas sans sacrifices.

Je suis à l'heure chez la nourrice, je me retiens de faire la danse de la victoire devant sa porte, cela serait malvenu devant une personne qui me le demande depuis des semaines. Je reprends ma fille qui a aussi hâte que moi de rentrer chez elle. La route ne représente que quelques minutes. J'ai le temps de penser à ce que je vais faire ce soir, néanmoins je n'ai qu'une envie, me poser un peu.

Je dois préparer le sac de Bérénice qui part chez sa tante demain. Je réfléchis déjà à ce qu'il ne faut absolument pas oublier. Des vacances de deux jours pour elle, j'espère que tout se passera pour le mieux, cela reste une première. De mon côté, j'appréhende énormément mon retour sur l'île mais je préfère ne pas y penser pour l'instant.

Je me gare enfin devant la maison, ma tête bouillonne lorsque j'entends :
« Baptiiiiiiste !! ».

A peine les pieds posés sur le sol, Bérénice court vers notre porte d'entrée. J'aperçois alors Baptiste qui nous attend tranquillement le dos posé contre le mur.

Il fait quelques pas pour rejoindre ma fille et la fait virevolter dans les airs avant de l'embrasser à plusieurs reprises sur la joue. Mon cœur bat la chamade. Je ne m'attendais pas à cette surprise. Je ne sais quoi en penser, d'autant que je sens qu'il attend une réaction de ma part.

- Bonjour, finit-il par dire.
- Bonjour, lui réponds-je d'un sourire.

Je le sens soulagé. Je suis, de mon côté, reconnaissante qu'il soit resté à distance de moi pour éviter toute confusion dans la tête de Bérénice.

- Pourquoi t'es là Baptiste ?, demande Bérénice.
- Vous me manquiez toutes les deux, lui répond-il en nous regardant tour à tour.
- Je suis contente que tu sois là, lui dis-je avant d'ajouter, rentre, on va te faire visiter.

Bérénice est surexcitée, elle souhaite lui montrer sa chambre et tous les espaces qu'elle s'est accaparés. Le pauvre a le droit à la présentation de toutes ses poupées. Je suis impressionnée par sa patience. Il réussit même l'exploit de ne pas déloger son sourire de son visage.

Durant ce temps, je prépare un repas sommaire. Je dois avouer que, même si je me l'interdisais jusqu'alors, le savoir ici me fait un bien fou. Je me sens rassurée, protégée et comblée. Comme si les choses étaient à leurs places.

- Tu veux de l'aide ?

Baptiste est entré dans la cuisine alors que j'étais dans mes pensées.

- Tu sais cuisiner ?
- J'adore ça, me dit-il en s'approchant.

- Où est Bérénice ?
- Elle est dans sa chambre, elle est en train de changer la couche de Chloé.
- Ahh, c'est sa préférée. Tu sais ce que je te propose ? Je vais aller lui prendre une douche rapide. Et durant ce temps-là, si tu le souhaites, tu te poses tranquillement dans le canapé et tu te reposes. Une bière ou un verre de vin te ferait plaisir ?
- Je vais t'attendre pour ça. Tu ne veux pas que je coupe les courgettes ?
- Tu cuisines vraiment ? Ce n'est pas une blague ?
- Bah : si je te le dis.

Je suis étonnée, Sébastien ne sait pas cuire un œuf. Il n'envisagerait même pas de proposer son aide. Ni pour Bérénice, ni pour quoi ce que ce soit d'autre. Il faut vraiment que j'arrête les comparaisons : rien n'est comparable.

- Ok, s'il te plaît. C'est gentil. Je vais faire un curry de crevettes, ça te va ?
- Parfait. Je peux m'occuper de la poêlée de courgettes dans ce cas ?
- Fais comme chez toi, lui réponds-je avec un léger sourire. Les couverts sont dans ce tiroir.

Je m'apprête à sortir de la cuisine. Son odeur parvient jusqu'à moi. C'est plus fort que moi, il m'a manqué. Je reviens sur mes pas et me jette à son cou. Je tire sa chemise pour le coller contre moi et m'empresse de prendre possession de ses lèvres. Nos langues s'entremêlent. Le temps s'arrête, je ne pense qu'à la saveur de sa bouche, à son souffle sur moi. Il me plaque contre le mur le plus proche, je sens son corps contre le mien, je caresse ses cheveux. Je sens ses mains s'aventurer sous mon chemisier, puis sur ma poitrine. J'ai envie de lui à cet instant, plus que tout au monde.

Puis il ralentit doucement son étreinte, termine par des baisers plus chastes.

- Bérénice t'attend, me rappelle-t-il en donnant un dernier baiser sur le front.
- Oui, je reviens dans quelques minutes… Euh, on revient dans quelques minutes.
- Je sais…, me répond-il en mettant un doigt sur ma bouche, prend ton temps, je m'occupe du repas.

Je le quitte à regret. Je lui souris une dernière fois avant de franchir le seuil de la porte. Il me répond avec des yeux qui appellent directement mon cœur battant.

Dans les escaliers, je songe à ce que je viens de faire. Je n'ai pas réfléchi, je n'ai pas eu peur de son jugement, je me suis sentie bien dans ses bras. Je n'ai jamais été aussi spontanée de ma vie, je ne me suis jamais autant sentie femme. Je souris en me pinçant la lèvre inférieure. En découvrant Baptiste, c'est moi que je découvre aussi.

***

Bérénice a souhaité que Baptiste lui lise une histoire, puis une seconde puis une troisième. Il a eu une patience d'ange avec elle. La scène était belle, ils étaient tous les deux assis sur son lit, elle collée, le plus possible contre lui et lui, le bras autour d'elle.

Encore une fois plein d'attentions, il avait pensé à emporter dans sa besace, un imagier sur les animaux pour mon bout de chou. Il lui avait offert juste avant le repas. Il n'aurait pas pu faire meilleur choix, elle ne l'avait pas fermé de la soirée.

Au cours de ce moment, je me suis demandée à plusieurs reprises s'il n'était pas trop prématuré de dîner avec un homme en présence de ma fille. Mais celle-ci avait l'air aussi ravie que moi si ce n'est plus. Les enfants ne se posent pas de questions, on devrait parfois prendre exemple sur eux. Néanmoins,

Baptiste, tout comme moi, nous nous sommes efforcés de paraître les plus détachés possible.

Alors que nous débarrassons la table, il est le premier à évoquer le sujet qui fâche, celui que j'évitais depuis près d'une semaine.

- Comment tu te sens pour demain ?
- J'appréhende beaucoup. Je pense que je vais vraiment réaliser que Léon est parti quand je vais voir sa maison vide.
- Ouais... moi aussi, ça va me faire bizarre.
- Tes parents le vivent comment ?
- Un peu comme nous tous, sonnés.
- Et qu'est-ce que je viens faire dans une question d'héritage ? Je ne comprends vraiment pas.
- Je suppose que n'ayant pas d'héritiers, il a trouvé une parade pour laisser une trace.
- Si c'est ça, je trouve ça d'une infinie tristesse...

Il me tire par le bras pour me plaquer tendrement contre lui. Il m'enlace et embrasse mes cheveux. Je me laisse aller dans cette étreinte. Il me fait du bien, je me sens en sécurité avec lui, sereine.

Je lui propose d'aller dans le salon pour que nous continuions notre discussion dans le canapé. Après cette journée, j'imagine qu'il n'est pas contre un peu de repos.

Il n'y a rien d'embarrassé entre nous. Il semble à l'aise chez moi comme je suis détendue à ses côtés. Tout est naturel. Il s'installe sur la méridienne, je m'allonge de l'autre côté, à sa perpendiculaire. Ma tête sur ses cuisses. Lentement, il me caresse la tête et joue avec mes cheveux. Des caresses d'un homme, voilà encore une première pour moi. Je dois faire attention à ne pas trop m'habituer. On y prendrait vite goût.

- J'ai pris le même vol que toi demain matin, je ne voulais pas que tu sois seule.

- Je me suis doutée en te voyant ce soir devant ma porte, c'est vraiment gentil de ta part.
- Je ne pouvais pas envisager autre chose.
- ...
- Pour le retour, tu as réussi à avoir un vol dès demain ?
- Non. J'y ai cru jusqu'au bout, mais, plus de place...
- Tu dors où demain soir alors ?
- Je comptais chercher ce soir. Je ne peux pas aller chez Léon, c'est trop tôt. Je ne sais pas si un jour, je me sentirai légitime dans cette maison.
- Bah... tu dors chez moi du coup, c'est évident non ?
- Ça ne te dérange pas ?
- Quoi ? Je dois te demander si ma présence te dérange ce soir ? C'est le cas ? C'est une mauvaise surprise ?
- T'es fou, absolument pas. Ça me fait vraiment du bien que tu sois là.

Sur ces mots, il m'invite à m'allonger près de lui et de me prendre dans ses bras. Nous sommes lovés l'un contre l'autre, silencieux. Chacun dans nos pensées. L'espace d'un instant, j'oublie cette dernière année difficile, je songe à Léon.

- Tu sais... Léon et Jean dépannaient mes parents le soir parfois quand ils finissaient tard. Du coup, Steph et moi, on allait chez eux en rentrant de l'école. On adorait. Ils étaient d'une culture incroyable. On apprenait toujours quelque chose sur des thématiques complètement différentes. Et on ressortait toujours avec les estomacs pleins. Je crois que d'une certaine manière, je leur dois mon côté épicurien.
- Pourquoi ?
- Parce qu'ils voulaient toujours le meilleur chez eux. Que ce soit la musique qu'il mettait en fond sonore, les vins qu'ils buvaient ou encore les vivres qu'ils mettaient à table. Même quand ils allaient au ciné, ce n'était jamais par dépit.

- J'adore cette philosophie. J'aimerais être capable de ça.
- Il n'est jamais trop tard. Ils m'ont convaincu qu'il ne faut pas avoir de l'argent pour être riche, il faut juste savoir apprécier le temps présent.
- Sur ces derniers temps, Léon avait pourtant l'air triste non ?
- Et encore... si tu l'avais vu au départ de Jean. J'ai vraiment eu peur qu'il fasse une bêtise.
- Du genre ? Suicide ?
- Oui, ou qu'il claque tout. De ce que j'ai compris, Léon était venu sur l'île pour Jean et y était resté. J'ai eu peur qu'il ne trouve plus d'attache après cela.
- Et qu'est-ce qu'il s'est passé ?
- Je ne suis pas sûr. Je suis passé le voir à plusieurs reprises, néanmoins je ne vis pas là donc c'est dur de mesurer exactement. Mes parents aussi ont pris le relais. Parfois ma sœur. Puis un jour, je l'ai vu recommencer à sourire, timidement, mais tout de même. C'était le début de la suite pour Léon.
- Tu crois qu'on peut se reconstruire après la perte de son grand amour ? *Je songe évidemment à Annabelle en prononçant ces mots.*
- Je ne sais pas, je ne veux pas le savoir égoïstement. Mais je crois que la compagne de Robin n'y est pas étrangère.
- Qui ça ?
- Léa, je crois. Tu sais, la fameuse gamine qui a joué avec Bérénice au parc ? Eh ben son père, c'est Robin, le petit fils de madame Sitone.
- Oui je me souviens, on en a parlé au resto mais je suis désolée, tu vas trop vite pour moi quand même.
- En fait, Léon était très proche d'une voisine. Une certaine Rose Sitone. Et ce depuis des années, Jean le chambrait souvent, il lui disait que c'était son grand amour féminin. Rose est décédée deux semaines avant Jean. Mes parents et moi sommes allés aux obsèques. Robin était à ramasser à la petite cuillère. Et Léon n'était

pas beau non plus… d'autant qu'il savait que la fin de Jean était proche.

- Mon dieu, qu'est-ce que cela a dû être dur pour lui cette période. Je ne savais pas le pauvre, dis-je vraiment attristée. Mais qu'est-ce que cette Léa vient faire là-dedans du coup ?
- Quelques mois plus tard, peut-être même un peu plus. Je l'ai vue venir à plusieurs reprises voir Léon, je les ai même vus se balader bras dessus-dessous sur la plage. Comme si elle avait pris le relais de Rose… J'ai aussi entendu des échanges quand j'étais dans le jardin. Enfin, je me plante peut-être, c'est juste une intuition.
- Intuition ou pas, je suis à la fois triste que Léon ait subi cela mais je suis soulagée qu'il ait remonté la pente ne serait-ce qu'un peu. J'aimerais apprendre à connaître cette femme. Tu me la présenteras ?
- Ouh là, tu parles au futur, me souffle-t-il dans l'oreille. Dois-je me préparer à un avenir avec ma douce ?, ajoute-t-il avant de me mordiller le lobe de l'oreille.

J'éclate de rire. Je connais son passé de papillon. La bienséance devrait me dire de me taire, cependant je ne souhaite pas avoir de filtre avec lui. J'en ai trop souvent eus, j'ai été trop souvent sur la retenue, il est temps d'arrêter de jouer un rôle.

- Ta réputation te précède Duchemin alors n'inverse pas les rôles. Si pression il y a, tu te la mets tout seul mon grand.

Il me sourit. Jamais je n'aurais osé répondre aussi effrontément à Sébastien. Et lui, rit tout simplement. Je me sens soulagée d'un poids, comme ça fait du bien de ne pas peur avoir des propos que l'on tient.

Nous poursuivons nos échanges au même endroit, collés l'un contre l'autre, jusqu'à tomber de sommeil. Cette première nuit ensemble aura été aussi calme que réconfortante.

CHAPITRE II

Les retrouvailles avec Madeleine et Daniel sont mitigées. Madeleine me prend dans ses bras, mais n'arrive pas à prononcer un mot. Ses yeux sont rouges, remplis de larmes sur le point de couler. Daniel me salue plus facilement, pourtant il est également marqué par la tristesse. Le silence est notre compagnon.

Stéphanie est présente également. Aussi discrète que la dernière fois que je l'aie vue, elle attend patiemment aux côtés de son père sans mot dire. Nous sommes tous réunis devant l'office notarial à l'ombre d'un orme centenaire, la gorge serrée, perdus dans nos pensées communes.

C'est Baptiste qui a le courage de faire le premier pas vers la porte. Il me prend la main sans se soucier du regard de sa famille. Chacun d'entre eux nous suit. Le notaire est déjà prêt à nous accueillir.

La pièce est spacieuse, un immense bureau moderne en bois laqué blanc remplit l'endroit. Des chaises noires en cuir nous attendent. Baptiste et moi prenons place l'un à côté de l'autre, il ne m'a pas lâché la main. Je ne le souhaite pas.

Le notaire commence un discours que j'ai du mal à écouter, il parle d'une manière formelle d'un homme que je ne connais que dans la douceur. Il énonce les biens accumulés depuis des années, parle de la succession survenue lors du décès de Jean quelques années auparavant. Il détaille ensuite pour chacun d'entre nous nos états civils et demande de les confirmer. J'assiste à un film sans action et lugubre.

- Bien, rentrons maintenant dans les modalités du testament. Celui-ci a été signé de la main de monsieur Muller en date du 15 juin et approuvé par moi-même le 17 juin. J'en atteste la complète validité par les pouvoirs qui me sont conférés. Commençons par la maison communément appelée « Abricot », située au 18 rue Henri Masse. Cette maison est actuellement habitée par monsieur et madame Daniel Duchemin, c'est bien cela ?

- Oui, répond Daniel.
- Je crois savoir que le bail datant de mars 2017 fait référence à monsieur Baptiste Duchemin ainsi que mademoiselle Stéphanie Duchemin.

J'observe la confusion prendre place sur les visages de mes compagnons. Tous se regardent avec les mêmes interrogations. Madeleine est la première à rompre le silence.

- C'est bien ça. Nous avons mis le bail au nom des enfants suite à quelques soucis financiers il y a quelques années... on n'a jamais rétabli les choses comme à l'origine. Mais c'est bien nous qui sommes locataires depuis trente ans.

Je regarde Daniel, qui observe le sol. Je le soupçonne d'avoir un peu honte de la situation, je suis triste d'être spectatrice de la scène et d'ajouter ainsi à son mal-être.

- Eh bien, de fait. Vos enfants sont les locataires officiels de la maison depuis lors et deviennent selon les souhaits de monsieur Muller, les propriétaires actuels de la maison.
- Mais..., intervient Baptiste après avoir échangé un regard entendu avec sa sœur. Dans les faits, ce sont nos parents qui habitent la maison depuis toujours.
- Oui, j'ai bien compris monsieur Duchemin, il n'est pas demandé à ce que cela change. Charge à vous de voir les modalités avec vos parents à présent. Mais je vous confirme que votre sœur et vous êtes à présent propriétaires. Sauf si bien sûr, vous refusez la succession.
- Non, il va l'accepter, n'est-ce pas mon gamin, répond Madeleine, en mettant une main sur la cuisse de son fils.

Baptiste est dérouté, il serre ma main encore plus fort et la ramène sur ses jambes. Je sens que ma présence lui fait autant de bien que la sienne pour moi.

- Bien, si tout le monde est d'accord sur ce premier point, abordons le second. Détaillons à présent la succession de la maison « Pomme » et de la villa « Cerise » qui ne sont juridiquement qu'une seule unité. Mademoiselle Louise Dufour, en tant que dernière locataire d'une partie de ces lieux, vous devenez, si vous l'acceptez encore une fois, propriétaire de ces deux immeubles.

Tous les regards se tournent vers moi, aussi stupéfaits que je le suis. Ce notaire fait erreur, je me dois de lui rappeler.

- Excusez-moi maître, mais je n'ai loué que le studio, pas la villa.
- Oui mademoiselle, mais là encore, les volontés de mon client sont précises. Le dernier locataire hérite de tout le domaine.
- P... pardon... mais, vous imaginez ?... Mais c'est imp... Excusez-moi, vous êtes sûr ?
- On ne peut plus, mademoiselle, j'en ai moi-même échangé avec monsieur Muller. Il était tout à fait conscient de ses choix au moment de les faire.

Je regarde Baptiste qui est aussi abasourdi que moi. Je tourne enfin le regard vers le reste de la famille. J'ai honte de les affronter, je ne suis personne, je n'ai pas mérité un tel cadeau. C'est comme si j'avais volé ce pauvre Léon. Paradoxalement, je ne vois que de la bienveillance dans leurs yeux. J'éclate en sanglots, je ne sais comment réagir à toutes ces informations que j'ai dû absorber ces derniers jours.

- Mademoiselle Duchemin, ne vous inquiétez pas, monsieur Muller a déposé sur un compte séquestre une certaine somme payant l'ensemble des frais notariés ainsi que l'équivalent des factures et taxes pour les cinq premières années. Après une simple signature, je n'ai qu'à vous donner les clés et un virement automatique se fera sur votre compte chaque mois en vue de payer les charges, si toutefois, vous êtes disposée à me donner votre relevé d'identité bancaire.

Je garde la bouche ouverte, cet homme est un saint et je suis sans doute en train de rêver. Je sens le pouce de Baptiste caresser ma main, là encore, c'est trop beau pour être vrai. Jamais quelqu'un n'a été aussi tendre et attentionné avec moi.

Les minutes qui suivent, sont interminables. Je signe ce qu'on me demande de signer, je fournis les justificatifs demandés. Ma tête est embuée, mon esprit est ailleurs mais je ne sais pas où, sans doute à la recherche de Léon, à qui j'aurais voulu dire tellement de choses, poser tant de questions.

Après ce long rendez-vous, nous repartons doucement et silencieusement chez Madeleine et Daniel. En sortant de la voiture de Baptiste, je regarde la maison de Jean, les volets sont tristement fermés. Je n'ai pas encore le courage de rentrer. J'aurais l'impression de voler son intimité, de m'imposer chez lui sans son autorisation. Peut-être reviendra-t-il bientôt ? Je ne veux pas le déranger.

Daniel et Madeleine nous proposent de manger un morceau chez eux étant donnée l'heure tardive. Il ne s'agit pas du festin de la dernière fois, aucun d'entre nous n'a le cœur à s'attabler. Baptiste me prend à plusieurs reprises dans ses bras. Je suis surprise de ce type de démonstrations devant du public même s'il s'agit de ses proches. Je le sens tendre et soucieux de mon bien-être. Son attitude et ses mots me réconfortent. J'apprécie aussi la pudeur dont fait preuve sa famille, aucun ne nous pose de question. Ce n'est sans doute pas le moment.

Stéphanie est la première à partir. Je décide de la raccompagner.

- Même si les circonstances ne s'y prêtaient pas, je suis ravie de t'avoir revue Stéphanie, lui dis-je.

- Moi aussi... Je suis heureuse aussi que Baptiste ait osé se lancer avec toi. Il a raison, tu es une belle personne.
- Osé se lancer ?, dis-je gênée et certainement rouge écarlate.
- Je suis sa sœur, s'il ne se confie pas à moi, à qui va-t-il le faire ? Je ne l'ai jamais vu comme ça... tu as été une étincelle. Apparemment, il a tout de suite su..., me dit-elle en souriant et en s'installant sur son siège.
- ...
- Autre bonne nouvelle, on est voisines maintenant, j'ai hâte de te découvrir...
- M... Moi aussi, réponds-je encore sous l'influence de la surprise. A très vite alors ?

***

L'appartement de Baptiste est dans le centre de la Rochelle, très lumineux. D'emblée, je remarque que tout son mobilier et sa décoration sont issus de la récupération. Un ensemble dépareillé qui forme une belle harmonie. Je me sens à l'aise de suite. Je décide d'abandonner ma veste et ma valise dans l'entrée et m'avance vers sa bibliothèque pour détailler ses livres et ses disques. Je ne savais pas que les vinyles pouvaient encore autant s'accumuler de nos jours.

- Tiens, tu l'as bien mérité, me dit-il en me tendant un verre de vin blanc alors que lui, s'est réservé un rouge.

Il se pose alors derrière mon dos et m'entoure de son bras libre et m'embrasse le cou. Je sens une chaleur envahir mon corps. Je bois une gorgée de ce nectar, quel délice... Vais-je finir par apprécier l'alcool et la douceur de vivre qui va avec ?

- Je l'ai acheté en pensant à toi. C'est un Loupiac. Tu aimes ?, me demande-t-il en continuant de m'embrasser la nuque.
- J'adore...
- Le vin ou le baiser ?
- Les deux, dis-je en soufflant.

Puis il me laisse en plan comme ça, le corps bouillant et l'esprit confus. Je reprends une gorgée, décidément ce verre me fait du bien...

- Comment tu te sens ?, me demande-t-il en revenant avec un tablier autour de la taille.
- Tu cuisines ? Tu veux que je t'aide ?
- Non, tu te reposes. Choisis la musique que tu souhaites. Alors ? Comment ça va ?
- C'est compliqué...
- Je me doute, me répond-il en m'embrassant le front. Appelle Bérénice, ça te fera du bien.

Comment cet homme peut-il être aussi parfait ? Je prends mon téléphone pour appeler ma sœur, je lui explique brièvement le rendez-vous chez le notaire. Elle est tout aussi sidérée que moi. Je passe ensuite les minutes suivantes avec ma fille. Cette enfant a le don de m'apaiser et de me prouver que l'essentiel de la vie est dans sa voix, son rire et son odeur qui me manquent déjà.

- Ça sent bon dis-moi, dis-je après avoir raccroché. C'est quoi ?
- Saint-Jacques et fondue de poireaux. J'ai fait léger sans savoir si ton estomac serait à nouveau disposé. Comment vont ta sœur et Bérénice ?
- Bien. Ça fait du bien de les entendre, dis-je en reprenant mon verre.
- Est-ce que tu veux aller te détendre un peu sous une douche ? La journée a été longue.
- Tu sais me parler toi..., dis-je me collant à son torse.

Ses bras me font tellement de bien, mais je sens que j'ai besoin de plus. Je lève mon visage vers le sien et l'embrasse. Nos langues s'entremêlent. Je l'attire contre moi pour le sentir au plus près. Je retire son tablier et sa chemise sans quitter ses lèvres. Il me soulève et entoure son corps de mes jambes. Il me transporte dans une pièce. Je me retrouve assise sur le rebord d'un lavabo. Il me quitte pour allumer la douche et revient vers moi m'embrasser encore plus, plus fort, plus intensément. Je gémis lorsqu'il descend le long de mes épaules pour embrasser mes seins puis mon ventre, encore plus bas, toujours plus bas.

Il retire le reste de ses vêtements et les miens. Je ne tiens plus, j'ai envie de lui, comme je n'ai jamais eu envie de personne. J'en ai presque mal. L'eau qui ruisselle sur nos corps est chaude, j'apprécie son contact alors que Baptiste couvre tout mon corps de baisers. Je caresse ses cheveux, son torse, je perds la conscience du temps. Sa générosité est incroyable. Alors qu'il est à genou devant moi depuis quelques instants, il se lève enfin et me soulève. Et enfin... il prend possession pleinement de mon corps. Je me mords les lèvres pour ne pas atteindre le plaisir ultime tout de suite, je veux que le moment dure, que cette excitation ne s'arrête jamais. J'ai envie de son corps, de ses lèvres pour toujours. Sa douceur me touche, son désir me renverse : je ne me suis jamais sentie aussi femme, aussi libérée. Je me laisse enfin aller au moment, sans réserve, pour finalement exploser de plaisir, il me suit de peu et continue à m'embrasser encore et encore. Nous restons dans la douche lovés l'un contre l'autre de longues minutes.

- Tu as faim, me souffle-t-il à l'oreille.
- Je meurs de faim, lui dis en souriant.
- Je me doute. Moi aussi, je vais faire des pâtes en plus...
- C'est une bonne idée, réponds-je encore sous l'émotion.
- C'est surtout que tu dois reprendre des forces, j'ai encore très très envie de toi, me dit-il avant de m'embrasser avec une vigueur à laquelle je réponds sans réserve.

Toute la soirée, même la nuit se déroule dans la plus grande simplicité. Nous nous découvrons un peu plus, nos corps se mêlent à plusieurs reprises. Ses attentions et sa douceur sont telles que je ne souhaiterais pas être à un autre endroit à cet instant.

C'est après une nuit blanche que je reprends l'avion en direction de ma réalité. La séparation est plus difficile que je ne l'attendais. Je quitte à la fois une maison que je dois encore découvrir et un homme qui m'a fait battre le cœur comme jamais. Les deux vont me manquer mais la promesse des retrouvailles n'en est que plus savoureuse.

CHAPITRE III

Déjà trois semaines que Léon est parti en me laissant avec toutes ces questions. Je prépare doucement mon retour sur l'île prévu la semaine prochaine pour les vacances de la Toussaint. Je partirai avec Bérénice, nous serons seules pour le voyage cette fois mais Baptiste nous tiendra compagnie chez Léon. C'est le moment de savoir si je peux m'approprier les lieux. Ce séjour sera l'occasion aussi de revoir les Duchemin, je n'ai pas trop eu le loisir d'échanger directement avec eux ces derniers temps. J'ai juste su par Baptiste qu'ils avaient beaucoup de peine de l'absence de leur propriétaire. Officiellement, Daniel allait régulièrement dans le jardin pour l'entretenir, mais il ne dupait personne, il souhaitait avoir ses moments avec Léon.

Baptiste et moi avons su rester discrets sur notre relation à l'égard de Bérénice, il est trop tôt pour l'impliquer dans quoi que ce soit. Le week-end dernier, alors qu'elle était chez son père, nous avons décidé de nous retrouver seuls, loin de nos vies et de nos routines. Alors que je cherchais encore un lieu de destination qui pouvait nous convenir tous les deux et ne voyait que le côté pratique. J'ai reçu un message avec une carte d'embarquement à mon nom... J'en étais restée bouche bée... Baptise avait préparé un week-end du vendredi soir au dimanche après-midi à Rome. Il avait tout prévu, y compris mes horaires de reprise de ma fille. Jamais je n'avais fait ce genre de folies dans ma vie. Jamais je ne m'étais laissée porter à ce point.

Ce week-end avait été féerique à tous points de vue. La ville en elle-même est à couper le souffle, c'est un musée à ciel ouvert. Chaque angle de rue, chaque statue, chaque quartier est une œuvre d'art. J'ai apprécié la magie de tous les instants. Je sais que Baptiste a plus d'expérience que moi, plus de vécu, et malgré cela, il m'a laissé vivre les choses avec ma naïveté et la simplicité que je souhaitais. Nous avons marché sans compter, goûter à tant de saveurs à toute heure de la journée. Nous avons beaucoup parlé, ri, et fait l'amour aussi. J'aurais aimé que le temps se fige. Je n'ai pas juste découvert une ville, j'ai aussi compris que la vie pouvait aussi être faite de plaisirs et d'insouciance, j'ai appris à me libérer, à respirer, à rire sans compter. J'ai apprécié encore plus la présence de Baptiste en éprouvant même une certaine fierté d'être à ses côtés.

Mais je sais que la semaine prochaine sera moins idyllique. Il faudra que je fasse preuve de bien plus de courage pour affronter le vide de la maison. Je n'ai pas encore parlé à Bérénice, je n'ai pas su trouver les mots mais je dois lui dire qu'elle ne reverra plus Léon.

C'est dimanche matin, je reçois un appel de mon directeur, j'ai une boule au ventre. De plus en plus d'ailleurs, à la vue de son nom, depuis que j'allume même mon ordinateur.

- Louise, salut. Il faut que tu changes le rendez-vous de mardi, on ne sera pas prêts. Place-le à jeudi en fin de journée.
- Christian, d'accord. Mais du coup, je ne pourrai pas être présente.
- Et pourquoi pas ?
- Je t'ai dit que je devais terminer tôt pour emmener ma fille chez le médecin. Le rendez-vous chez l'allergologue que j'ai obtenu il y a six mois.
- Ben tu décales.
- Je décale quoi ?
- Ben les deux, la réunion, tu la mets à jeudi soir et ton rendez-vous aussi, tu le changes. Ah et puis, j'ai besoin que tu me fasses une synthèse précise du compte Debienne pour ce soir, j'ai une présentation en comité directeur demain à 8h. J'attends ton mail. A demain.

Il ne me laisse pas répondre. Il m'est impossible de décaler le rendez-vous de Bérénice, je vais devoir demander à quelqu'un de l'amener. Je déteste ça. J'ai l'impression de l'abandonner et de ne pas être à la hauteur de la mère qu'elle mérite.

Je m'attaque à la présentation avec des nausées, je ne me sens plus sereine dans ces conditions de travail et je ne sais pas comment sortir de cet état.

***

Il est **14h30** lorsque j'envoie le mail à Christian. Bérénice est à la sieste, je vais en profiter pour faire un peu de ménage avant son réveil.

Sébastien débarque comme toujours sans prévenir et sans frapper.

- Salut, me dit-il. Tu m'offres un café ?
- Bonjour. Oui, assieds-toi dans la cuisine, j'arrive. Juste le temps de monter le linge à l'étage.

Lorsque je redescends, je vois dans son regard que son humeur est massacrante. Je le contourne pour atteindre la cafetière, je sais que je marche sur des œufs.

- Ça va ?, dis-je en tassant le café dans le percolateur.
- C'est quoi cette histoire de baraque que t'as héritée ?
- Oh... tu es au courant ?, dis-je surprise.
- Tu crois vraiment que tu peux me cacher des choses ? C'est ce que tu voulais, ne rien me dire ?, s'emporte-t-il.
- N... Non pas du tout, c'est pas du tout. C'est tout récent et moi-même je ne sais quoi faire.

Je le vois s'adoucir, comme s'il était soulagé. Je ne sais pas ce que mes propos ont eu d'apaisant mais je suis heureuse que ce soit le cas.

- C'est ta mère qui me l'a dit. J'ai mangé chez eux jeudi soir.

Je savais que mes parents entretenaient encore des relations avec Sébastien mais je suis un peu sonnée de cette proximité que je découvre.

- Tu me racontes ?, enchaîne-t-il.

- J'ai hérité du propriétaire de la maison que j'ai loué pendant les vacances. C'est juste un hasard. Son testament stipulait que son dernier locataire obtenait tous ses biens en cas de décès.
- Bah si c'est le hasard, t'en voulais pas. Vends et tu seras tranquille avec ça.
- Je ne sais pas, ce n'est pas si facile à décider. J'aime cette maison.
- Tu te fous de moi ?! T'as passé deux jours là-bas. T'as pas l'impression que tu vas te foutre plus dans la merde qu'autre chose ?, s'énerve-t-il à nouveau.
- ...
- Me dis pas, que tu vas savoir gérer deux maisons dont une à l'autre bout de la France ? T'as déjà du mal avec celle-ci, me dit-il d'un ton méprisant.
- Séb, c'est une décision qui m'appartient.
- Non bordel, crie-t-il en se levant. Si t'étais pas aussi égoïste, on serait une famille unie. Cette baraque on l'aurait eu à deux, et moi, je te dis que je l'aurais vendue parce que je suis un mec responsable qui pense à sa famille et son avenir.
- Mais Seb, si on avait encore été ensemble, on ne serait jamais partis en vacances et la question ne se poserait pas.

Je n'aurais pas dû lui répondre, ses yeux s'assombrissent. Il s'approche de moi, tout son corps me menace.

- Qu'est-ce que t'insinues ? Qu'avec moi, t'es malheureuse ? Je t'interdis de partir en vacances peut-être ?

Son visage est tout proche du mien, je peux sentir son haleine aux arômes de cigarette et de café. Je suis tétanisée, je le connais, tout peut basculer à tout moment.

- Je n'ai jamais dit ça. Je voulais juste dire qu'on ne serait pas partis là-bas.

- Et t'as regardé les prix des maisons là-bas ?
- Non...
- Bah non évidemment, elle ne réfléchit pas plus loin que le bout de son nez, dit-il en faisant quelques pas dans la cuisine. Ça coûte des centaines de milliers d'euros voire plus... je ne connais pas l'état et la surface. Elle est comment ?
- Elle est bien entretenue..., *je ne sais pas quoi répondre, tout ce que je vais dire sera retourné contre moi.*
- Tu sais ce que j'en ferais de ce fric moi ? Ce qu'on pourrait en faire ?
- Ton entreprise ?
- Bah oui exactement ! Je pourrais me développer bien plus vite que je ne le peux actuellement. Je pourrais accepter plus de chantiers, recruter, avoir plus de temps pour toi, pour la petite, dit-il en s'approchant pour me prendre la main.
- La question ne se pose pas, lui dis-je en osant retirer ma main.

Le premier coup est une gifle tellement forte que je perds l'équilibre sur le plan de travail. Je lui tourne le dos le temps de reprendre mon souffle et mes esprits. Comment sortir de cette impasse ?

- Ecoute-moi bien, cette baraque, tu ne l'as pas demandée. T'attendais pas cet argent donc tu vas la vendre, prendre ce putain de fric et on va reprendre notre petite vie ici. Parce qu'ici c'est chez moi, t'as compris ?

Il dit ces mots glaçants en me tirant les cheveux pour me plaquer contre le mur et placer sa main autour de mon cou. Je peine à respirer. Je prie pour que tout cela cesse au plus vite et que Bérénice ne se réveille pas. Il me donne alors à nouveau une gifle qui me fait tomber sur le sol, je sens du sang couler de ma lèvre. Je suis au sol à ses pieds, il me donne un coup de pied, puis un autre. Je tente de me protéger avec mes bras. Il se met alors à genou devant moi pour me prendre le poignet et m'empêcher de me défendre.

- Papaaaaaaaaaaaaaaaa, mamaaaaaaaaaaan.

Bérénice est là, devant nous, les larmes ruissellent sur ses joues. Elle serre son doudou contre sa poitrine de toutes ses forces.

- Quoi « maman » ? Tu vois ta mère, je lui casse le bras quand je veux à ta mère. Tu veux que je lui casse ?, hurle Sébastien sur notre fille.

La seule réaction de ma fille est à peine perceptible. Son visage alterne de gauche à droite puis de droite à gauche. Elle est tétanisée.

- Va-t'en Sébastien, dis-je en trouvant un peu la force de répondre.
- Sale pute, me crache-t-il au visage en donnant un gros coup de poing dans le mur avant de sortir en bousculant Bérénice au passage.
- Viens ma puce, ça va aller. Papa était un peu en colère mais ça va aller, dis-je en m'asseyant.

J'entends la voiture démarrer en trombe, je suis soulagée. Je prends Bérénice dans mes bras, mes côtes me font horriblement mal, pourtant les sanglots qui sortent de son petit corps me blessent encore plus. C'est allé trop loin cette fois. Me faire du mal est une chose, mais il ne doit pas ruiner notre fille. Malgré tout, j'ai peur.

CHAPITRE IV

La maison de Léon n'a pas changé. La façade est juste un peu moins lumineuse que je ne la connais, éclairée par un soleil un peu plus bas en cette saison. L'automne est là. La végétation n'a pas pris le dessus, je soupçonne Daniel de ne pas y être étranger. J'ouvre le portail et me ravise. Je préfère pour l'instant aller saluer les Duchemin, la transition se fera plus facilement pour moi et sans doute aussi pour Bérénice qui sait depuis peu, que Léon est parti. Je n'ai pas donné plus d'explications, j'espère que son cœur innocent finira pour l'oublier.

Madeleine est partie faire des courses, Daniel est seul chez lui. Il est ravi de nous voir. Nous échangeons un peu autour de banalités. La fin de la saison estivale qui ramène un peu de calme aux insulaires, son travail de contremaître dans une boulangerie industrielle qui commence à le fatiguer, l'arrivée d'un nouvel espace de santé au bout de la digue...

- Merci pour l'entretien du jardin, finis-je par dire.
- Oh ce n'est rien, répond-il en baissant les yeux. Ça me permet d'être encore un peu avec lui. Après tout ce qu'il a fait pour nous.... C'est comme si j'arrivais à le remercier à travers ça...

Ses yeux sont humides, il ne semble assurément pas remis du départ de Léon.

- Je sais, lui dis-je en posant ma main sur son avant-bras. Je ne le sais que trop bien... Comment le vit Madeleine de son côté ?
- Mieux que moi je crois. Nous évitons un peu le sujet... Les premiers jours ont été durs mais elle a très vite reconnu que Léon nous avait sauvés d'une belle passe. Garde-le pour toi mais nous avions

beaucoup de mal à boucler nos fins de mois avant ça… Et depuis sans loyer, même aussi dérisoire qu'il était, c'est une petite bouffée d'oxygène.

Je ne sais pas quoi répondre à Daniel, son air triste me fait penser qu'il n'a pas l'occasion de se confier souvent. Il imagine sans doute, et à raison, que nous sommes liés par une même gratitude à l'égard de notre bienfaiteur. Pour des raisons différentes, Léon me permet de m'extraire de certains de mes problèmes, je ne sais pas encore quelle finalité donner à tout cela mais j'ai le droit aussi à une bouffée d'oxygène grâce à lui.

- Baptiiiiiiiiiste !!!!!

Je sens une petite main quitter la mienne. Bérénice s'accroche à Baptiste avec toute la force dont elle est capable. Je la vois serrer les yeux et se coller à son torse. Ce dernier savoure cet accueil avec délectation. Son large sourire trahit sa joie de nous retrouver. Tout en gardant ma fille dans un de ses bras, il s'approche de moi et m'embrasse la joue en me caressant le bras.

- Salut p'pa, ça va ? Maman est encore en train de chiner, je suppose.
- Tu la connais bien…
- Louise, on va poser vos affaires dans la maison ?, me demande-t-il. On reviendra voir maman après. C'est toujours d'accord pour ce soir ? Vous nous invitez p'pa ?
- Evidemment avec plaisir mon garçon. A tout à l'heure. Installez-vous bien.

Nous arrivons finalement devant la porte de « chez Léon ». Mon réflexe serait de frapper à la porte mais je sais que personne ne va me répondre. Je fouille dans le fond de ma poche, une grosse clé en fer rejoint mes doigts puis la serrure.

L'espace est sombre, une odeur de renfermé se mêle à celle de Léon. Baptiste qui me suit avec Bérénice toujours collé à lui, ouvre un volet puis un autre. La lumière entre à nouveau, tout est comme dans mes souvenirs. Cette maison est magnifique, j'en ai le cœur qui bat plus que je ne peux le supporter. Je sais que j'aime cet endroit plus que tout au monde, je le sens, je suis chez moi.

Baptiste sèche la larme qui est sur ma joue. Je n'avais pas remarqué que je pleurais.

- Bérénice, tu veux bien que je te pose par terre, je dois aller chercher les valises dans la voiture.
- Nooon, répond-elle en enfonçant sa tête dans son cou.

Baptiste me regarde inquiet. Il a remarqué que l'attitude de ma fille n'est pas comme d'habitude.

- Laisse, je vais y aller, réponds-je. Il n'y a pas grand-chose. Reste avec elle, je reviens tout de suite.

Nous mettons finalement peu de temps à prendre nos marques. Bérénice a accepté de délaisser Baptiste et a pris place dans la véranda avec les quelques jouets que je lui ai ramenés, nos chambres sont prêtes. Le fait d'avoir un peu aéré les pièces redonne vie à la maison. Chaque recoin, chaque meuble me fait penser à Léon. C'est normal, nous sommes chez lui. Ça me fait du bien de le sentir auprès de moi.

***

Il est plus de onze heures du soir lorsque nous rentrons de chez Madeleine et Daniel. Une fois n'est pas coutume, Bérénice s'est endormie dans les bras de Baptiste. Il a fait preuve d'une patience d'ange avec elle au cours de toute la journée. Elle n'a eu de cesse de contrôler que nous étions là tous les deux, de chercher des contacts physiques.

- Pourquoi tu as mis des serviettes éponges dans ses draps ?, me demande-t-il avant de la poser. Elle est propre la nuit depuis quelques mois non ?
- On ne sait jamais... un accident est vite arrivé. Ce n'est pas sa chambre, elle a bu pas mal de thé glacé chez tes parents.
- Ah ok.

Je n'ose pas lui dire la vérité. Celle qui me perturbe depuis près d'une semaine déjà, qui m'empêche de dormir depuis. Lorsque Sébastien est parti dans une colère noire dimanche dernier, je n'ai pas juste retrouvé une petite fille en pleurs mais aussi une petite fille qui avait fait pipi sur elle de peur, qui salit ses draps chaque nuit depuis, qui fait des cauchemars et qui n'arrive plus à s'endormir seule... J'espère depuis des jours que ce séjour va avoir un effet bénéfique sur elle, l'aider à oublier un peu.

- Ça te dit de boire un verre ? Je t'ai ramené un petit truc qui devrait te plaire, me demande Baptiste.
- Avec plaisir, réponds-je. *S'il savait à quel point j'en ai besoin...*

Quelques minutes plus tard, nous nous retrouvons dans la cuisine. Debout l'un contre l'autre, un verre à la main.

- Ce vin est à nouveau délicieux.
- Dis-moi, je t'ai pervertie, me répond-il avec un sourire malicieux.
- Je crois que ça me fait du bien de me lâcher un peu.
- Tu m'as tellement manquée, me dit-il en m'enlaçant.
- Aie...
- Qu'est-ce qu'il y a, je t'ai fait mal ?
- Non non, ça va..., réponds-je gênée.
- Louise, qu'est-ce qu'il se passe ? Je t'ai à peine touchée, tu as sursauté.
- Mais rien, j'ai juste eu un réflexe, dis-je en me reculant.
- Louise, qu'est-ce qu'il se passe ?

Je n'ai pas envie de lui mentir, il mérite mieux que ça. Pourtant je n'ai pas la force de lui dire. Je détourne mon regard, peut-être va-t-il abandonner ?

- Louise, soulève ton tee-shirt.
- ...
- Louise, je vais soulever ton tee-shirt.
- ...

Il s'exécute. Je le vois blêmir à la vue de mon ventre. Ses mâchoires se crispent. Je le sens très en colère. Il recule de quelques pas et passe ses mains dans ses cheveux tout en me tournant le dos.

- Qui t'a fait ça ?
- ...
- Louise, réponds-moi s'il te plaît...
- Sébastien, dis-je en regardant le sol.
- Sébastien ? Mais pourquoi tu ne m'as rien dit ?
- J'avais peur de ta réaction, que cela ne fasse qu'empirer les choses.
- Ah... parce que c'est de moi dont tu dois avoir peur ?

Je le sens complètement abattu. Il s'appuie sur le plan de travail et reste quelque temps silencieux. Je l'ai déçu...

- Je suis désolée Baptiste.
- Désolée ? Mais il t'a massacrée... C'est moi qui suis désolé... Je sers à quoi si tu ne me dis rien... pourquoi tu ne m'as pas fait confiance ? On aurait pu au moins en parler non ?, me dit-il en me prenant les mains.

J'éclate en sanglots. Je réalise qu'il n'est pas du tout comme Sébastien. Je le sens bien plus triste qu'en colère en fait.

- Pardon... un vieux mécanisme de défense sans doute...
- Louise, je veux être là pour toi et pour ça, il faut que tu me parles, que tu me fasses confiance...

- Je le sais maintenant, je le sais, dis-je en me collant à son torse.

Il me caresse les cheveux. Il me respire, me garde contre lui sans dire un mot. Je crois qu'il intègre les faits.

- Bérénice a tout vu n'est-ce pas ?
- Oui, réponds-je en pleurant de plus belle.
- Ça explique bien des choses...
- Comme quoi ?
- Elle a peur de tout, elle regarde toujours si tu es là. Elle se colle à moi comme si je pouvais la protéger...
- .....
- Je suppose qu'elle fait de nouveau pipi au lit ? C'est ça les serviettes ?
- Oui...
- Tu vois, c'est pour ça que tu aurais dû me le dire... Elle a besoin d'être rassurée. Maintenant que je le sais, je vais savoir comment me comporter avec elle... Pourquoi t'a-t-il fait ça ?
- Il veut que je vende la maison de Léon pour intégrer des liquidités dans son entreprise.
- Ça fait beaucoup de liquidités...
- Il pense qu'on peut toujours être un couple, c'est pour ça qu'il pense que cette maison lui appartient aussi.
- Je veux que tu ailles porter plainte.
- Mais je ne peux pas, c'est le père de ma fille.
- Et regarde l'influence qu'il a sur elle...
- Il n'a pas arrêté de s'excuser toute la semaine, il s'en veut vraiment tu sais.
- Sans doute et il a raison de s'en vouloir. Enlève ton tee-shirt complètement.
- P... pourquoi ?
- Si tu ne veux pas porter plainte, je veux au moins faire une photo de ton corps. C'est une preuve.
- Mais enfin Baptiste....

- Louise, je ne t'oblige rien, tu es une grande fille. Jamais je ne t'imposerai quoi que ce soit. Mais je te demande juste une chose...
- D'accord.

Je m'exécute, il prend quelques photos en silence. Il a la gorge nouée je le vois. Je me rhabille aussi vite que possible pour lui éviter d'endurer ce spectacle.

- Je te pose juste une dernière question et après je te laisse tranquille d'accord ?, me souffle-t-il.
- Je t'écoute.
- Est-ce que c'était la première fois ?
- Non.

Il ne me répond pas, il se contente de me prendre dans ses bras et de m'embrasser le front.

- Te voilà bien maintenant... il n'est pas trop tard pour t'enfuir..., dis-je du bout des lèvres.
- Pourquoi je m'enfuirais ?
- Ça fait beaucoup pour un seul homme, la distance, une petite fille en cadeau, un ex autoritaire... un héritage atypique...
- Je n'ai jamais été aussi sûr de moi Louise, me répond-il avant de m'embrasser avec la plus grande tendresse.

Je me sens soulagée, je n'ai pas envie de lui cacher des choses. Sa réaction me rassure aussi, il est resté calme malgré une rage intérieure évidente. Sa délicatesse, sa bienveillance et sa pudeur m'étonnent et contrastent par rapport à tout ce que j'ai pu connaître dans mon enfance et dans ma vie d'adulte. Décidément, ce voyage en solitaire m'aura apporté bien plus que ce que je ne n'aurais jamais espéré.

CHAPITRE V

Je m'approche de la remise. Il est à peine 7h du matin, j'ai laissé Baptiste et Bérénice dans le sommeil.

La bonne nouvelle est que pour la première fois depuis une semaine, mon petit trésor ne s'est pas réveillé et je suis à peu près sûre qu'elle n'a pas eu d'accident durant la nuit. Sans doute est-ce la distance ? Sans doute se sent-elle plus en sécurité ? Mais la voir sereine me fait un bien fou.

Je ne peux pas en dire autant de mon compagnon de lit. Baptiste a eu beaucoup de difficultés à trouver le sommeil, il s'est tourné et retourné cent fois sans réussir à trouver l'apaisement. Je le sais, il songeait à notre conversation, à ce qu'il a découvert, il a certainement dû réfléchir à Sébastien aussi beaucoup. Il faut que je trouve le courage d'affronter les choses et de ne pas le mêler à tout cela. J'espère qu'il n'est pas trop tard.

La clé de la porte est toujours accrochée à un clou sur le chambrant. J'ouvre doucement pour atteindre mon vieux compagnon de route, celui qui se joint à toutes mes balades matinales. Mais je ne le trouve pas. Un vélo hollandais flambant neuf a pris sa place. Il est magnifique. Je me souviens avoir parlé à Léon de mon rêve d'avoir un vélo de ce type. Je le souhaitais beige et noir avec un gros panier en osier sur le guidon et des sacoches en cuir crème à l'arrière, une marque italienne que j'avais découvert sur Internet en fouillant un peu. Celui que je vois en face de moi, ressemble, dans chacun des détails, à celui que j'avais décrit à mon vieil ami. Il ne peut s'agir d'une coïncidence, Léon en avait fait l'acquisition pour moi. Je m'effondre en larmes. Encore une preuve de la générosité de cet homme.

Les kilomètres défilent plus vite qu'à l'accoutumée. Je décide donc de faire des détours par les petits chemins des villages que je traverse habituellement. Mon vélo se faufile au gré de ma curiosité. Je suis étonnée de voir autant de maisons habitées et donc de résidents à l'année. Contrairement à mes *a priori*, l'île ne s'éveille pas à la fin du printemps pour s'endormir au début de l'automne. J'aperçois même de jolies écoles dont les cours sont colorées de graffitis d'enfants et meublées de toboggans. La vie a l'air sereine ici.

J'arrive enfin à la boulangerie et décide d'acheter du pain à mes nouveaux voisins ainsi qu'une brioche au sucre. Madeleine est déjà réveillée, mais à peine, lorsque je frappe à sa porte.

- Mon dieu que t'es gentille toi, viens je vais te faire un café.
- Un jus de fruits s'il vous plaît Madeleine. Je ne bois pas de café.
- Tiens ? Pourquoi ça ?
- Je ne sais pas… je ne m'y suis jamais mise je crois.
- Et tu arrives à te réveiller ??
- Comme vous pouvez le voir…
- Bon moi, je m'en sers un en tout cas, va te prendre un verre dans l'armoire en face de toi, le jus est dans le frigo, fais comme chez toi.

Je souris, Madeleine ne fait pas dans la finesse. Elle doit émerger avant de retrouver sa bienséance.

- Alors cette promenade en vélo ? Ça t'a fait du bien ?, me demande-t-elle.
- Oh oui complètement, je ne savais pas que l'île était aussi peuplée en basse saison, j'ai même vu des écoles !, dis-je enthousiaste.
- Tu crois que Baptiste et Stéphanie ont appris comment à lire ?
- Non pardon, je ne voulais pas dire du mal de… je voulais juste…
- Ça va, j'ai compris, me dit-elle d'un sourire taquin, le café commençant à faire effet. C'est sûr qu'on est moins nombreux l'hiver, mais ne reste que la crème…
- Je n'en doute pas Madeleine, je n'en doute pas.

- D'ailleurs… maintenant, tu pourrais en faire partie de cette crème non ?
- Quoi ? Oh non… Je n'ai jamais songé à venir vivre ici…
- Et pourquoi pas ?
- Je ne sais pas… Tout quitter, c'est un cap à passer. J'ai un travail, une famille, le père de Bérénice là-bas…
- Je crois comprendre que tu es en train de créer des attaches aussi par ici non ?, me répond-elle en me faisant un clin d'œil.
- Vous parlez de votre fils ? C'est vrai que c'est vraiment une belle personne que vous avez construite là…
- Ça j'en suis convaincue… Et je sais aussi que je ne l'ai jamais vu être aussi sérieux avec une fille. Il suffit de regarder la manière dont il te regarde…
- Je ne sais pas, dis-je ne riant, je ne peux pas comparer.
- Moi je te le dis… je l'avais mis en garde. Je lui avais dit « Attention gamin, elle a un enfant, ne fais pas de bêtise ou tu vas entendre parler de moi ! »…
- Ah… et que vous a-t-il répondu ?
- « Je sais ce que je fais maman, avec elle, c'est différent »
- Oh…, réponds-je gênée…
- Quoi ? Tu en doutais ?
- Je n'y ai jamais réfléchi pour tout vous dire, j'ai beaucoup de casseroles à gérer, j'ai l'impression que j'effraie plus qu'autre chose.
- Qui n'en a pas ?

Je suis étonnée de cette réponse et de cette ouverture d'esprit, je laisse quelques secondes passer avant de rebondir sur un autre sujet.

- Ça va la maison maintenant ? Qu'est-ce que vous allez faire ?
- Nous avons une clause qui empêche les propriétaires de vendre durant les cinq années qui suivent le décès de Léon… donc on va rester chez nos enfants… Ah ce Léon, il en aura fait des mystères et toute sa vie…

- Pourquoi toute sa vie ?
- Bah... tu avoueras qu'il y a un mystère « Léon ». On ne sait rien de sa vie d'avant, comment il est arrivé ici... Il était secret sur sa vie en Allemagne. Et puis, il y a une grosse vingtaine d'années je crois, il a même fugué comme un ado ! Si je me souviens bien, ça a duré une bonne semaine. Jean n'était que l'ombre de lui-même. Il a dû se poser mille questions le pauvre.
- Il est revenu, c'est ce qui compte, dis-je gênée d'entrer dans une intimité de Léon qui ne me regarde pas et qui, je pense, ne devrait pas être étalée. Bon je vous laisse, votre fils m'attend sans doute avec l'estomac qui crie famine.
- D'accord, dis-lui de venir dire bonjour à sa mère quand même..., me répond-elle en souriant.

***

La maison est calme à mon retour. Bérénice dort encore, je ne la dérange pas. Elle a accumulé les retards de sommeil. Je la regarde quelques minutes, je souris en la voyant paisible. Je me faufile ensuite dans ce qui est devenu « ma chambre », Baptiste dort... enfin. Je me dévêtis pour le rejoindre dans le lit. Je le regarde. Il est beau. Je ne l'avais jamais remarqué à ce point. Je l'ai toujours trouvé charismatique et bourré de charme mais là maintenant, je le trouve beau en plus de toutes ses autres qualités. Est-ce que mes sentiments grandissants parlent pour moi ? Sans doute... Je sais que mon cœur est en train de succomber, je ne le devrais sans doute pas. Trop tôt, trop risqué, trop parfait... Mais il est là devant moi, attentionné, prévenant, compréhensif. Tout ça me paraît bien irréel.

- Je sens que tu me regardes, me dit-il.
- Tu ne dors pas ?

- J'ai senti ton odeur dès que tu as passé le pas de la porte, me répond-il en m'attirant vers lui.

Je suis bien dans ses bras. Je me love contre lui.

- Ça a été ta randonnée ?, me demande-t-il.
- Randonnée ? T'y vas fort, réponds-je en riant.
- Il faut être dingue pour se lever aussi tôt en vacances, me répond-il la tête encore à moitié dans les bras de Morphée.

Je souris, il est beau lorsqu'il est dans cet état, il est beau tout le temps en fait.

- Oui, ça s'est très bien passé, j'ai traîné plus que d'habitude, je voulais découvrir un peu plus les environs. Oh ! Tu sais qu'un nouveau vélo tout neuf a pris la place du vieux que j'utilisais ?
- Comment ça ?
- Léon a acheté un nouveau vélo, il est génial. Je n'aurais pas fait meilleur choix. En fait, je crois même que j'ai guidé son choix, je lui en avais parlé au cours des dernières vacances.
- Eh bien, décidément, il te veut du bien Léon, et je peux le comprendre… je vais aller voir ça tout à l'heure.
- Je sais que j'ai de la chance, mais j'aurais aimé lui dire merci de vive voix, réponds-je tristement.

Nous sommes d'accord sur le fond, il n'est pas besoin de le dire de vive voix. Je décide donc de continuer mon récit du jour.

- Je suis allée voir ta mère aussi… je ne savais pas pour cette clause de non vente… C'est étrange… Je n'ai pas du tout cette contrainte.
- Ah bon ? C'est étrange. En ce qui concerne mes parents, ce n'est pas plus mal étant donné leur côté très dépensier… Au moins, Steph et moi, on ne peut pas leur céder… et du coup, ils ne peuvent pas la vendre pour acheter des gadgets, me dit-il en s'asseyant.
- Qu'est-ce qu'il y a ? J'ai dit quelque chose qui t'a gêné ?

- Pourquoi tu parles de « contrainte », me répond-il en me regardant droit dans les yeux ? Tu vas céder à son chantage ?
- Oh non… pas du tout… pardon. J'ai utilisé un mauvais terme. Mais non, je n'envisage pas pour l'instant de vendre. Je réfléchis juste à savoir comment gérer la distance.
- Encore une fois…
- De quoi tu parles ?
- Je parle de cette même distance qui nous sépare.
- Pourquoi ? C'est devenu problématique ?, dis-je soudain inquiète de sa réponse.
- Oui parce que je ne peux pas te protéger. Et je sais que je ne peux rien t'imposer, je ne le ferai jamais. Mais je suis inquiet pour toi, pour Bérénice.
- J'ai eu peur à un moment que tu m'annonces une rupture.
- Louise, tu ne comprends pas que c'est exactement le contraire ? Que je suis fou de toi ? De vous d'ailleurs… Si je suis malade de ce qui s'est passé… et encore je sais que tu ne me dis pas tout, c'est parce que je t'aime et je ne veux pas que quiconque te fasse de mal d'une quelconque manière !

Je suis choquée. J'ai besoin de temps pour intégrer ces informations. Je ne réponds pas. J'ai à la fois envie de crier ma joie : il m'a dit qu'il m'aimait, mais je comprends seulement maintenant que la situation n'est pas facile pour lui. Je n'y avais pas songé auparavant. J'étais trop centrée sur Bérénice et sur moi-même.

- Encore une fois, je ne peux rien t'imposer. Je sais que tu ne veux pas porter plainte pour l'instant. Mais pourrais-tu envisager d'en parler à ta sœur et à Annabelle ? Je ne sais pas… Tu pourrais passer plus de temps avec elles ? Dormir parfois chez elles ? Peut-être qu'Annabelle sera ravie de venir passer des semaines chez toi ? Je sais que ce n'est pas idéal pour éduquer Bérénice mais au moins tu serais en sécurité. Et peut-être… enfin, si tu l'acceptes bien sûr… je pourrais venir passer les week-ends chez toi ? J'ai pas mal de jours à poser, je peux arriver le vendredi et repartir le lundi...

- Et les week-ends où Bérénice est chez lui ?
- Tu as vraiment envie que ça arrive ?
- Non, dis-je avant de frotter une larme de ma joue. Je crois que c'est trop tôt pour elle.
- Alors elle restera avec nous.
- Baptiste ?
- Oui ?
- Je t'aime.

Sa main rejoint ma joue, ses lèvres atteignent les miennes. Son corps rejoint le mien et avec la plus grande des tendresses et la plus douce des délicatesses, il me fait l'amour en me soufflant des « je t'aime » à me remplir le cœur de fierté et de joie d'être dans ses bras.

A cet instant, je sais que mon avenir ne pourra se faire sans lui. Pour la première fois de ma vie, le mot « couple » a un sens noble et prometteur.

CHAPITRE VI

Août 1995

Léon se réveille, il est dans un hôtel miteux de Stuttgart. Il a mal au crâne, il a trop bu hier soir. Seul dans un bar, quel homme pitoyable il est. Il a laissé Jean sans nouvelle, en une seconde, comme ça... comme si leur histoire n'avait jamais existé, jamais eu de sens.

Il est une heure de l'après-midi. Ça fait une semaine qu'il est revenu en Allemagne et sa vie si rangée, si millimétrée et devenue chaotique en un clin d'œil.

Il a eu le temps de réfléchir à tout ça. Il le sait maintenant, il avait besoin d'orienter sa colère vers quelqu'un. Il n'aurait pas traversé toute la France pour revenir dans les lieux de l'enfer sinon...

Ici, il a vécu le pire. La violence, l'intolérance, le racisme... Etre homosexuel a longtemps été pour lui, la pire des tares. Il se regarde dans le miroir, voit un homme perdu, fatigué, vieilli. Il touche la cicatrice qu'il a sur le cou, il se rappelle de ce moment. Il se souvient des hommes qui l'avaient attrapé dans la rue alors qu'il sortait d'un magasin à la tombée de la nuit. Ils l'avaient insulté de toutes sortes d'ignominies. Les coups avaient fusé, jusqu'à ce fameux coup de couteau sur le côté de sa gorge. Le sang avait jailli sur le sol, le mur et ses vêtements. Les hommes avaient pris peur devant leurs propres actes. Les derniers mots qu'il avait entendus étaient gravés dans sa mémoire depuis lors : « Tant mieux s'il crève cette tafiole, au moins il n'approchera plus mon frère. Sale pédé ! ».

Un passant arriva quelques minutes plus tard, il l'emmena à l'hôpital, sans doute lui avait-il sauvé la vie. Les jours qui avaient suivi cet évènement furent décisifs, il avait décidé que la vie qu'il connaissait jusqu'alors devait s'achever. Mais d'abord, il devait en finir avec ses vieux démons… et se venger de celle qui avait pris sa place.

Léon fut chassé de ses pensées et de ses souvenirs par une frappe à la porte. La femme de ménage. Il libère alors la place. D'un pas décidé, il avance vers sa destination. Durant la semaine, il a appris beaucoup de choses sur la famille qui l'a délaissé. L'entreprise créée par son grand-père a été gérée durant des années par son oncle Franz. A présent, ses cousins sont en passe de prendre la relève.

Contre toute attente, ce vieillard qui lui sert de grand-père, le géniteur de sa mère, est toujours en vie du haut de ses quatre-vingt-seize ans. Il réside dans son domaine en banlieue de la ville. Il l'a aperçu cette semaine à quatre reprises. Une auxiliaire de vie le promène dans un parc tous les après-midi.

Léon le sait, s'il veut l'atteindre, c'est de cette manière. Il avance dans l'allée principale en cherchant sa cible. Il ne tarde pas à le trouver seul sur un banc. La dame qui l'accompagne l'a délaissé pour aller échanger avec une autre femme.

- Décidément il n'y a pas de justice…, lui assène-t-il.
- Entschuldigung, répond le vieil homme.
- Ne me prends pas pour un imbécile, tu parles français.
- Que me voulez-vous ?
- Te regarder dans les yeux, juste avant que tu crèves. Regarde-moi bien, je suis droit devant toi alors que tu n'es plus capable de pisser seul. Regarde bien mes yeux, ils sont aussi fiers que ceux de ma mère. Tu les reconnais, j'ai les mêmes qu'elle.
- Alice.
- Comme quoi, tu ne l'as pas complètement oublié… tu as encore un peu ta tête vieille merde.

- Regarde-moi bien, ce que tu vois, c'est la réussite d'une grande dame, tu ne lui arrives pas à la cheville. Elle m'a tout donné, elle a fait de moi son prince. Ta richesse n'est rien à côté de ce qu'elle m'a offert.
- C...comment t'appelles-tu ?, répond le vieil homme avec les yeux rougis.
- Elle ne mérite pas tes larmes, garde-les pour toi. Je m'en vais, je voulais juste que tu saches que ton plus grand échec, c'est sa plus grande réussite. Maintenant crève comme il se doit.
- Sir, was wollen sie ?[1], intervient la soignante.
- Mach dir keine Sorgen, Anna. Sir ist ein Freund[2].
- Même cinquante ans plus tard, tu n'assumes pas...
- Je suis désolé, je m'en veux terriblement, répond le vieillard en éclatant en sanglots. Ça m'a rongé toute ma vie.
- Et bien... voilà pourquoi Dieu a décidé de te faire durer alors... Adieu.
- Non reste...

Léon ne se retourne pas, il ne le fera jamais. Son cœur bat la chamade. Ses jambes peinent à le tenir debout. Il faut qu'il parte, le plus vite possible, il lui manque de l'oxygène, il étouffe. Jean lui manque, son île lui manque. Sa vie est là-bas, la boucle est bouclée. Il n'a que des certitudes, il faut rentrer et vite.

***

Léon n'ose pas entrer chez lui, il a peur. Peur de ne pas reconnaître les lieux, de ne pas reconnaître l'amour de sa vie, peur de se faire rejeter par celui qui lui a tout donné. Il avait tout gagné, mais il a peur d'avoir tout perdu. Il sonne de son doigt fébrile et attend que Jean lui ouvre la porte. Comme s'il était

---

[1] Monsieur, que désirez-vous ?
[2] Ne vous inquiétez pas Anna, monsieur est un ami.

étranger de chez lui. Une panique vient alors… et s'il n'était pas seul ? Si un autre homme venait lui ouvrir. Ces dix jours ont pu tout changer.

C'est un Jean amaigri qui ouvre cette fameuse porte bleue. Il ne lui sourit pas, il souffle de soulagement et s'empresse de le prendre dans ses bras.

- Pardon, gémit Léon.
- J'ai eu si peur…, répond Jean.
- Je suis désolé, je…
- Rentre…

Léon se sent comme un illégitime en ces lieux. Il n'ose pas s'asseoir, il reste debout sur le seuil, les mains s'emmêlant gauchement.

- Que s'est-il passé à La Tremblade ?
- Je n'y suis jamais allé.
- Tu m'as trompé ?
- Jamais je n'aurais fait ça Jean, tu es l'amour de ma vie, répond Léon en faisant quelques pas vers lui.
- Alors pourquoi tu es parti ?
- Je suis allé le voir… le père de ma mère.
- Oh… et je n'étais pas en droit de le savoir ?
- J'ai été pris d'une folie, d'un coup de tête, répond Léon en baissant les yeux.
- Un déclencheur ?
- Oui…
- Tu l'as vue ?
- Oui… Sur le passeur qui mène à La Tremblade. Je lui ai même parlé.
- Tu lui as fait du mal ?
- Non.
- Et à lui ?
- J'espère, mais juste avec des mots.
- Ça t'a fait du bien ?

- Oui.
- Et maintenant ?
- Je sais où est ma place.
- Et elle est où ?
- Ici avec toi, je suis chez moi. Si tu veux toujours de moi.
- Il était temps que tu comprennes non ?
- Oui...
- Viens, j'ai quelque chose à te montrer.

Léon suit alors honteusement Jean jusqu'au grenier de la maison. Celui-ci et coupé en deux, Jean s'approche d'une pièce qui faisait office de débarras depuis toujours et qui n'avait pas vu le jour depuis des décennies.

- Entre, dit-il.

Léon ouvre fébrilement la porte. Ce qu'il voit le sidère. La pièce est d'une luminosité incroyable. De larges panneaux de verre séparés de fines tiges en métal sont venus remplacer le mur extérieur existant, une porte donne accès à un petit balcon sur lequel une table ronde et des chaises en métal sont posées.

A l'intérieur, un tabouret, plusieurs chevalets, des toiles blanches et un meuble en chêne vieilli remplis de palettes, de peintures et de tissus. Un atelier de peintre est né durant son absence.

- Comment as-tu pu faire cela aussi vite ?
- Cette surprise était prévue depuis un petit temps. La bonne nouvelle c'est qu'étant donnée ton absence, les ouvriers n'ont pas eu à être discrets.
- Jean, dit Léon les yeux remplis de larmes.
- Je me dis que, du coup... maintenant si tu as des choses à exprimer... tu pourrais les peindre au lieu de les garder au fond de toi et d'en souffrir.

- Je ne sais pas quoi dire, Jean. C'est le plus beau cadeau que tu puisses me faire. Je ne sais pas si je le mérite.
- Bien sûr que si, arrête de douter de toi, c'est une partie du problème. Mais promets-moi une chose...
- Tout ce que tu veux.
- Parle-moi à l'avenir... J'aurai le cœur moins brisé.

Léon se précipite vers son homme, il le serre aussi fort que possible en lui soufflant à l'oreille qu'il est l'homme le plus chanceux du monde, qu'il le sait à présent.

CHAPITRE VII

J'ai décidé de faire un grand nettoyage aujourd'hui. C'est une chose que j'adore faire, une activité qui me détend. Baptiste est chez ses parents avec Bérénice, je mets donc la musique et savoure ce moment de quiétude seule avec mon nombril. Comme ça fait du bien !

Je profite aussi pour prendre mes marques dans cette maison qui ne m'est pas encore tout à fait familière. Baptiste, Bérénice et moi n'avons utilisé que quelques pièces, comme si nous étions encore étrangers. Certains espaces nous sont encore interdits.

J'ai fini la salle de bain du rez-de-chaussée, je m'attaque au salon. Dans le meuble de télévision, je tombe sur des vieux albums de photos. Je commence à les feuilleter. Je trouve cela vraiment dommage qu'aucune famille ne puisse en profiter, je ne veux pas que ces deux personnes tombent dans l'oubli, elles ne le méritent pas.

Toutes les époques sont représentées. Les différentes maisons et leurs évolutions.

- Tu dois être Jean toi, enchantée..., dis-je en caressant une photo le représentant.

Je continue de tourner les pages, je ne vois pas le temps passer. Cela fait presque une heure que je suis là assise en tailleur lorsque mon chéri et ma fille pénètrent dans la pièce.

- On te cherchait ma puce, tu fais quoi ?, me demande Baptiste.
- Je suis tombée là-dessus.

- C'est qui la petite fille aux cheveux blancs dans la poussette à côté du portail là ?
- C'est moi… , répond Baptiste qui ne cache pas sa vexation.
- Oups pardon…
- Montre, c'est Madame Sitone sur cette photo, ça fait drôle de la voir jeune. Oh ! c'est son mari !

Baptiste, excité comme un enfant, prend le paquet de photos et commence à le regarder une par une en les commentant d'anecdotes diverses, comme si son enfance revenait devant ses yeux.

Je le laisse à ses occupations et continue les miennes pendant que Bérénice s'affaire à découvrir avec curiosité tous les recoins de la pièce que je suis en train d'astiquer.

- Maman, c'est quoi ça ?, me demande-t-elle alors que nous sommes dans le hall d'entrée.
- C'est une clé ma puce. Tu l'as trouvée où ?
- Là, me dit-elle en désignant l'intérieur d'un banc en bois clair dont je ne savais pas qu'on pouvait soulever le coussin et encore moins qu'il était composé de tiroirs.
- Tu crois que tu as trouvé la clé d'un trésor ?
- Ouiiii !
- On va voir ça… on va chercher. Montre-moi. Apparemment, c'est une clé de porte. Ah ah… est-ce que tu veux essayer toutes les portes que tu trouves ?
- Ouiiiii !, me répond-elle déjà partie en courant pour s'essayer sur la porte de la salle de bain.

Quelques minutes plus tard, elle revient l'air tristounet de ses différents échecs. Baptiste arrive à ce moment et la soulève pour la porter à bout de bras et la faire tourner.

- Viens, ma chérie, on va essayer en haut.

Quelques minutes plus tard, je ne pense déjà plus à cette histoire et me concentre sur le lessivage des plinthes. J'entends Baptiste qui m'appelle d'en haut. J'enlève mes gants et les rejoins. Ils sont dans le grenier.

- Tu savais qu'il y avait une pièce ici ?
- Non je ne suis jamais entrée, pourquoi ?
- Viens.

J'entre, une odeur forte de peinture acrylique atteint mes narines. Il fait sombre, je vois ma fille déjà habituée à l'obscurité se promener dans la pièce. Je m'approche de ce qui me semble être des rideaux épais. Je le tire, la lumière inonde immédiatement l'espace. J'en ai la bouché entrouverte.

La pièce est remplie de peintures magnifiques tantôt aux couleurs sombres, tantôt aux couleurs éclatantes. Principalement des portraits, des parties de corps. Je n'ose pas les toucher. Je me retrouve vers Baptiste pleine d'interrogations.

- Tu penses que c'est Léon ou Jean qui peignait ?
- Je n'en ai aucune idée. C'est signé L-Martin.
- Peut-être aucun des deux alors, elles sont magnifiques non ? Bérénice, ne touche pas ma puce, c'est fragile.
- Regarde, L-Martin, ça a l'air d'être un peintre pas mal réputé, me dit Baptiste en me tendant son téléphone.

L'article fait référence à une exposition de l'artiste au cours de laquelle un des tableaux a été vendu à plusieurs dizaines de milliers d'euros.

- C'est incroyable.
- Maman, c'est toiiii !

Bérénice m'imagine dans chaque représentation de la femme, donc je ne m'attends pas à me voir et suis déjà prête à lui dire « oh oui ma chérie, c'est vrai » sans prêter trop d'attention comme à l'accoutumée.

Je suis sidérée de ce que je vois. Je me vois réellement de profil, une épaule dénudée, portant ma fille assise sur mes genoux qui fait dos. Je me retourne immédiatement sur Baptiste qui est aussi choqué que moi. Je m'approche fébrilement pour prendre délicatement l'objet dans les mains. J'observe de plus près, les détails sont saisissants. Mes yeux sont orientés vers ma fille, mon sourire timide. La lumière est douce et illumine mon visage et les cheveux de Bérénice. Comme si elle n'éclairait que l'amour que j'ai pour elle. Cette peinture est magnifique. Je ne peux contenir mes larmes...

- Bon ben, on a la réponse... Léon nous a caché encore de nouvelles choses, me dit Baptiste en posant une main sur mon épaule.
- Qu'est-ce qu'on va faire de ça ? Je n'ai pas le droit d'avoir un trésor pareil...
- Il est où le trésor maman ? Je l'ai trouvé ?, me demande Bérénice.
- Oh oui ma chérie, c'est un énorme trésor que tu as trouvé là, lui répond Baptiste.

Nous quittons religieusement la pièce et la laissons telle que nous l'avons trouvée. Mes mains tremblent encore lorsque je tente de refermer la porte à clé. Les facettes de Léon sont manifestement infinies.

***

Nous sommes invités chez les parents de Baptiste ce soir. Cela fait quatre jours que nous sommes arrivés et Madeleine n'avait de cesse de nous réclamer. Pour l'occasion Stéphanie vient d'arriver, elle a pris un long week-end pour rejoindre les siens.

Bérénice commence réellement à prendre ses habitudes dans cette maison. Je ne peux m'empêcher d'imaginer un jeune Léon dans ces lieux.

- Vous savez que nous avons trouvé des tas de photos de votre maison ce matin chez Léon ?, leur dis-je.
- Oui, et on a trouvé un trésor aussi, ajoute Bérénice.

Baptiste me regarde, je le laisse répondre. Il m'a expressément demandé de ne pas parler de notre découverte à ses parents. Je ne peux que me fier à son jugement et respecte sa décision.

- Oh oui ma puce, il y a plein de surprises dans la maison de Léon. Tu as même trouvé plein de cachettes pour tes poupées hein oui ?
- Et sur les photos, on vous voit petits, Baptiste et toi, dis-je en m'adressant à Stéphanie.
- On pourra les voir ?, demande Madeleine.
- Bien sûr, on vous les amènera, réponds-je. On a trouvé ça en faisant un grand nettoyage, ça nous a permis de faire une pause, hein Baptiste ?
- Oh en parlant de nettoyage, j'ai acheté un aspirateur robot, c'est génial !, s'exclame Madeleine.
- Attend maman, intervient Stéphanie, tu viens d'acheter un sans fil à 1200€ à cette fameuse vente chez ta copine !
- Oui mais je l'avais payé en dix fois sans frais !
- Et celui-ci tu l'as payé combien ?, demande Baptiste.
- 450€, répond Madeleine visiblement gênée.
- Maman, tu as acheté pour 1650€ d'aspirateurs en un mois !, s'énerve Stéphanie.
- J'ai pris un paiement en dix fois pour les deux !, s'énerve Madeleine qui se lève et part vers sa cuisine.
- Papa, ça vous fait deux crédits de plus, chuchote Baptiste.
- Ça lui fait plaisir, fiston…

Je vois le frère et la sœur se regarder d'un air entendu. Je suis embarrassée d'assister à cette scène. Dans ma famille, ce qui touche à l'argent est de l'ordre de l'intime. Et gronder ses parents ne se fait pas en présence d'étrangers. A moins que je ne le sois plus vraiment : étrangère. Baptiste me serre la main l'air désolé, il doit voir mon embarras.

Madeleine revient avec plein de victuailles. C'est comme si la scène précédente n'avait pas eu lieu.

- Alors Louise, quand est-ce que tu emménages ici ?
- Maman !, s'agace Baptiste.
- Il n'en est pas question Madeleine, je vous ai laissé entendre le contraire ?
- Non mais ce serait une bonne nouvelle que tu restes à côté de chez nous non ? J'ai déjà perdu ma fille… Il ne s'agirait pas de perdre le garçon en plus !
- Maman, laisse-nous un peu tranquilles s'il te plaît, Stéphanie y compris, réplique Baptiste.
- Laisse ta sœur répondre toute seule comme une grande. Ce n'est pas une gamine même si ça ne se voit pas dans son comportement.

L'ambiance est électrique, je baisse les yeux. Il est temps de détendre l'atmosphère, j'utilise cette arme infaillible : Bérénice. Je me lève pour aller voir ce qu'elle mijote. Elle est en train de jouer avec ses figurines, elle les fait virevolter, plonger, sauter…

- Bérénice, tu veux bien présenter tes personnages à Stéphanie ?

Stéphanie me regarde avec reconnaissance, elle n'a pas l'air d'apprécier les tensions et encore moins d'en faire partie à ses dépens.

- Oui ma chérie, montre-moi, dit Stéphanie en se levant pour la rejoindre également avant de me souffler « merci », à l'oreille.

Je ne réponds qu'avec un clin d'œil. J'ai du mal à comprendre l'attitude agressive de Madeleine. Quelque chose la contrarie, mais je ne la connais pas assez pour savoir ce qu'il se passe exactement.

J'essaie d'apporter des sujets avec un peu de légèreté, j'use de toute mon imagination : les dessins animés préférés de ma fille, la discussion que j'ai eue avec la maraîchère ce matin, le choix chez le fromager… Baptiste reste fermé,

Madeleine est ailleurs, seul Daniel me répond poliment. Stéphanie, me voyant patauger, m'aide un peu, tant est si bien que nous finissons la conversation à deux.

Cette fille est très intéressante. Son métier la passione, sa vie à Nantes très chargée. Elle évoque aussi l'absence de Thibault qui est d'astreinte ce week-end. Je la sens attachée à lui, même si je ne l'ai pas trouvé très expressive la dernière fois.

- Il ne manque plus qu'un petit garçon ou une petite fille pour avoir une vie parfaite, la taquine Daniel.

Je vois que Stéphanie se crispe. Pourquoi ? Je ne sais pas... Est-ce un sujet fréquemment abordé ? Est-ce une difficulté pour elle ?

- Avec ce qu'elle mange, je ne vois pas comment un bébé pourrait vouloir avoir envie de s'y loger !, s'exclame Madeleine.
- Maman !, répond Baptiste.

Je suis choquée par la cruauté de ces mots. Cela ne ressemble en rien à la femme que je connais. J'observe Stéphanie qui a les larmes aux yeux. La pauvre a reçu un uppercut et ne sait pas comment y répondre. Tant pis pour la bienséance, je me lève et me tourne vers Stéphanie.

- Steph, tu viens faire un tour un peu dehors ? J'ai envie de me promener un peu...
- Oh... oui bien sûr, me répond-elle sans regarder sa famille.

Nous laissons le reste des Duchemin avec Bérénice en plan. Je prends ma veste et mon téléphone dans ma poche. J'écris un message à Baptiste. Je crois que je suis moi-même un peu en colère.

> « On ne reviendra que si l'ambiance est revenue saine, préviens-moi quand ce sera le cas. Fais attention à Bérénice, elle est petite mais elle comprend tout. »

« OK »

Nous faisons quelques pas pour rejoindre le bord de mer, l'air est un peu frais mais la marche agréable.

- Je suis désolée que tu aies assisté à cela, débute Stéphanie.
- J'avoue que je suis étonnée de l'attitude de ta mère. Je ne la connais pas beaucoup, mais j'ai une certitude la concernant, elle vous aime plus que tout. Je crois même que vous êtes au cœur de ses centres d'intérêts.
- Elle est à cran depuis le départ de Léon, ou plutôt depuis que nous sommes propriétaires de sa maison. Je ne sais pas trop pourquoi mais elle est vite sur la défensive ces derniers temps.
- J'ai l'impression que ce qui a mis de l'huile sur le feu, c'est que Baptiste lui reproche ses dépenses. Elle se sent infantilisée non ?
- Sans doute... C'est sûr que le fait de se sentir redevable de ses enfants ne doit pas lui plaire. Dans son esprit, c'est le contraire qui doit se passer.
- Je crois qu'il lui faut un peu de temps pour accepter cette nouvelle dépendance. Il faut aussi qu'elle comprenne que vous n'y êtes pour rien...

Stéphanie continue à marcher en silence, elle semble pensive. J'inspire profondément cet air iodé que j'aime par-dessus tout. Je regarde autour de nous, la mer est calme et sombre, nous sommes éclairées par les lampadaires de l'avenue qui est désertée des marchands à cette heure tardive.

- Stéphanie, je suis gênée mais j'ai besoin de te parler d'une chose... Sans doute, ai-je besoin de régler quelque chose avec moi-même.
- Tu m'inquiètes, qu'est-ce qui se passe ? Ça concerne mon frère ?
- Non plutôt toi... enfin toi et moi...

Elle me regarde les yeux grands ouverts. Sans doute, ai-je mal amorcé la discussion que je voulais avoir avec elle.

- On s'assied ?
- Oui, si tu veux, me répond-elle méfiante.
- Je sais nous reconnaître... J'ai su tout de suite que tu souffrais du même mal que moi. Je n'en ai quasiment jamais parlé à personne. Je commence à avoir le courage de le faire. J'espère que c'est parce que je vais mieux, j'espère que c'est derrière moi... J'espère que tu ne m'en voudras pas.
- De quoi tu parles ?
- De nos troubles alimentaires.
- De quoi tu parles, s'emporte-t-elle ? C'est ma mère qui t'a monté la tête ? Elle est toujours sur mon dos...
- Non personne ne m'en a parlé. Même pas Baptiste, tu connais sa pudeur...

Je décide d'enchaîner de suite, la bombe est amorcée.

- J'ai vu ton index droit... Il est blessé au niveau de la phalange... Il faut être bien placé pour savoir ce que ça signifie...

Stéphanie est perdue. Elle regarde sa main sans rien me dire. Je vois qu'elle a honte. Il ne faut pas. Mais elle sait de quoi je parle.

- Je te résume ?

Elle ne répond pas et regarde ses pieds. Je considère cela comme un encouragement.

- J'ai été normale voire ronde quand j'étais ado... Je n'étais pas hyper féminine, pas hyper bien dans ma peau. Les relations humaines ne pardonnent pas à cette époque. Je me sentais plus moche que les autres. J'ai fait un régime qui a plutôt bien marché... Tu m'étonnes, j'ai arrêté de manger littéralement. Je voulais juste perdre du poids... et le mal est entré dans ma vie. C'est devenu une obsession. Comme s'il fallait que je sois capable de maîtriser mon corps plus que les autres.

Je fais une pause. Je la regarde, elle attend la suite. Mes doigts se mêlent au-dessus de mes jambes. J'appréhende la suite moi-même. Jusqu'où dois-je me livrer ?

- Ça s'est amplifié avec la vie d'adulte, le stress, la vie en couple. Sébastien n'est pas du genre à faire des compliments... alors je ne me suis jamais trouvée belle, quel que soit mon poids.
- Toi pas belle ? Tu es sérieuse ??
- La confiance en soi n'est pas une qualité pour tous... Bref... Je comptais chaque calorie, je faisais du sport à outrance pour compenser le peu que je mangeais... Même la nuit des fois, je faisais du gainage... Les gens pensaient que j'étais malade. Moi, j'étais contente, maintenant je sais que j'étais dans le déni. J'étais capable de maîtriser les choses. Je considérais que les autres, ceux qui mangent étaient des faibles alors que moi j'avais ce courage de ne pas faire dans la débauche. Les voir manger me dégoûtait d'eux.

Parler m'oblige à repenser à ces moments, j'ai encore mal...

- Quand on commence à se dire que la débauche, c'est juste quand on boit un verre de jus de pommes parce que c'est 120 calories... c'est qu'on a plus toutes les frites dans le même cornet...

Stéphanie, ne sourit pas, je pensais la détendre. Elle est concentrée, elle attend la suite... Je sais qu'elle se reconnaît en moi.

- J'ai commencé à m'isoler. Il n'est pas possible d'avoir une vie sociale lorsqu'on ne peut pas ou veut pas manger. Je me pesais 10 fois par jour : au réveil, après être allée aux toilettes, après avoir à peine mangé ou bu, après le sport, avant de me coucher... Je regardais mes hanches tout le temps, je tirais ma peau pour mesurer la quantité de graisse. Et tu sais ce qui m'énervait le plus ?

- Quoi donc ?
- Que les gens me surveillent ! Dans ma tête c'était eux qui avaient un souci avec la bouffe ! Pas moi, au contraire !
- Et... Pourquoi... Comment tu as fait pour aller mieux ?
- J'ai déjà mis du temps à réaliser que j'avais un souci. C'est l'étape la plus longue et difficile je crois.
- Je sais que j'ai un problème, souffle-t-elle de manière à peine audible.
- Tu as donc fait la moitié du chemin..., lui dis-je en lui prenant la main.
- Je ne sais pas... Je ne suis pas capable de manger pour autant. Tout ce que tu m'as dit, je le vis au quotidien. Je me sens incroyablement futile.
- Je le sais, lui réponds-je en lui caressant la paume. Je suis allée voir une psy aussi.
- Ça a fonctionné ?
- Pas du tout, enfin pas sur le coup... Elle me donnait des exercices à la con... Alors que j'avais envie de crever de mon état, littéralement... Je voulais parfois mourir plutôt que de continuer à être comme ça. J'avais besoin de plus que des conseils. Mais elle m'a fait comprendre pas mal de choses sur moi, que j'ai mis des années à intégrer, bien plus tard en fait... et depuis je suis plus en paix avec moi-même, enfin presque. Surtout sur le fait que je ne dois rien attendre de mes parents, il paraît qu'à leur âge, ils ne changeront plus... alors c'est à moi de changer les attentes que j'ai d'eux. Bah du coup, je n'attends plus rien d'eux... Je pourrais t'en faire un roman, mais bon... on ne va pas y passer la nuit.
- Tu crois que je devrais aller en voir un ?
- Ça ne peut pas te faire du mal. Est-ce que tu as envie de t'en sortir ?
- Oui, dit-elle en essuyant une larme. Je fais souffrir Thibault, je le vois en plus.

- Pense à toi déjà... Il sera heureux si tu l'es. Et surtout, il aura aussi pas mal de travail à faire de son côté aussi je crois.
- Le pauvre...
- S'il t'aime, il le fera avec plaisir. Si tu veux, je peux en discuter avec lui. Et si tu ne veux pas voir de psy, tu peux m'appeler ou venir me voir quand tu veux, tu sais. Je t'aiderai dans la mesure du possible. Je sais à quel point c'est dur ce que tu vis, je suis passée par là.
- Merci beaucoup, déjà ça, ça me fait du bien... Je t'avoue que j'ai honte... Moi aussi, parfois, je préfèrerais être morte, dit-elle dans un sanglot.
- Je sais... Tu ne devrais pas avoir honte. Ton problème c'est justement que tu ne vois pas toutes tes qualités... Ta famille t'aime, Thibault t'aime, fais de cet amour, une force pas une peur de décevoir...
- Je vais y réfléchir. En tout cas, c'est avec ma mère que c'est le plus dur, elle me crispe.
- Je sais... On va trouver des solutions. Je suis prête à t'aider si tu veux bien.
- Pourquoi tu ferais ça ?
- Parce que si tu ne te sens pas mieux, tu rappelles mes vieux démons à leurs bons souvenirs... Je n'ai pas envie de replonger, c'était la période la plus difficile de ma vie. Alors je veux te sortir de l'eau. Qu'on soit toutes les deux bien au sec. Et aussi parce que tu es une belle personne et que je veux que tu sois heureuse.

Stéphanie éclate en sanglots... Je la prends dans mes bras.

- On va y arriver. Je ne te jugerai jamais de quoi que ce soit...

Nous restons en silence toutes les deux, le temps de digérer chacune cette conversation. Mon téléphone vibre après quelques minutes.

- Tiens, un texto de ton frère, la voix est libre. On peut rentrer. On a le temps, tu dis quand tu es prête...

- On remarche doucement ?

Nous faisons donc notre balade dans le sens retour. Je lui parle de mes grosses difficultés à avoir Bérénice à cause peut-être de ma maigreur, je ne l'ai jamais vraiment su... Je lui raconte les raisons de ma nouvelle vie. Je lui explique tout l'amour que j'ai pour ma fille qui m'a rendue plus forte. Je n'ai jamais autant parlé de moi, j'en suis presque gênée...

Devant le portail, nous arrivons... Ses larmes sont séchées mais je la sens épuisée.

- Ça va aller ?
- J'espère... J'ai envie en tout cas... Merci.

Je la prends une dernière fois dans mes bras avant de rentrer dans une maison où la douceur a repris sa place. Demain sera un autre jour, il sera plus lumineux.

CHAPITRE XVIII

Notre semaine de vacances s'achève. J'en ai la boule au ventre. Bérénice aussi est contrariée, elle serre son doudou contre elle, elle peine à me regarder. La petite protège la grande... Je ferme les volets, puis la porte, une dernière fois... de « MA » maison. Je n'arrive toujours pas à le croire. Il m'aurait fallu cinq vies de durs labeurs pour ne serait-ce qu'oser, rêver l'avoir.

Je sens Baptiste très stressé. Je commence à le connaître. Il a peur de mon retour à la maison. Je n'arrive pas trouver les mots pour le rassurer.

- Tu m'appelles dès que vous êtes arrivées ? Ou même sur la route si tu en as envie.
- D'accord, dis-je en l'embrassant. Ça va aller, ne t'inquiète pas.
- Je ne m'inquiète pas pour la route.
- Je sais...
- On se voit vendredi ? Mon avion arrive en fin d'après-midi.

Il s'accroupit devant Bérénice qui ne peut plus retenir ses larmes. Elle le serre aussi fort qu'elle le peut. Leur accolade s'éternise. Baptiste a les yeux fermés. J'ai le cœur brisé de leur infliger cela. Plus perdue que moi, il n'y a pas...

La voiture nous ramène chez nous en pîlote automatique. J'essaie en vain de faire la conversation à ma fille, à moi-même aussi. J'appelle ma sœur, on papote un peu... Le temps passe plus vite à ses côtés. Je finis par me faire à cette route, je l'ai déjà faite quelques fois ces derniers mois...

Je ne pouvais pas espérer meilleur comité d'accueil que celui-ci. Annabelle est chez moi, elle nous attend. Son sourire me réchauffe le cœur triste.

- Salut les girls ! Ça a été votre longue balade ?, dit-elle en se mettant à genoux devant Bérénice.

La petite ne se fait pas prier, elle se colle à sa marraine en lui racontant ses vacances. Les châteaux de sable, les glaces à la barbe à papa, l'oiseau niché près du chalet. Pour les enfants, les détails sont des essentiels.

- Tu sais que Léon n'était pas là. On a gardé sa maison en attendant, ajoute-t-elle enfin.

Attendre quoi ? Qui ? Mon amie et moi, nous questionnons du regard. Je n'ai pas su dire ce qu'il s'était réellement passé à Bérénice. Peut-être le faudrait-il ?

- Je vous aide à sortir vos valises et vous allez me raconter tout ça, répond Annabelle.

Une demi-heure plus tard, nous sommes toutes les trois dans la cuisine. Je m'affaire à préparer un repas basique, je suis heureuse de passer du temps avec ma meilleure amie. Bérénice nous délaisse vite au profit des jouets de sa chambre délaissés le temps d'une semaine.

- Vous m'avez manquées, c'était long sans vous. Je te dis pas, Christian est devenu dingue sans toi... Qu'est-ce qu'il peut communiquer son stress...
- Je sais... je l'ai d'ailleurs eu plusieurs fois au téléphone... Et sinon, toi aussi, tu nous as manquée. Ça va être dur quand tu vas partir pour ton road trip.
- J'espère que mon emploi du temps sera tellement chargé, que je n'aurais pas le temps de penser à vous moi !
- T'es dégueulasse !, réponds-je.

- J'rigole, me dit-elle me prenant dans ses bras.
- Ça te tente de dormir ici ?
- Et comment ? Je me demande si vous n'allez pas être mon nouveau squat maintenant que j'ai plus d'appart...
- Pardon ?!

Je suis si surprise que je m'étouffe avec le morceau de carotte que je venais croquer.

- Je l'ai vendu. J'ai vraiment décidé de tourner une page. J'ai trop de souvenirs dans ce lieu. Des bons mais beaucoup de mauvais, me répond-elle sans me regarder dans les yeux.
- Oh...
- Et puis, il va me falloir une chambre en plus. Je ne vais pas le mettre toujours sur mes genoux le gamin. Quand il aura dix-huit ans, ça fera mauvais genre...
- C'est une bonne idée... Tu as raison...
- Un peu ma vieille, d'autant que j'ai déjà une offre que je ne peux pas refuser.
- Quoi ?!
- Ouais, déjà... Comme quoi, ça sert d'avoir une langue...
- Il est déjà vendu ?
- J'ai signé le compromis jeudi.
- Mais... tu ne m'as rien dit...
- C'est allé vite. Je fais une plus-value de dingue, qui me permet de rêver à mon nouveau logis. Et tu avais d'autres choses à gérer...
- Mais enfin ! Tu connais la place que tu as dans ma vie, Evidemment que tu es prioritaire !
- Ce n'est que du matériel, on s'en fout...
- Si tu le prends comme ça, je suis contente pour toi.
- Et toi ? Tu mets en vente quand ? J'te préviens, je suis une super négociatrice... Dans deux semaines, je te la vends ta maison, me dit-elle en me désignant le mur en face d'elle.

- Ce n'est pas prévu.
- Pourquoi ? Tu veux la louer ?
- Non y habiter, pourquoi ?
- Je ne comprends pas : tu as un mec parfait fou de toi à huit cents bornes, la maison de princesse qui va avec et tu restes ici... Je te prends ta température ou j'appelle le doc tout de suite ?
- Tu crois que ça se fait comme ça toi... J'ai un travail, des amis, une famille ici...
- Un travail, ça se change. Et franchement vu comment tu es exploitée, ça leur fera des pieds que tu te barres... Tes amis, s'ils sont vrais, tu continueras de les voir, juste autrement. Et ta famille, en dehors de tes parents cons et ton frère qui vit en Finlande, c'est ta sœur. Etant donnée la quantité de congés qu'ils ont les deux profs, tu vas sans doute les voir bien plus souvent encore.
- J'ai aussi une fille qui a un père ici...
- Le gros connard ?, s'étouffe-t-elle.
- Ça reste son père.
- Donc tu vas sacrifier son quotidien pour un après-midi par mois ou deux au mieux.

Elle met le doigt sur une vérité à laquelle je n'avais pas songé. C'est vrai que Sébastien n'a pas passé beaucoup de temps avec elle ces derniers temps et pour être franche, je ne sais plus si je peux encore lui faire confiance.

- Elle doit rentrer en janvier à l'école la miss. C'est maintenant que tu dois te décider, enchaîne-t-elle.
- ...
- Louise, je ne veux pas te paraphraser mais c'est pas toi qui m'as dit que tu avais eu le cœur brisé quand tes grands-parents ont vendu leur maison ? Parce que tu aimais cette île plus que tout ? Aujourd'hui, tu as la possibilité de la retrouver et de vivre peut-être la plus belle histoire d'amour de ta vie.

Je ne sais pas à quoi ou à qui elle fait allusion. Baptiste ou l'île ?

- Ma plus belle histoire d'amour est et restera Bérénice réponds-je bêtement faute de réplique réfléchie.
- Oui... et moi aussi... Mais ce Baptiste... Il est bien. Je l'ai tout de suite su. Au moment où je l'ai vu poser ses yeux sur toi... Il te veut du bien et rien que du bien. A vous deux d'ailleurs.
- Je crois aussi que oui, dis-je en baissant les yeux.
- On n'a pas le droit de tourner le dos à sa chance...

Je suis interloquée par ces derniers mots. Sans doute a-t-elle raison ? Mais prendre une telle décision n'est pas neutre.

- Et toi ? Je te verrais quand ?
- A ton avis ? J'te dis ça pourquoi ? Pour avoir un pied-à-terre gratos à la mer...
- T'es bête..., dis-je en pouffant.
- C'est toi qui le serais de ne pas y réfléchir.
- Je vais le faire, je te promets.

***

Je me couche vers deux heures du matin. Annabelle est dans la chambre d'à côté, un peu saoule, un peu gaie, de plus en plus sereine. Que j'aime la voir comme ça, voir ce changement s'opérer en elle. C'est beau de voir grandir quelqu'un, à n'importe quel âge.

J'envoie un message à Baptiste pour lui souhaiter une bonne nuit même si je sais qu'il dort déjà. Pourtant, il me répond immédiatement

Tu ne dors pas ?

Non, j'attendais de tes nouvelles. Tu me manques

Toi aussi...

Tu as passé une bonne soirée ?

Top, et toi ?

Très bien aussi, mes amis sont partis une heure après le match

Qui a gagné ?

Le PSG. Et Annabelle ? Elle va comment ?

C'est devenu une grande sage, elle vend son appart

Décidément quels changements dans sa vie, elle est courageuse au moins

Tu dis ça pour moi ?

Non pour moi.

Pourquoi ?

Parce que je n'ai pas ce courage

Pourquoi tu vendrais ton appart ?

Pour vous rejoindre bien sûr ☺

Je ne sais pas quoi répondre, je ne m'attendais pas à lire cela. Je dois être fatiguée et mal comprendre.

J'ai regardé... des postes de journalistes sportifs, il y en a partout.

Tu quitterais tous tes potes, ta famille, ton océan pour moi ?

Non pour vous. Je croyais que la vie était belle avant. Mais en
réalité, elle est fantastique. Je ne veux pas me priver de ça.

Sans doute est-ce la fatigue, ou l'alcool ou que sais-je encore... mes yeux se remplissent de larmes. Je regarde plusieurs fois l'échange que nous venons d'avoir pour m'assurer que je l'ai bien compris.

Je te fais peur ?

Je prends mon courage à deux mains et appuie sur l'icône du combiné.

- Allô ?

Que ça fait du bien d'entendre sa voix...

- Est-ce que tu crois que je serais capable d'intégrer deux nouveaux mots à mon vocabulaire ?
- Lesquels ?
- Chocolatine et chausson aux abricots ?
- Pourquoi, tu dis ça comment ?
- Bah ! Pain au chocolat et oranais !!
- Sans doute... pourquoi ? T'es sûre que ça va ?
- Oui, je veux dire... Et si c'était le contraire ? Et si c'était nous qui venions ?
- Tu viendrais ? Mais ta famille ? Tes amis ? Ton travail ?... Et Bérénice ? Ses repères ?
- Ça vaut au moins la peine d'y réfléchir, tu ne crois pas ?
- Louise ?
- Oui ?
- Je crois... je pense... enfin... je..., ça me fait chier de te le dire au téléphone mais je le pense : je suis sûr que j'ai trouvé celle que je cherchais, tu es la femme de ma vie.

Je réponds d'un sanglot silencieux... Il serait peut-être temps d'avoir confiance en lui, confiance en moi, confiance en l'avenir...

Annabelle a raison, quand le destin nous sourit, il serait malvenu de lui faire la grimace. N'en déplaise à tous les amoureux du ballon rond, je suis devenue en quelques mois le Zidane de ma vie, les coups de tête guident mes pas.

CHAPITRE IX

Maintenant que ma décision est prise, je me sens plus légère. Certes, tout n'est pas encore fait mais l'intention y est et me fait rêver. Les semaines qui suivent donc, je les consacre à ma nouvelle vie. Certains aspects sont plus faciles : je cherche avec l'aide de Stéphanie, dont je suis devenue très proche, la toute première école de ma choupette. J'espère que nous arriverons pour la rentrée de janvier.

Et puis, il y a les aspects plus difficiles, la démission, les annonces... les longues discussions sans fin sur le côté impulsif de la décision.

J'ai choisi le plus facile pour commencer : avouer à ma sœur que sept-cent kilomètres allaient nous séparer. J'appréhendais un peu mais j'étais loin du compte. Elle m'a sauté dessus, m'a embrassée la totalité du visage et m'a félicitée en me disant qu'elle était fière de moi. De quoi me faire bomber le torse et espérer pour la suite. Sa réaction m'a confortée dans mes choix et aussi et surtout dans l'amour que j'ai pour elle. Avant même de me juger, avant même de penser à elle, elle souhaite mon bonheur et a toute confiance en mon jugement. Je crois, j'espère être à la hauteur de ce qu'elle est.

Puis, ce fut plus dur... Sébastien. J'ai eu littéralement peur toute la semaine qui a précédé sa visite. Je ne mangeais plus, avais des nausées, des vertiges. Je crois que j'aurais pu m'enfuir sans lui dire plutôt que de lui annoncer. Mais je suis adulte, et il paraît que ça change la donne.

Je lui ai donc demandé de passer un soir de la semaine. Je l'ai à peine croisé depuis le fameux incident. Je pense qu'il m'a évitée autant que je l'ai évité. Pour le mieux, je n'étais pas prête à l'affronter.

Je ne m'attends plus à le voir arriver. Bérénice dort depuis vingt minutes déjà, je lui caresse les cheveux en songeant à ce qu'elle va devenir loin de tout ça. Je me demande si ma décision est la bonne, que de changements en un an, ça fait beaucoup pour un petit corps. J'entends une voiture se garer. Je regarde rapidement à la porte, c'est lui. Mon cœur s'emballe de suite. Je prends mon téléphone à la main, le numéro de mon beau-frère prêt à être déclenché.

On frappe à la porte. Le Sébastien que je connais, n'aurait pas cette bienséance. Je descends donc pour m'assurer de l'identité de la personne.

Il est là en face de moi, l'air penaud, sans sourire.

- Salut, me dit-il.
- Salut, réponds-je avant d'ajouter, merci d'être venu.
- Bérénice dort ?
- Oui depuis un moment déjà. Tu veux monter la regarder dormir, c'est ce que j'étais en train de faire.
- Non merci, ça va. Qu'est-ce que tu voulais me dire, me demande-t-il sans me regarder dans les yeux.
- Je compte déménager.
- Du coup, tu vends la maison ?
- Oui, enfin... on la vend si tu veux. Tu peux toujours la garder.
- J'en veux pas. Et tu pars où ? Avec ton nouveau mec ?
- A l'île d'Oléron.

Il m'observe avec des yeux ahuris, il ne s'y attendait visiblement pas. Il s'assied sur le canapé du salon. Il réfléchit. J'ai forcément peur mais je le connais, il n'est pas en colère, enfin... pas encore, je sais que je marche sur des œufs.

- Et Bérénice, je la vois quand moi ?
- J'essaierai de te l'amener dès que ton agenda te le permet. Je dormirai chez ma sœur. Elle est d'accord.
- Je suis encore le dernier au courant quoi...

- Non, du tout. C'est plutôt le contraire. Je n'en ai parlé qu'à elle pour l'instant, et maintenant à toi.
- J'ai de la chance... je suppose que je n'ai rien à dire ?
- Si bien sûr, tu es le père de Bérénice...

Il laisse passer un long moment... Je ne sais pas ce qu'il a en tête. Je le vois réfléchir. Son visage est vraiment fermé. Ses mains se crispent. Ce qui n'augure rien de bon. Il faut que je le calme de suite. J'avais déjà anticipé par certains arguments.

- Tu sais, si on obtient un prix correct pour la maison, on aura une belle plus-value. Je suppose que tu saurais en faire bon usage pour ta société.
- T'es pas obligée de partir aussi loin pour ça...
- Non c'est sûr mais le fait de ne pas avoir de crédit de l'autre côté, ça va m'aider.
- Ouais ben pas moi... Tu fuis c'est ça ? Tu veux être sûre que je ne fasse plus jamais partie de ta vie ? Je me suis déjà excusé putain, s'énerve-t-il.
- Ça n'a rien à avoir. J'aime la maison là-bas. Bérénice y est heureuse, je veux nous offrir cette chance.
- Ouais... Tu veux surtout être sans moi.
- Sébastien... je veux être heureuse...
- Allez, on y repart, j'ai jamais su te rendre heureuse...
- Je n'ai pas dit ça. Ça n'a rien à avoir avec ça ! C'est ma décision. Maintenant si tu n'es pas content, pars au tribunal, je t'attends là-bas. Alors à toi de décider, ta fille avec moi à l'île d'Oléron sans pension alimentaire, je te donne la totalité de la marge qu'on se fera sur la maison, je ne veux pas de ce fric... Ou alors... je demande mon dû, une pension alimentaire et j'aurais quand même la garde de Bérénice. Tu t'es déjà défoulé sur moi, aucun juge n'acceptera que tu la touches.

J'ai le cœur qui bat la chamade, je transpire, je respire vite et fort. Je n'ai jamais haussé le ton avec lui, j'ai peur à en crever. J'espère qu'il ne le voit pas. Je sers mon téléphone dans les mains, je suis prête à l'utiliser.

- T'as bien préparé ton coup sale garce.
- Tu as le choix.

Il sort de la maison en me bousculant. Il claque la porte. Je peine à reprendre mon souffle. Je prie pour qu'il ne revienne pas. J'entends sa voiture partir. Je décide de dormir dans le canapé, je veux être prête s'il revient. Je ne ferme pas l'œil de la nuit. Baptiste m'appelle à plusieurs reprises, je le sens terrorisé également à sa manière.

Le lendemain, Sébastien repasse en fin de journée. Cette fois Bérénice est encore éveillée, nous sommes en train de manger. Son visage est plus détendu même s'il évite mon regard. Il joue avec Bérénice, l'aide à prendre son repas. Il lui propose ensuite d'aller regarder un peu la télévision car, selon lui, papa doit discuter avec maman.

- Bon, j'ai discuté avec Romu, il dit qu'il peut obtenir un bon prix de la maison. Ça pourrait même se faire assez vite... Il nous reste combien à rembourser ?

Je regarde brièvement sur mon application bancaire.

- Il reste un cent vingt-huit mille euros.
- D'accord, ça pourrait me faire une marge de soixante-dix mille. Ça tombe plutôt bien. Et des meubles, on en fait quoi ?
- Je vais essayer de les vendre durant les trois prochains mois.
- OK, tu gères dans ce cas. Et pour Bérénice, pas de pension ?
- Non...
- Tu ne vas pas changer d'avis ?
- ....
- Bon... je vais y aller... Romu va t'appeler.
- D'accord.

Il se lève du tabouret sur lequel il était puis fait un pas en direction de la sortie.

- Au fait, j'ai rencontré quelqu'un, je vais sans doute la présenter à Bérénice dans les prochaines semaines.
- D'accord.

Il embrasse brièvement sa fille au passage et quitte la maison. Je ne sais pas si je viens de me prostituer ou si c'est sa nouvelle vie amoureuse qui l'a fait réfléchir. Malheureusement, je crois que le bilan n'est pas flatteur pour moi… mais je suis tellement soulagée que j'en ai les larmes aux yeux. Mon corps tout entier peine à rester debout. Je suis libre, je ne savais pas que je ne l'étais pas avant.

***

- Comment ça tu veux démissionner ? C'est hors de question.

Christian n'écoute pas. Il ne l'a d'ailleurs jamais fait. Mais pour ce premier échange sur le sujet, je ne ressens plus le besoin d'être complaisante. Bientôt, il en sera plus mon directeur, bientôt je serai son égale.

- Je viens de te nommer à ce poste Louise, t'en as conscience ?
- Oui je vais vivre à sept cents kilomètres.
- Je m'en moque d'où tu vis moi ! Tant que je ne t'ai pas remplacée, il est hors de question que tu partes !
- Je peux partir à tout moment Christian. Dans l'avenant que j'ai signé sur ce poste, il est stipulé que je suis en préavis pour six mois. Ce dit-préavis fonctionne dans les deux sens, je peux partir dès aujourd'hui si je le souhaite. C'est ce que tu veux ?

Je le vois blanchir. Il desserre sa cravate, et se tortille sur sa chaise.

- Non bien sûr que non. Je t'augmente.
- Ça, tu aurais dû le faire avant !, *je me demande si une autre personne a pris possession de mon corps, décidément je pense à voix haute.*
- Bon, on ne va pas se fâcher Louise. Je t'ai toujours respectée. Je serais terriblement peiné que tu quittes notre équipe de cette manière.
- Ce n'est pas ce que je souhaite non plus Christian.
- Donc tu es prête à rester encore quelque temps ? Le temps que je trouve un remplaçant ?
- Jusque janvier, ensuite, ma fille rentre à l'école.
- Oh, c'est tout de même court.... Et si tu travaillais à distance à partir de ce moment-là ? Tu te sens capable ?
- Oui sans doute, tu ne vas pas me demander de revenir un jour sur deux ?

Je vois ses yeux s'illuminer, c'est la tête qu'il fait lorsqu'il a une idée dont il est fier.

- Si tu es prête à travailler à distance ? Tu peux le faire sur le long terme ?
- Qu'est-ce que tu veux dire ?
- Imagine que tu ne démissionnes pas ? Et que tu sois tout simplement à distance ? On a pas mal de clients dans le sud-ouest. Ça te ferait même gagner du temps parfois.
- ...
- Et si je te demande de remonter un vendredi ou un lundi toutes les deux semaines. Je suppose que tu as encore de la famille ici ?

Je réfléchis rapidement. Oui ce serait l'occasion de voir ma sœur et pour Bérénice de voir sa famille. Néanmoins, ce travail demande beaucoup d'investissements et dénature trop ce que je suis. Il n'est pas possible de continuer dans ses conditions.

- Je vais y réfléchir, j'aurais sans doute des conditions.
- Va voir les ressources humaines. Dis-leur que tu seras augmentée de quinze pour cent dès ce mois-ci.
- Tu tiens vraiment à ce que je reste ?
- Evidemment.
- Pourquoi ?
- Parce que tu es excellente dans ton job, je ne trouverai jamais quelqu'un qui arrive à ta cheville. Tu as quelque chose de différent. Les clients sont attachés à toi. Je ne peux pas trouver quelqu'un qui ait cette affinité en claquant des doigts.

Je suis flattée de ces mots, je suppose aussi qu'il ne l'a pas remarqué seul et que mes clients se sont livrés. Mon cœur est réchauffé pour l'hiver.

- Alors pourquoi tu es si dur avec moi ? Pourquoi tu en veux toujours plus ? Je suis sur les rotules moi !
- Tu me l'as déjà dit ?
- Non.
- Ben il fallait, je suis directeur moi, je suis là pour presser le citron.
- Tu as raison sur ma différence alors.

J'ai réfléchi quelques jours... Sa proposition étant évidemment à prendre en compte. J'ai posé de nouvelles conditions. Christian a tout accepté. J'aurais dû demander un chien et un voyage à Bali, décidément être coriace, ça ne s'apprend pas.

Ce choix me facilitera la vie pour les semaines à venir. Pas de passation à prévoir, juste une continuité dans mes activités et un débarrassage de bureau en perspective. Finalement, je ne survivrai pas à Annabelle dans cette pièce. Laissons de la place au silence et aux vols de mouche.

CHAPITRE X

Il ne me reste plus que deux semaines avant le déménagement. Enfin... c'est un bien grand mot, mes vêtements font le déplacement avec moi. Ce soir, nous sommes invités chez mes parents. Ils ont souhaité faire avec nous un « petit » Noël, car comme toujours ils ne sont pas disponibles pour nous au moment des fêtes.

Ma sœur et sa petite famille sont donc conviées, je sais que c'est pour elle une corvée, mais pour lot de consolation, je suis là sans Baptiste bien sûr, le briseur de couple, qui n'a pas le droit de passer la porte. Quel chanceux !

Il va néanmoins me rejoindre dès demain, il a tenu à m'accompagner pour mes derniers jours sur mes terres natales et aussi et surtout pour m'aider dans les préparatifs. Pour moi, ce sera aussi l'occasion de lui faire découvrir la région à cette époque où les lumières de Noël viennent égayer nos corps froids.

Il est à peine neuf heures lorsque mon téléphone sonne. Madeleine est en panique, cela ne fait aucun doute.

- Reprenez votre souffle, je ne comprends rien, lui dis-je.
- Je te dis qu'ils veulent entrer chez Jean, enfin... chez toi !
- Mais qui ça ?
- Les cuisinistes !

- Mais je n'ai rien demandé moi, vous êtes sûre que ce sont des vrais ?
- Ils ont un camion !
- Ce n'est pas une preuve ça Madeleine ! Vous pouvez me les passer s'il vous plaît ?
- Attends, je sors.

Durant cette attente, je réfléchis à ce qui est en train de se passer, je me refais le film de ces dernières semaines, je n'ai absolument pas commandé de travaux. Ces hommes sont forcément des voleurs ou des escrocs.

- Allô madame ?
- Oui bonjour monsieur. Je suis la propriétaire de ces lieux. Que faites-vous chez moi ?
- Sur le bon de commande que j'ai, j'ai un certain Léon Muller. Vous n'avez pas la voix d'un Léon Muller, me dit-il penaud. Pourtant, je vois bien que c'est la bonne adresse qui est écrite...
- C'est l'ancien propriétaire. Et vous êtes là pourquoi ?
- On nous a demandé de faire des aménagements dans la cuisine, madame. Je suis désolé, je ne comprends pas ce qu'il se passe. La commande date d'il y a quelques mois déjà, notre planning est très chargé. Ce monsieur était sur liste d'attente comme tout le monde. Tout est payé d'avance. Je fais quoi moi ? Je vais me faire attraper par mon chef si je reviens avec les éléments. C'est du sur-mesure, on ne peut rien en faire... enfin, je ne crois pas !
- Et vous êtes censés faire quoi dans cette cuisine ?
- Nous avons une commande d'îlot central, nous devons mettre quelques prises et quels points lumineux.... Et aussi changer tout l'électroménager. Tout est acquitté, madame, je vous le redis. Je fais quoi ?
- Quel est le nom de votre société ?
- Label cuisine, madame, nous sommes situés à La Tremblade.

- Je vous rappelle dans cinq minutes, ne faites rien avant cela.

Je fais quelques recherches sur Internet, la société existe bien et est extrêmement bien notée. Je décide d'appeler au numéro de téléphone indiqué et tombe sur une secrétaire qui m'indique qu'une équipe est effectivement prévue pour aujourd'hui chez Léon. Je suis tellement prise de court que je ne pose pas plus de questions. Je la salue simplement et rappelle Madeleine pour lui donner l'autorisation de faire entrer toute l'équipe.

Je réfléchis une partie de la journée à ces hommes dans mon nouveau chez moi. Léon avait le souhait d'embellir sa maison, je suis profondément triste qu'il n'en profite pas. Je songe alors aux derniers mots que je lui ai dits, ils m'ont hanté depuis des semaines, je les connais donc par cœur : « Je ne suis pas difficile, je ne veux pas être célèbre ou riche… je veux juste un îlot dans ma cuisine… ». Cette coïncidence me frappe. Peut-être lui ai-je donné l'idée, peut-être y avait-il pensé avant même de me connaître. Je suis tentée de rappeler cette société pour savoir de quand date le devis. J'abandonne l'idée, à quoi me servirait-il d'avoir une moitié de réponse ? Après tout, je ne serai jamais dans sa tête.

***

La fin de journée arrive déjà, trop tôt. J'appréhende cette dernière soirée familiale. Mes parents regrettent mon choix, je l'ai déjà entendu une fois ou deux…

Je me gare dans la cour. La maison est telle qu'elle était durant mon enfance. Une maison traditionnelle du nord, en forme rectangulaire, en brique rouge, tuiles plates de couleur orange. La lumière intérieure permet d'accéder à l'intimité de mes parents. Je vois ma mère s'affairer dans la cuisine alors que mon père est tranquillement assis dans le canapé en train de regarder la télévision. Décidément, tout est traditionnel ici…

Je sors Bérénice de son siège. Elle a souhaité mettre une robe bleue avec des collants en laine blancs. Elle est à croquer. Je lui ai préparé un sac avec des tas de jouets, j'ai peur que la soirée soit longue pour elle.

Ma sœur n'est toujours pas arrivée, je suis à deux doigts de me remettre dans ma voiture et de faire le tour du pâté de maisons en attendant. Un texto me signale qu'elle arrive dans quelques minutes : ouf !

Mes parents nous reçoivent dans le calme comme toujours. Pas de musique, pas de télévision, rien… juste eux sans éclat de voix ou de rires. Je suis à présent choquée du contraste existant entre ma famille et celle de Baptiste. Avant, j'étais dans l'ignorance : je ne savais pas que les repas de famille pouvaient être joyeux et bruyants. Je ne savais pas qu'on pouvait se montrer qu'on s'aimait et se le dire aussi. Quelle est la normalité ? La mienne ou celle de mon amoureux ?

Ma sœur et moi discutons de choses et d'autres, j'essaie d'embarquer ma mère dans les conversations, mais elle est encore plus discrète ou distante que d'habitude. Je tente alors de l'aider en cuisine mais là encore, le silence me bat à chacune de mes répliques.

Nous arrivons à l'étape du fromage, je suis agréablement surprise de la quiétude relative de la soirée. Il ne reste plus que le dessert et je serai totalement libérée. C'était sans compter mon père qui était allé chercher ses chaussures de sécurité montantes pour mettre les pieds dans le plat.

- Sébastien m'a dit que vous aviez signé un compromis de vente pour la maison ?, me demande-t-il.
- Oui, il y a trois semaines déjà. Normalement, la vente devrait se faire début février.
- C'est vraiment une connerie…, me répond-il.
- De quoi ?

Je fais semblant de ne pas comprendre où il veut en venir. J'aurais dû venir avec des mèches peroxydées et des racines noires, des seins siliconés et le décolleté qui va avec. J'aurais pu être crédible dans mon rôle de nunuche.

- De la vendre... Ne compte pas sur nous pour te loger quand tu vas revenir.
- Quand je vais revenir quand ?
- Bah dès que l'autre t'aura larguée quand il en aura marre de son nouveau jouet.

Je suis choquée mais prête à lui répondre, il ne connaît pas Baptiste, de quoi se permet-il de juger ? J'étais sur le point de sortir une phrase du type « Ah non mais je m'en taperai un autre, ne t'en fais pas, dans le sud-ouest, il n'y pas que les oies qui se font gaver » lorsque ma sœur a jailli de ses gonds.

- Tu le connais peut-être « l'autre » comme tu dis ?, crie-t-elle en le menaçant du doigt.
- Je connais ce genre d'hommes et ta sœur est naïve, elle croit qu'il s'intéresse à elle pour ce qu'elle est... Elle se trompe à la fois sur elle et sur lui...

Mon souffle se coupe, je regarde ma sœur, elle est d'une colère noire, prête à exploser.

- Ce genre d'hommes ? Tu préfères qu'elle se fasse insulter et tabasser ? Tu veux qu'elle reparte avec Sébastien ? Parce qu'elle n'a le droit qu'à ça, « petite merde » qu'elle est ? En dehors de vos potes et de vos petites personnes, y a des gens qui sont importants pour vous ?
- Tu dis n'importe quoi... Sébastien est le gendre parfait.
- Gendre peut-être, comme d'habitude, tu ne penses qu'à toi. Et en tant que mari ? Tu t'en fous qu'elle soit malheureuse Louise?
- Elle est capricieuse c'est différent, réplique ma mère.
- Papa, intervins-je. Tu...
- Quoi tu n'es pas capricieuse peut-être ? Ma fille, j'ai honte de toi. Tu n'es pas digne de cette famille. Aller te faire sauter par le premier venu, c'est digne d'une p...

- Tu sais quoi va te faire foutre papa…, souffle ma sœur.
- Ne parle pas comme ça à ton père, dit ma mère.

Lucie le regarde avec des yeux sombres, puis observe mon père avec le même mépris. Son mari lui pose une main bienveillante sur son avant-bras, tentative illusoire de la calmer. J'ai envie de la protéger comme elle me protège à l'instant. Je la connais, je sais que ce qu'il va sortir de sa bouche va sceller nos futures relations familiales mais il est temps. Temps pour tous…

- Vous pensez que Louise est une pute ? Non… une pute c'est une gamine de quinze ans qui aurait continué d'accepter d'assouvir les désirs d'un pervers pour ne pas contrarier la vie pépère et embourgeoisée de ses parents.
- Mais c'est pas possible de revenir là-dessus ! T'es vraiment folle ma pauvre fille, s'exclame ma mère. T'en as pas déjà assez fait comme ça ? Alain a juste eu le malheur de te porter de l'affection et tu t'es fait plein de films pour qu'on te remarque. Tu te rends compte du mal que tu lui as fait, du mal que tu as fait à tout le monde ?
- Des films ? Mais tu sais ce qu'il me faisait dans sa putain de chambre sous les combles ? Vous disiez que j'étais une princesse dans mon donjon, que j'avais de la chance d'avoir ma pièce rien qu'à moi… qu'il fallait que je lui dise merci à ce bâtard. Mais tu sais ce qu'il m'a obligée à lui faire ?
- Oh ça va, une petite caresse appuyée n'a jamais tué personne, s'énerve mon père. Il y a des gens qui ont des vrais problèmes… Marie, qu'est-ce qu'on a fait au bon dieu pour avoir deux filles aussi cinglées ?
- Tu sais quoi, vous me donnez envie de vomir tous les deux, annonce ma sœur en se levant, il a été jugé. Il a fait de la prison, je n'étais pas la seule dans ce cas… et vous continuez de dire que c'est moi la

cinglée ?! Allez-vous faire foutre, vous êtes morts pour moi. J'irai pisser sur votre tombe en chantant du Gainsbourg.

Mes parents ne répondent pas, ils soufflent avec dédain. Lucie demande à Olivier de reprendre ses affaires et de prévenir les garçons de leur départ. Je l'observe en silence, elle a pris dix ans en quelques minutes. Ses joues sont creuses, ses yeux cernés. Elle me regarde brièvement avant de quitter définitivement la pièce. Je la sens déçue, de quoi, de qui, je ne sais pas.

Je la crois déjà ailleurs lorsque je me lève à mon tour après un long soupir. Je regarde tour à tour mes parents stoïques, qui contemplent le mur sans me regarder. Ils ne sont même pas tristes, juste vexés, quels parents pourraient réagir comme cela à te tels propos ? J'ai pitié de leur bassesse, de leur indifférence.

- Vous savez quel est mon vœu le plus cher ? Mon objectif ultime dans la vie ? De ne pas vous ressembler, et même plus que ça, m'éloigner le plus possible de ce que vous êtes. Vous êtes mes contre-modèles. J'ai longtemps cru que vous étiez maladroits ou ignorants. Mais en fait, vous êtes de mauvaises personnes, vous êtes en partie responsables de ce qu'il s'est passé pour Lucie, et peut-être même aussi pour moi. Ah ça c'est sûr, vous êtes parfaits, parfaits l'un pour l'autre. Aussi égoïstes, superficiels et stupides l'un que l'autre.
- Non mais j…
- Tais-toi maman. Je n'ai pas fini. Je ne sais pas pourquoi la vie vous a donné la chance d'avoir une fille aussi exceptionnelle que Lucie, c'est une pépite. Vous ne l'avez même pas remarqué, vous ne la méritez pas.
- Bon Lou…
- Je t'ai dit de te taire, tu ne comprends pas le français ?
- Mais quel toupet, dis-lui quelque chose Jean-Jacques…

- Alors écoutez-moi bien, je veillerai à ce que JAMAIS, elle n'ait à vous recroiser, de près ou de loin. Et en ce qui me concerne, elle était, est et restera mon unique famille.

Je tourne les talons et me retourne une dernière fois en vue d'ajouter :

- Et vous pouvez penser ce que vous voulez de moi, je n'en ai absolument rien à foutre. Une pute ? Une cinglée ? Une moins-que-rien ? Je ne vous rends pas fiers : tant mieux ! C'est peut-être ma plus grande réussite. J'ai dû vous croiser à un moment dans ma vie, mais je ne m'en souviens déjà plus...

Je passe le seuil de la porte, les yeux humides et le souffle court. Lucie et Olivier sont là. Ils pleurent tous les deux en silence en se tenant la main. Ma sœur se jette sur moi et me souffle qu'elle m'aime. A cet instant précis, mon cœur n'est qu'à elle. Sa souffrance n'a que trop durer. Fuyons à présent ce passé qui nous a trop longtemps immobilisées.

CHAPITRE XI

Il reste deux jours avant le grand départ. Baptiste souhaite que je passe un peu de temps avec Annabelle et me propose de garder Bérénice durant l'après-midi. Je suis littéralement choquée, je ne savais pas que c'était possible de faire une activité en dehors du cadre familial, rien que pour moi. Sébastien n'aurait jamais accepté cela, il n'aurait jamais gardé Bérénice pour que je puisse m'adonner à ce genre de futilités. Je crois même qu'il m'en aurait voulu que j'en émette l'idée.

Baptiste m'a même proposé d'aller au restaurant avec ma copine dans la foulée. Mais j'ai refusé, c'était trop pour moi pour une première sortie. La culpabilité de le laisser gérer Bérénice aussi longtemps guidant ma décision.

Au programme, deux heures dans un espace détente avec spa, hammam et jacuzzi. Annabelle connaît le lieu, elle se met à l'aise de suite. Je la vois replier une languette en plastique pour en faire des tongs. Quelle étrangeté, je me sens comme dans les visiteurs. Je l'imite en la regardant, je la singe en suivant son rythme aussi discrètement que possible.

Enfin, elle s'approche d'un écran, elle sait apparemment sur quels boutons appuyer, comment mettre de la musique. Elle sait d'ailleurs quelle musique mettre. Je suis une cruche, je n'ai pas d'autre sensation. Je suis ravie que la salle soit humide et chaude, je transpire comme jamais.

- Bon tu vas te détendre Dufour, on n'est là pour ça !
- Je suis détendue. *J'essaie de mentir mais je crois qu'elle a compris que j'étais du moyen-âge.*

- On se prend un cocktail ?, dit-elle en cliquant sur la tablette qui semble gérer des commandes aussi. *C'est fou ça, on n'arrête pas le progrès !*
- Oui, avec plaisir, réponds-je avec l'air le plus cool possible. Attends, je regarde ce qu'il y a… Sex On The Beach. …Pina Colada. …Margarita… Bloody Mary, eh ben, pas terrible le choix…

Je ravale ma salive, elle est en train de me parler chinois, je ne sais même pas de quoi on parle et elle, dit que ce n'est pas assez. Je tente de garder un peu de contenance. Me voir doit relever du sketch.

- Tu prends quoi du coup ?
- Sex on the beach, et toi?
- Moi aussi ça me tente bien. C'est moi qui paie.
- On verra plus tard…

Nous nous installons dans un premier temps dans le jacuzzi. Annabelle est heureuse d'être là avec moi, ça se ressent. Alors qu'elle est en train de me raconter une anecdote sur sa collègue préférée, sa chère et tendre Christelle, une sonnerie retentit. Je sursaute et me demande s'il faut se dépêcher de sortir.

- Ah les cocktails, j'y vais, me lance-t-elle.

Alors qu'elle monte les escaliers, je l'observe. Je me demande ce que je suis en train de faire ici. Rien n'est naturel pour moi. Je me sens gauche. Je pense alors à notre fameuse collègue Christelle dont Annabelle vient de me parler, et je me dis que je suis aussi à l'aise que ses fesses *taille 42* dans ses pantalons *taille 36*.

- Tiens, fais-toi plaisir, me dit mon amie en me tendant le verre.
- Merci, dis-je avant de goûter.

Je suis soulagée, cette boisson est plutôt bonne. Il n'y a même pas d'alcool en fait. Pour une fois, Annabelle est restée raisonnable. Après tout, nous sommes en plein milieu de l'après-midi, ce n'est pas encore l'heure de l'apéro. Ce jus bien frais tombe à pic, j'ai soif, je bois la moitié du verre et me replonge dans l'eau.

Une heure plus tard, je décide de commander mon troisième « sex on the beach », je suis fière de savoir utiliser cette fameuse tablette.

- On arrête là, tu veux ?, suggère Annabelle.
- Pourquoi ?
- Parce qu'on a de la route après et que tu oublies une grande partie des voyelles dans tes mots.
- Hein ?, comprends pas, dis-je en me levant.

J'ai brusquement la tête qui tourne, je suis prise d'une nausée violente. J'ai à peine le temps de courir vers les toilettes pour reconstituer la totalité de mon déjeuner dans la cuvette. Je m'assieds sur le sol, je ne suis pas soulagée. Je crois que même mon petit orteil a envie de vomir en ce moment.

Après une demi-heure passée dans l'endroit le plus charmant de l'espace. Je finis par enfin sortir de mon antre. Annabelle est déjà rhabillée. Elle m'attend l'air inquiète.

- Tu les as bus trop vite, me souffle-t-elle.
- Je ne comprends pas, il y avait de l'alcool dans ces trucs ?

Elle éclate de rire. Je crois que je lui ai fait sa journée. Je m'assieds sur un banc. Telle une huître sur son rocher, je subis mon sort immobile et défaite. Je me demande intérieurement quelle sera la durée de cet état. Parce que si ma vie doit se poursuivre de la sorte un peu trop longtemps, je propose de la mettre en pause pour une durée indéterminée.

- Allez, rhabille-toi, je te ramène. Les festivités sont terminées, me dit-elle en souriant timidement.

- Je suis désolée Annabelle, c'est la première fois qu'on se faisait une sortie à deux, dis-je en fixant le sol autant par honte et culpabilité que pour ne pas vaciller à nouveau.
- T'en fais pas pour ça je suis plutôt désolée pour toi. Je connais cet état, tu vas continuer de morfler encore quelques heures…

Je prends immédiatement la direction de mon lit en rentrant à la maison. J'ai un vague souvenir de paroles à mes côtés, j'entends les voix de Baptiste et Annabelle. Mais ce qui me pèse le plus, c'est ma tête qui tourne encore et encore.

Bilan de cette première escapade entre filles :

1) Les hammams ne sont pas bons pour la santé, c'est ce qu'on veut bien nous faire croire.
2) Ce n'est pas parce qu'on ne sent pas le goût de l'alcool dans un verre qu'il n'y en a pas. Il faut se méfier.
3) Prendre sa première cuite à trente-et-un ans, voilà qui est fait.

***

Dernier jour dans mon futur ancien chez moi. Je me lève avec le corps d'une personne âgée de quatre-vingt ans. Peut-être mon vœu s'est-il réalisé ? Mon corps s'est-il mis en pause durant des années le temps de faire passer la douleur liée à l'abus d'alcool ?

- Comment va ma petite fêtarde ?

Baptiste est affairé à ranger mes affaires dans les valises.

- J'ai honte…

- On s'est tous faits prendre un jour tu sais, me dit-il, en m'embrassant. Toi un peu plus tard que les autres je dirais. Deux fois plus tard même.
- Je n'aurais pas un marteau piqueur dans la tête, je rigolerais à ta blague, elle est drôle. Et Annabelle ?
- Elle est partie dire bonjour à sa mère, elle revient en fin de journée.
- Oh...

L'appartement d'Annabelle n'est officiellement plus à elle depuis près de deux semaines. Elle dort donc chez moi depuis. Je lui ai proposé de rester jusqu'à la vente de la maison durant le prochain mois. Elle partira ensuite réellement vagabonder comme prévu.

- Elle m'a dit que c'est elle qui allait gérer les ventes de tes meubles ?
- Oui, elle adore faire ce genre de choses, elle se croit grande négociatrice. Comment tu sais ça ?
- Il a bien fallu qu'on se parle un peu hier soir, me répond-il en souriant.
- Ah oui, j'ai oublié. Je suis vraiment désolée. Ça a été ?
- Oui elle est vraiment géniale. Je me demandais, ça te dit de l'inviter à fêter le Nouvel An chez toi ?
- Chez moi ? Il me semblait que nous étions deux adultes dans cette aventure, dis-je inquiète.

Il s'assied à mes côtés, me caresse les cheveux qui doivent avoir une odeur de poisson pourri.

- Evidemment, je n'ai juste pas voulu être présomptueux. Je te confirme, mon préavis s'achève la semaine prochaine.
- Décidément... mon père a tout faux, dis-je pour moi-même.
- Elle m'a dit ça aussi... On en reparlera plus tard, si tu le veux bien... Mais tu as déjà beaucoup à gérer maintenant et dans les heures à venir.

Je blêmis. Je ne voulais pas que Baptiste soit embarqué dans cette histoire de famille. Il ne le mérite pas et notre histoire est trop fraîche. Je ne veux pas lui imposer mes lourds bagages. C'est risqué, je ne veux pas qu'il prenne la fuite, je suis réellement attachée, bien plus que je ne l'aurais pensé encore quelques semaines auparavant.

- Tu m'avais dit que tu avais eu un différend avec tes parents. Je ne suis pas naïf, je savais que je n'y étais pas complètement étranger.
- Il n'y a pas que ça... Même Annabelle ne sait pas tout.

Bérénice choisit ce moment pour faire une apparition tonitruante dans la chambre. Elle me saute dessus comme si elle ne m'avait pas vu depuis des semaines. Je suis ravie de la voir aussi gaie.

- Maman, plus qu'un dodo et on part !
- C'est ça ma puce, on part demain. Tu es contente ?
- Ouiiiiii, me répond-elle en se collant à moi. Ze vais voir mon école.
- C'est ça...
- On pourra aller à la mer ?
- Pas tout de suite..., dis-je en regardant ma montre pour organiser ma journée.
- Pourquoi, ta montre n'est pas water plouf ?

Baptiste et moi éclatons de rire. Bérénice continue de parler. Je l'observe, elle est de plus en plus bavarde, habile de ses mots. Ses cheveux ont maintenant poussé, elle a de jolies mèches blondes qui viennent se mêler à son châtain naturel. Ses yeux en amande sont rieurs, il n'y a que la joie qui transparaît de son visage. J'espère que cette innocence durera à l'infini, elle le mérite.

Ce soir ma sœur et Annabelle seront présentes pour les adieux qui, je le sais, seront difficiles pour moi. Je ne me suis jamais sentie aussi proche de ces deux-là et je décide de partir loin d'elles. Pourtant, j'en suis heureuse. La vie est un paradoxe parfois.

Je songe également à Sébastien qui m'a appelée cette semaine. En ce qui le concerne, il n'y aura pas d'au revoir pour sa fille. Je ne sais pas quoi en penser. Il m'a dit partir pour Lyon durant quelque temps, des semaines sûrement, peut-être des mois. Il était tout excité au téléphone, selon lui, c'est la chance de sa vie. Décidément nous n'avons pas les mêmes priorités.

Je décide de me lever enfin, la journée sera chargée avec les derniers préparatifs... Je m'habille et cherche un pantalon dans le peu de vêtements qui me reste dans les armoires. Tout est déjà quasiment en cartons. Je me prends une claque... Il est trop serré. J'en cherche un second la mine déconfite, en ayant en tête de me restreindre bien plus sur la nourriture, sur l'alcool. Même cause, même effet, je ressemble à un muffin.

- Maman elle a un bébé dans le ventre, s'enthousiasme Bérénice.

Elle se rend compte à quel point elle est vexante ma fille ? J'ai dû lui expliquer que la voisine avait un bébé dans le ventre, d'accord, mais ce n'est pas une généralité ! Je me remets à la soupe promis. En attendant, j'ai envie de pleurer.

- Ma puce, tu veux bien aller dans ta chambre et choisir tous les jouets que tu veux pour la route demain ?

Bérénice s'exécute, finalement, elle n'est pas si mauvaise cette petite. Je me suis emballée. Baptiste me regarde intensément. Il ne va quand même pas me dire que je commence à le dégoûter ? Se peut-il que cette journée soit totalement et définitivement pourrie ?

- Malade à ce point pour deux cocktails dans un spa, je suis à peu près persuadé qu'ils ne mettent quasiment pas de vodka dedans... Ce n'est pas un bar.
- Je suis désolée, je te promets que ça ne se renouvellera plus. Annabelle t'a dit ? Je ne savais pas que c'était alcoolisé. Je sais que j'ai pris du poids, promis, je vais me reprendre.

- De quoi tu parles ? Tu es parfaite... Et tu as le droit de t'amuser..., me répond-il avec la même intensité dans les yeux. Tu ne m'as pas parlé de nausées ces derniers temps ? De maux de tête aussi ?
- Si, j'ai sans doute été stressée ou fatiguée...
- Louise, depuis quand tu n'as pas eu tes règles ?
- ...., je...., je ne sais pas..., c'est souvent très chaotique chez moi tu sais. Ça peut attendre des mois... mais... attend, je réfléchis.... Oh mon dieu... ça fait loin là quand même... Je ne comprends pas, on s'est toujours protégés non ?
- Notre toute première nuit, tu te souviens ? Je n'avais que trois préservatifs... La quatrième fois, on n'a oublié de réfléchir.
- Non, je serai enceinte de..., attends laisse-moi réfléchir... trois mois ?

Je m'assieds pour digérer l'information, je me refais le film de ces deniers mois. La fatigue a peut-être eu bon don. Je touche ma poitrine. Mon ventre n'est pas le seul à avoir pris en volume. C'est plausible.

- Il y a une pharmacie par ici, j'ai vu en arrivant. File-moi tes clés. J'arrive, me dit-il en m'embrassant sur le front avec un large sourire.
- Tu serais content ?, dis-je un peu craintivement.
- Je t'aime, évidemment. Je ne me vois pas construire une famille avec quelqu'un d'autre. Et tu ne crois pas qu'il est temps.
- Mais enfin, ça ne fait pas encore quatre mois qu'on est ensemble. Evidemment qu'il n'est pas temps ! C'est beaucoup trop tôt !
- Je parlais pour moi, il est temps de faire des enfants, dit-il enthousiaste.
- D'accord, toi tu es vieux et moi, je suis grosse, on forme le couple de l'année.
- Louise... Je n'ai jamais été aussi sûr de quelque chose... A la seconde où je t'ai vue avec tes cheveux en bataille et ta timidité cachée sous de la maladresse... j'ai su que tu étais la femme de ma vie. Alors oui je vais chercher ce test et je vais faire la danse de la victoire sur tes jeans trop petits !

Le test s'est révélé positif. Enceinte de trois mois et une semaine, je le saurai quelques jours après.

Bilan de cette première journée dans le corps d'une grand-mère :

1) Les préservatifs, ce n'est pas que pour faire des ballons.
2) Problème de fertilité un jour ne rime pas avec problèmes de fertilité toujours...
3) Se prendre une leçon de biologie par sa fille de deux ans et demi... à l'âge de trente et un ans, ça fait mal.

CHAPITRE XII

L'année s'achève à l'opposé de ce qu'elle a commencé. De nouvelles personnes dans ma vie, une nouvelle maison, un nouveau « moi » qui semble pointer le bout de son nez.

Nous sommes à quelques heures du réveillon, c'est à présent l'heure des bilans. Que de changements… Cela ne fait que quelques jours que je suis ici et pourtant, je me sens déjà chez moi. Comme si j'avais toujours vécu ici. Cette maison est agréable, un vrai bonheur à vivre. La cuisine nouvellement aménagée avec ce fameux îlot est devenue mon espace préféré. J'y passe des heures, Bérénice me rejoint régulièrement, nous lui avons dédié un espace avec ses jouets. Le luxe des grandes maisons.

Baptiste a tenu à mettre le tableau de Léon dans notre chambre, celui sur lequel il m'a représentée avec ma fille. Je l'adore. Je le regarde chaque soir avec reconnaissance. Pour tout ce que je vis actuellement, j'en ai des « mercis » à donner à la vie.

Et puis c'est ici aussi ici, que va naître notre enfant. J'ai réussi à trouver un rendez-vous médical en urgence. Après le choc et la surprise, est vite venue la conscientisation de mon état. J'avais besoin d'être rassurée et je crois que Baptiste aussi. L'obstétricien qui a accepté de me prendre la semaine dernière en consultation s'est d'abord bien amusé de la situation. Il nous a ensuite complètement réconfortés sur l'état de santé de l'enfant qui selon lui serait un petit garçon. Baptiste qui n'avait rien dit jusqu'alors, par pudeur sans doute ou par peur de m'inquiéter, a insisté sur un point pour être totalement rassuré.

- Louise est... tombée des escaliers il y a quelques semaines, elle ne savait pas qu'elle était enceinte. Elle a été pas mal amochée, notamment au niveau des côtes du côté gauche. Vous pensez que le bébé peut avoir des séquelles physiques ?
- Vous savez, il n'y a pas meilleur bouclier que le corps d'une mère. Votre enfant est vraiment protégé dans le ventre de votre femme.
- Et psychologiquement ? Enfin, je veux dire, ça nous a un peu stressé cette chute.
- Ne vous inquiétez pas monsieur, les fœtus ne prennent que le meilleur. Soyez rassuré, tout va bien.

J'ai senti un poids se dégager de ses épaules. Il a retenu ses larmes de soulagement devant le médecin mais je les ai remarquées. J'ai adoré la classe dont il a fait preuve pour me préserver. Je lui ai pris la main et l'ai remercié en silence. Mon cœur était prêt à exploser tellement je l'ai aimé à ce moment précis.

Il n'a ensuite cessé de pleurer sur la route nous ramenant à la maison mais de joie cette fois. J'aime le fait qu'il ait le courage de montrer ses émotions. J'espère qu'il m'apprendra à être comme lui.

Ce rendez-vous avec ce donneur de bonnes nouvelles, a eu lieu le vingt-quatre décembre... On ne pouvait pas rêver meilleur cadeau. Nous avons profité du réveillon de Noël que nous avons passé chez Madeleine et Daniel pour l'annoncer. Je crois qu'ils ont été aussi choqués que nous mais ont été, avant tout, fous de joie. Chacun a versé sa petite larme, j'ai eu le cœur réchauffé pour l'hiver. A l'image de tout le réveillon. Je dois dire que je n'ai jamais connu cela. Tout le monde était heureux d'être ensemble. Les parents avaient les yeux qui pétillaient de fierté en observant leurs progénitures. La générosité des Duchemin est sans égale, Madeleine a cuisiné des heures durant pour que le repas soit parfait. Bérénice a été gâtée comme jamais, beaucoup trop à mon goût. Mais que dire devant tant de bienveillance ?

Stéphanie semble aller un peu mieux, je sais que le chemin sera long. Je veille au grain. Elle fait maintenant quasiment partie de mon quotidien, je l'aide autant que je peux. J'espère que je fais bien. Ce qui me rassure, c'est qu'elle parle, même de ses échecs. Elle sait que je ne la jugerai jamais. Elle m'a d'ailleurs demandé de parler à ses parents, et à Thibault, elle n'est pas capable de le faire elle-même pour l'instant. C'est déjà une étape incroyable, signe qu'elle est capable de s'en sortir. Je vais m'y atteler dans les prochains jours. Je cherche encore les mots. Mais cette relation est loin d'être unilatérale. Stéphanie me donne autant que je lui donne. Elle est toujours pleine de douceur à l'égard de celle qu'elle considère à présent comme sa nièce. Nous discutons souvent de tout et de rien, je la trouve de bon conseil pour ma vie de femme et de maman. Je crois que c'est ce qu'on attend d'une amie.

Baptiste est affairé depuis ce matin, je ne l'ai quasiment pas vu de la journée. Il m'a demandé d'aller faire quelques courses, je me suis exécutée, j'ai toujours cette sensation d'être une touriste ici alors, chaque chose que je fais est une attraction, y compris les magasins. Je suis rentrée depuis quelques minutes, lorsque la sonnerie de la maison retentit. Un livreur amène un carton assez volumineux. Je suis impatiente de voir ce qu'il contient et ouvre de suite. J'aperçois assez vite une très grosse marmite en cuivre pour faire les confitures. J'ai toujours rêvé d'en avoir une. Je crie à Baptiste qui est de l'autre côté de la maison.

- Chéri, c'est toi qui as acheté ça ?
- Acheté quoi ?, entends-je du fond de la cuisine.
- Une marmite à confiture.
- Non pourquoi ?, crie-t-il à nouveau.
- Mince, ça doit être une erreur, c'est adressé à qui ?, me dis-je à moi-même.

Alors que je me rapproche du carton, la sonnette résonne à nouveau confirmant l'erreur du livreur. Je m'apprête à renoncer à cette belle surprise lorsque j'aperçois ma sœur ainsi que sa petite famille en face de moi. J'ai le cœur qui est monté à la hauteur de mes amygdales.

- Alors bonne ou mauvaise surprise ?, me demande-t-elle.
- Tu oses me poser la question ?, dis-je en la collant contre moi avant d'ajouter, rentrez tous !
- Alors c'est à ça que ressemble ton nouveau chez toi ?, me demande mon beau-frère. C'est magnifique.
- Je ne vais pas te dire le contraire... Je suis amoureuse de cette maison.
- Et de moi ?, me taquine Baptiste qui nous rejoint dans l'entrée.
- C'est toi qui a prévu cette surprise ?
- Je dois avouer qu'ils n'ont pas été durs à convaincre.

La sonnette résonne à nouveau.

- Ah cette fois, le livreur vient pour rechercher son colis !

J'ouvre la porte, Annabelle est là. Belle comme un cœur, souriante, une bouteille de champagne à la main. Je saute sur elle pour lui embrasser férocement la joue.

- Tu crois quand même pas que j'allais rater une bouffe gratos, Dufour ?

Je me retourne à nouveau vers Baptiste et le gratifie du regard, ma gorge est trop émue pour émettre un son. Il me répond d'un sourire et me tend le carton qui est arrivé en même temps que tous nos convives.

- Il n'y a pas d'erreur, en tout cas sur l'adresse...
- Qu'est-ce que tu veux dire ?
- Regarde.

Le destinataire n'est autre que Léon. Je vois sur la facture que la commande a été faite auprès d'une usine située en Allemagne mais aucune date n'est indiquée... Décidément les personnes que j'aime sont toutes avec moi pour achever cette année, même Léon sera de la partie. Ma famille est au complet.

***

Tout ce joyeux monde est resté quelques jours. Cela m'a fait un bien fou. Ma sœur avait pris le studio alors qu'Annabelle avait sa chambre à l'étage. Je me suis complètement sentie dans mon élément en tant que maîtresse de maison. Bien sûr, il est toujours plus aisé de recevoir sa famille mais j'avoue avoir pris un certain plaisir à être aux petits soins pour chacun, du petit déjeuner au dîner.

Le réveillon de la Saint-Sylvestre a de nouveau, été celui des annonces. Mais cette fois, nous sommes allés un peu plus loin que la simple arrivée de bébé. Alors que ma sœur était déjà en train de pleurer, Baptiste a levé son verre.

- Nous avons une autre nouvelle toute particulière à vous annoncer concernant notre fils, dit-il en me regardant. Nous avons décidé d'un commun accord qu'il n'aura pas de parrain... en revanche, il sera gâté en marraines. Au diable les normes sociales. Louise...
- Baptiste et moi, sommes d'accord sur un point. Notre sœur est le cadeau le plus précieux que l'enfance nous ait donné. Elle est aujourd'hui notre fierté et notre richesse. Notre force et notre modèle dans la vie.

Je marque une pause, et Baptiste confirme.

- Oui nous sommes d'accord sur la question.
- Steph, Lucie, acceptez-vous d'être les marraines de notre fils ?, disons-nous en chœur.

Les deux femmes se regardent émues. Lucie s'approche de nous pour nous enlacer. Elle nous remercie en nous disant la fierté qu'elle a de pouvoir avoir une place privilégiée pour ce bébé de l'amour.

- Je t'aime mon adorée, lui dis-je simplement. Si j'avais pu choisir une sœur, c'est toi que j'aurais choisie. Sans aucun doute, je sais que le petit cœur sera heureux de t'avoir.

Stéphanie est plus sur la réserve. Elle pleure silencieusement à nos côtés. Alors que Baptiste et ma sœur échangent quelques mots, je m'approche d'elle et lui chuchote.

- Tout ce qu'il se passe depuis quelques mois est très rapide, très intense pour moi. J'en ai conscience. Mais je garde les pieds sur terre. J'ai beaucoup de chance d'avoir rencontré ton frère c'est certain mais tu es aussi une magnifique surprise. J'ai gagné une sœur grâce à lui et je ne le remercierai jamais assez. Tu es une belle personne Stéphanie, n'en doute pas. Aie confiance en toi et en l'amour que les gens te portent. Il ne va pas s'envoler.

Elle éclate en sanglots et se jette sur moi.

- Merci Louise, merci pour tout. Je vais m'en occuper de ton petit bout, je vais être à la hauteur de votre confiance.
- Je n'en doute pas, intervient Baptiste qui nous enlace toutes les deux, tu es ma sœur, la perfection c'est ton truc, lève le pied, c'est chiant les gens parfaits...

Elle se détache et le regarde comme s'il avait trouvé la réponse à une question qu'elle se posait depuis des lustres.

- Quoi, j'ai oublié de te dire que je t'aimais, ajoute-t-il en souriant. Evidemment que je t'aime *ma denrée*.

- Merci Baptiste, lui répond-elle les yeux reconnaissants. Merci.

Thibault n'a pas dit un mot depuis quelques minutes mais je le sens ému et heureux pour sa femme. Je profite de sa solitude pour l'approcher et lui demander de l'aide en cuisine.

- C'est une question de temps mais elle est sur le bon chemin, dis-je.
- De qui tu parles ?, me demande-t-il alors qu'il connaît déjà la réponse.
- Ce n'est pas parce que tu n'évoques pas les choses qu'elles n'existent pas. Tu sais très bien de qui et de quoi je parle.
- J'aimerais être aussi optimiste, ça fait tellement longtemps.
- Je pense qu'elle a juste besoin d'avoir plus confiance en elle…
- Mais elle n'a aucune raison de douter, elle n'a aucun défaut si ce n'est celui de se faire mal.
- Tu lui dis ?
- De quoi ?
- Que tu la trouves parfaite ? Désirable ? Intelligente ?…
- Elle ne me croit jamais alors j'ai arrêté…
- Je peux me permettre un conseil ?
- Oui, dit-il humblement.
- Trouve d'autres mots mais n'abandonne pas. Elle en vaut la peine. Vous n'êtes plus des ados… Vous êtes des adultes à présent. Ose t'exprimer comme un homme pour qu'elle accepte, elle, de devenir une femme.

Je le sens perplexe, je ne sais pas s'il a compris où je voulais en venir. Mais je sais par expérience qu'attendre que l'autre change en silence est voué à l'échec.

Le reste de nos hôtes emmenés par Annabelle fait alors une apparition tonitruante dans la cuisine sous forme de farandole, que je découvre clôturée par Baptiste. Chacun y va de sa fausse note et de son bras en l'air. Ce spectacle est affligeant mais j'éclate de rire et regarde Thibault qui décide alors de se dérider en voyant sa femme rire de bon cœur. Il se faufile derrière elle. Je regarde le tout médusée. La vie peut être simple parfois, joyeusement simple.

CHAPITRE XIII

Avec la fin des vacances, vient le temps des « au revoir » à la famille et l'arrivée d'une nouvelle grande étape : Bérénice entre à l'école. Son petit sac à dos est prêt, ses épaules aussi. Il faudra qu'elle soit endurante, elle est partie pour quelques années. Bref, notre vraie nouvelle vie commence maintenant.

Les semaines défilent aussi vite que mon ventre s'arrondit. Bérénice grandit, au sens propre comme au sens figuré. Elle se fait assez vite des copains, elle en parle le soir à table. Elle dit qu'elle a hâte de les revoir le lendemain… Ça y est, sa vie sociale a démarré, c'est le début de l'indépendance affective.

Tout en ayant un travail considérablement prenant, Baptiste est très présent à la maison. Il m'aide autant que possible, prend soin de mon état de fatigue ou de santé. Il est aussi attentionné pour moi que pour ma fille. J'admire sa capacité à être toujours joyeux. Il verse sur nous une poudre de bonne humeur bienfaisante qui fait un bien fou et embellit notre quotidien.

Madeleine et Daniel sont des piliers dans notre équilibre. Ils ont adopté ma fille comme leur petite-fille, à l'image de Baptiste. Ils s'en occupent bien plus que mes propres parents ne l'auraient jamais fait.

Ils la gardent de la sortie de l'école à ma fin de journée de travail, le mercredi aussi parfois. Bérénice a même sa chambre dans leur maison. Comme le veut la coutume chez eux, ils ont acheté des meubles neufs, installé une belle décoration et complété avec des tas de jouets. Bérénice est une vraie princesse là-bas.

Je continue ma vie professionnelle à distance. Néanmoins, trois jours toutes les deux semaines, je vais au « siège ». J'en profite, pour loger comme prévu chez ma sœur. Je sens que Christian est finalement frustré de la situation et de mon absence physique régulière. Lui qui veut être omniscient, ne supporte pas mon indépendance. Je ne sais pas si c'est ma nouvelle vie ou ma grossesse, mais j'ai le courage de le confronter. Je me sens moins dépendante de mon travail depuis que mon équilibre est ailleurs. Même si j'appréhende ces retours dans le Nord, je suis ravie de voir ma sœur et sa petite famille.

Un mardi soir de février, il est tard lorsque je rentre du bureau. La journée a été dure et mes mains s'accrochent à mon ventre le temps de la route pour rejoindre ma seconde maison, chez Lucie.

- Tu as les traits tirés, me dit-elle en ouvrant la porte.
- Bonjour ma sœur, tu es belle aussi.
- Pardon, bonjour, dit-elle en m'embrassant. Il t'a encore fait des misères ton tyran ?
- Je pensais qu'il avait changé mais ses ambitions non…
- Le loulou est prévu pour juin, donc ton arrêt en avril ?
- Oui encore deux mois…
- J'adore te voir régulièrement mais il faudrait peut-être arrêter ces allers et retours non ?
- Ça lui passe au-dessus mon état, je crois même que ça l'énerve.
- C'est son problème… Mais tu te vois toi ? Avec deux enfants ? Continuer à zigzaguer dans toute la France ?
- Je ne préfère pas y penser…
- Le temps que tu perds avec eux, il ne se rattrape pas. Crois-moi, ajoute-t-elle en regardant ses garçons devenus grands, tous deux concentrés sur leur écran respectif.

J'y songe et puis j'oublie, c'est la vie, c'est la vie…

Annabelle de son côté, profite réellement de la vie. J'ai peur de la cirrhose ou d'un burn-out festif. Chaque région a ses amis, ses coutumes, ses alcools et ses spécialités culinaires. Elle semble heureuse, ce qui me rend heureuse. Elle prévoit de venir nous voir en juin à la naissance du petit. Et ensuite… elle « rentrera dans le moule pour devenir un moule » comme elle dit mais elle ne sait pas encore où…

Mes parents et moi sommes devenus étrangers depuis des mois, il n'y a rien à ajouter.

Sébastien a rencontré quelqu'un à Lyon. Une certaine Marie qui travaille dans le même domaine que lui. J'ai l'impression que c'est sérieux. Je suis contente pour lui. Après tout ce qu'il s'est passé, je ne lui souhaite que du bien. Il me dit que sa vie va se partager entre Lyon et Lille. Il m'a promis de venir voir sa fille en mai. J'espère pour eux qu'il le fera.

Le printemps arrive, Stéphanie et Thibault apparaissent de plus en plus heureux. Ils sont venus passer le week-end de Pâques chez Madeleine et Daniel. Nous en profitons pour les inviter à dîner.

Thibault dévore sa femme des yeux. Cette dernière sourit comme je ne l'ai jamais vue faire. Les gestes tendres dans le couple sont plus fréquents, plus naturels. Même le repas semble moins compliqué pour ma belle-sœur. J'en ai les larmes aux yeux… Ah… ces hormones…

- J'ai des amis qui seraient intéressés par la *petite Cerise* en septembre. Il te reste des places ?, me demande Thibault.
- Euh… j'avoue que je n'ai pas songé du tout à la louer. Mon assiette est déjà bien pleine depuis quelques mois, entre le déménagement et la grossesse. Ça fait déjà beaucoup pour ma petite caboche.
- Tu nous avais caché ton côté Rothschild ?, ajoute Stéphanie en souriant.

Et voici qu'elle me taquine maintenant, quelqu'un avait dû kidnapper son corps et y prendre siège. Il a décidé de la libérer à présent.

- Non, je vous promets, je n'y ai juste pas pensé.
- Il n'est pas trop tard. Léon commençait ses locations à partir des ponts du mois de mai, dit Stéphanie.

- Oui mais avec l'accouchement, ça va être compliqué.
- Je peux t'aider si tu veux ?, intervient Baptiste, et je suis sûr que maman sera ravie de jouer à la maîtresse d'hôtel de temps à autre.
- On va s'y mettre tout de suite, je suis sûre que tu as plein de photos, enchaîne Stéphanie. Prépare-toi à avoir de nouveaux voisins dans deux semaines !

***

Le lendemain soir, Stéphanie nous propose de garder Bérénice pour que Baptiste et moi puissions profiter d'une soirée en amoureux. Le temps est clément pour un mois d'avril. Nous décidons de partir à pied vers le centre-ville pour rejoindre un restaurant.

Nous marchons main dans la main, doucement. Nous profitons de l'air marin et de la lumière baissante du jour.

- Rien que ça : marcher avec toi, seuls au calme. Ça fait du bien, me dit-il.
- Je suis d'accord. Le quotidien a vite pris le dessus depuis notre arrivée. Tu n'as pas de regret ?
- Aucun, vous me rendez heureux toutes le deux. Je ne peux plus imaginer ma vie sans vous. J'en ai même oublié comment c'était avant.
- Oui mais c'est un sacré virage à 180 degrés. Tu es passé de célibataire, profitant de chaque soirée, chaque nuit, tu n'avais pas de contraintes. Tu enchaînais les conquêtes...
- C'était vide tout ça. J'attendais simplement de tomber sur la bonne personne... tu as juste mis du temps à venir à ma rencontre.
- Ça paraît trop beau tout ça, lui dis-je en le regardant.

Il s'arrête et me fait face, il m'embrasse avec une tendresse que j'ai appris à découvrir. Une tendresse que je ne veux plus quitter. Moi aussi, je l'ai attendu cet homme. Bien plus que je ne saurais le dire.

Un couple d'adolescents trouble notre tête à tête en nous croisant. Je les observe à la volée.

- C'est incroyable ce que ces enfants ressemblent à deux de mes clients. C'est un couple qui gère une entreprise de produits d'amélioration de l'habitat. Ils sont parmi les plus importants de mon portefeuille.
- Tu me parles vraiment de travail maintenant ?
- Non mais je te jure, le garçon c'est un mini-lui et la fille, a pris les qualités des deux. T'as vu comme elle est belle ?
- Non je n'ai pas vu, je t'embrassais amoureusement et en me disant que notre couple était une évidence.
- Pardon, dis-je en l'embrassant à nouveau.

Définitivement, le romantique des deux se distingue…

Nous continuons notre chemin et arrivons bientôt à destination. Le restaurant est petit et charmant. Il n'y a que quelques couverts et la carte, très succincte, est renouvelée chaque semaine : tout ce que j'aime.

Je décide de prendre du cabillaud au crumble de parmesan et chorizo. Baptiste prend un thon à la thaï. Nous échangeons sur les semaines à venir qui seront intenses à n'en pas douter. Entre les locations et l'arrivée du petit. Tout va encore prendre une autre dimension. Nous sommes convaincus tous les deux qu'il faut se garder des moments pour nous, comme celui-ci. Et nous nous faisons la promesse de nous protéger. Je vois les yeux pleins d'amour de Baptiste, les étoiles que je perçois me donnent beaucoup de confiance en l'avenir.

- Louise ?, entendons-nous d'une table adjacente.
- Romain ? Delphine ? Mais qu'est-ce que vous faites ici ?
- On est venus passer les vacances de Pâques. Et toi ?

- J'habite ici. Je vous présente Baptiste, mon conjoint, réponds-je avant de me retourner vers ce dernier. Ce sont les personnes dont je t'ai parlé tout à l'heure quand on a croisé les deux ados. Tu te souviens ?
- Enchanté Baptiste, répond Romain.
- Tout le plaisir est pour moi. Ça vous dit de prendre place à côté de nous ?, demande Baptiste.

En quelques minutes, chacun a trouvé sa place et notre dîner en amoureux disparaît. Pour autant, l'ambiance est très conviviale, je suis loin de mes déjeuners d'affaires. Je suis surprise de l'aisance de Baptiste. Il aborde des sujets différents, relance les conversations, se permet même de poser des questions sur la famille du couple.

Nous apprenons que les enfants croisés sont effectivement les leurs. Delphine me félicite pour mon intuition ou ma physionomie. Finalement leur vie n'est pas différente de la nôtre. Je me demande cependant dans quelle mesure ils peuvent se concentrer sur leurs enfants. Comment peut-on faire le partage dans sa vie lorsque l'on pèse des millions d'euros et que l'on a la responsabilité de l'emploi de centaines de personnes ?

Delphine m'observe en silence mais je le sens. Je lui souris timidement.

- Pour quand est prévu le bébé ?, me demande-t-elle.
- Normalement mi-juin, je vais devoir très vite vous quitter pour quelques mois.
- C'est très dommage pour notre relation professionnelle. Mais c'est bien pour toi, ça te fera du bien de t'éloigner de ce Christian Vallois. Il n'a vraiment pas l'air commode.

Je marche sur des œufs, il est évident que je ne peux pas dire ce que je pense.

- Vous désirez un dessert ?, demande Baptiste qui me sauve, je le remercie en posant ma main sur sa cuisse.
- Avec plaisir, répond Romain. En tout cas, cette soirée m'est fort sympathique, n'est-ce pas Del ? Ça fait plaisir de voir Louise en

dehors du boulot. On s'est toujours dit que tu étais top. Je découvre que ton homme est charmant aussi, ça ne m'étonne pas. En plus, il supporte l'équipe de foot de Strasbourg comme moi, c'est une grande qualité.

- Merci Romain, c'est gentil, je vous retourne le compliment. Ça me fait plaisir de vous voir sans avoir à travailler avant, pendant et après notre rendez-vous, dis-je avec un large sourire.

Les desserts arrivent, nous nous accordons tous sur un carpaccio de fraises. Nos compagnons de tablée nous expliquent qu'ils profitent de chacune de leurs rares vacances pour voyager. Ils nous font d'ailleurs part de leurs projets d'investir personnellement et professionnellement à l'international. Ils ont pour ambition de s'implanter en Espagne et au Portugal. Des pays qui sont chers à leurs cœurs et qui ont un lien avec leur histoire de couple.

Nous nous saluons alors que minuit a déjà passé son chemin. Je songe à Stéphanie qui a eu la gentillesse de garder Bérénice et qui doit être un peu fatiguée. Il est temps de rentrer.

Devant la porte du restaurant, Romain contemple sa femme avec un sourire entendu et me regarde avant de prononcer des mots qui me marqueront longtemps.

- Tu vas nous manquer Louise. Tu es une bouffée d'oxygène dans ce monde un peu brutal... Mais tu sais ce qui fait que tu es la meilleure dans ton poste ? C'est que tu n'es pas faite pour ça ! Tes qualités humaines sont très belles, tu étonnes et tu détonnes. Alors si j'ai un conseil à te donner, ne reviens pas, je suis persuadé qu'on se croisera d'une autre manière. Bien plus belle pour toi.

CHAPITRE XIV

J'ai entamé mon congé maternité il y a quelques jours. Par conséquent, j'ai le plaisir de m'occuper beaucoup plus de Bérénice. Je crois, non je suis sûre, qu'elle aussi en est ravie. Je dois avouer que j'adore également être aux petits soins pour mes locataires qui me le rendent bien.

En fait, ma vie actuelle me plaît. Je me lève aux aurores, je prépare le petit déjeuner à mes hôtes et à ma famille. Brioche tout juste sortie du four, confiture maison. J'y ajoute quelques fruits achetés la veille sur le marché ainsi que des crêpes ou des pancakes.

Stéphanie a eu raison de me secouer un peu. Les loyers mettent du beurre dans les épinards. Même si Léon m'a assuré une vie sereine durant les cinq premières années, je dois envisager l'avenir et anticiper les mauvaises surprises. La toiture notamment est à prévoir et j'ai conscience que pour une maison de cette surface, cela ne sera pas gratuit. Si je veux garder cette demeure, je dois me donner toutes les chances d'y parvenir.

Nous sommes vendredi, je reviens de ma balade matinale lorsque j'entends une dame appeler sa fille : « Eulaliiiiieeeee ! ». Je me retourne par réflexe mais aussi parce que ce prénom me dit vaguement quelque chose. Cette femme est trop âgée pour être la mère de cette enfant, j'en conclus que c'est sa grand-mère. Oui j'ai plus de temps libre, je m'adonne au « détéctivisme ».

- Bonjour, dis-je.

- Bonjour, madame, oh là là, comme vous avez un joli petit ventre. C'est pour bientôt ?
- Merci, réponds-je. Tout est relatif, j'ai encore quasiment six semaines à tenir. Mais vous avez raison, j'ai fait le plus gros.

Je perçois une légère réaction de surprise de sa part. Je sais pourtant ce que je dis ! Mon estomac est dans ma gorge, mes (grosses) jambes forment un « X », je ne respire que dans la position debout MAIS, il me reste encore un mois et onze jours à tenir !

- Si jamais vous avez besoin de quoi que ce soit, ma fille possède une maison à deux pas d'ici. Rue des chalets, le quatorze. Vous allez retenir ? Elle est en vacances ici jusque mardi.
- Merci madame, c'est adorable mais je vous dis, ce n'est pas urgent. Et au pire, ma voiture peut quasiment y aller en pîlote automatique.

La dame me sourit, elle prend sa petite-fille par la main. Je la regarde, elle ressemble à un ange avec de longs cheveux châtains bouclés. Nous nous saluons avant que je reprenne la direction de ma maison. J'ai faim, là aussi, c'est une particularité de la femme enceinte. Encore un mois et onze jours et j'arrête les cornichons dès le petit déjeuner.

***

Ça y est, c'est le week-end, Baptiste a décidé d'emmener Bérénice à la piscine. J'ai de la chance, cette semaine, je n'ai pas de changement de locataires, donc pas de changement de draps, pas de nettoyage. Je suis donc plutôt au calme.

Madeleine et Daniel sont partis passer le week-end chez Stéphanie. Cette dernière a coupé leur élan en leur interdisant de venir en camping-car. Je l'entends encore me dire : « C'est bon, je ne suis pas un camping, il y a trois heures de route, j'ai une chambre, ils gardent leur animal chez eux ».

Décidément, elle gagne en confiance, je l'apprécie de plus de plus surtout quand elle me fait rire comme ça.

Bref, je peux me regarder le nombril qui fait littéralement du trampoline, ça fait un bien fou. Enfin… depuis ce matin, j'ai un peu mal au dos. D'accord, mon ventre est assez proéminant mais tout de même. Je suis prête à me faire une session canapé avec un bon livre de Virginie Grimaldi lorsque je sens une violente douleur me traverser le ventre. J'éprouve des difficultés à reprendre mon souffle. Je ne m'inquiète pas, la normalité revient assez vite.

A peine ai-je lu deux pages que cette même douleur revient. Que se passe-t-il ? Cela ne peut pas être… Je pose mes mains sur mon ventre, il est dur. Je souffle un peu en espérant qu'il s'agit d'une coïncidence et tente de reprendre ma lecture. Le mal recommence. Non c'est trop tôt. Je me lève avec difficulté, je sens un liquide couler entre mes jambes. Le doute n'est plus permis. Le petit va arriver.

Je prends mon sac à main et mon téléphone puis rejoins ma voiture aussi rapidement que possible. Un pas, une contraction : un arrêt, un pas, une contraction : un arrêt… J'atteins enfin le siège conducteur et tourne la clé. Je n'en crois pas mes oreilles, le moteur ne répond absolument pas à ma demande. Je sais que ma voiture est vieille mais elle m'a toujours supportée depuis des années, ce n'est pas le moment de flancher. Je persiste une bonne dizaine de fois sans résultats concluants. J'appelle Baptiste, évidemment, il ne répond pas. Je ne peux pas me permettre d'attendre, les contractions sont trop rapprochées. Je lui laisse un message : « rappelle-moi dès que tu peux, je suis en train d'accoucher ». Je prie pour que ce ne soit pas dans mon jardin.

Je tente de réfléchir rapidement, je regarde avec désespoir la maison des Duchemin, je m'imagine une seconde emprunter leur camping-car, un jour j'en rigolerai… Je prends mon courage à deux mains et fonce vers leur maison lorsque j'ai enfin cette idée de génie. Je vais appeler les pompiers évidemment !

Je ne m'attendais pas à autant de malchance, la standardiste m'annonce que toutes les unités sont parties éteindre un incendie dans un camping à quelques kilomètres. Mes jambes ne me portent plus, que vais-je faire ? « Ils pourront arriver d'ici une heure ou deux... Vous pensez que ça peut attendre ? Si non, vous n'avez pas des voisins qui pourraient vous aider ? ».

Je raccroche en me souvenant de cette gentille dame qui m'avait dit la veille que je pouvais compter sur sa fille en cas d'urgence. Je ne crois pas exagérer le caractère « urgent » de mon besoin. Je prends mon courage à deux mains et fais les cent-cinquante mètres qui me séparent de sa maison. J'ai l'impression d'être allée jusqu'à Paris lorsque j'arrive en face.

Une jeune femme, belle à couper le souffle, m'ouvre la porte. Un teint nacré, de longs cheveux châtains noués en chignon, une silhouette de rêve mise en valeur par un jean bleu clair un peu usé et un tee-shirt blanc avec un large col en V. Elle me sourit immédiatement et comprend ma détresse sans que je ne prononce plus de trois mois.

- Robin ? Je reviens tout à l'heure, d'accord ?

Je vois le fameux Robin arriver : grand, les cheveux en bataille, les yeux couleur marron, pantalon en lin et chemise blanche. Il vient de faire le tournage de la publicité Guerlain. Je suis chez Barbie et Ken. Ces gens ne sont pas réels. Mais à quoi ai-je pensé ? Je suis là rouge écarlate, haletante, transpirante, je n'arrive pas à me tenir droite. J'aurais dû choisir l'option camping-car, pourquoi ai-je eu peur de deux ou trois manœuvres avec un couteau qui se promène dans mon ventre. J'ai joué petits bras.

- Ça va aller ?, lui demande-t-il après m'avoir salué d'un sourire.
- Ne t'inquiète pas, dit-elle avant de l'embrasser.

Même leur baiser est beau. En fait, c'est ça, je suis en train de rêver. Je vais bien rigoler quand je me réveillerai demain matin.

- Appuyez-vous sur moi. Ma voiture est juste à quelques pas.
- Merci, dis-je dans un souffle.

Cette fille est d'une douceur infinie. Sa voix m'apaise. J'en oublierais presque ce que je suis en train de vivre... mais c'est sans compter les douleurs quasiment continues qui me rappellent ce pourquoi je suis là. Alors que je ferme les yeux, je sens sa main sur la mienne. Je la regarde, elle me sourit.

- Vous pensez que je vais arriver à temps ?
- Je l'espère, mais je sais surtout que vous aurez un merveilleux bébé quelle que soit la manière dont il arrivera.

Ses paroles me réconfortent alors que je suis dans un océan d'incertitude. Il ne reste plus que dix minutes de trajet. L'espoir revient.

Elle se gare devant la porte des urgences et s'empresse d'aller chercher du renfort. Elle revient accompagnée, avec un large sourire qui me dit que ça va aller maintenant. Je la remercie sincèrement. Je dois beaucoup à cette inconnue.

- Souhaitez-vous que je reste jusqu'à l'arrivée de votre famille ?
- Non merci, ça va aller maintenant, je vous ai déjà assez pris de votre temps. J'ai oublié de vous demander votre prénom ?
- Léa. Vous le saurez pour la prochaine fois, allez filez. Votre fille est pressée de vous voir.
- C'est un garçon... Au revoir Léa et merci infiniment, dis-je avant d'être emportée par un infirmier dans un fauteuil roulant.

Cette jeune femme ne croyait pas si bien dire...

Sur la rapidité déjà...

Une demi-heure plus tard : j'entends Baptise arriver dans la salle d'accouchement.

- Pourquoi il y a deux protections ? Je n'ai qu'une tête !, demande-t-il affolé à l'infirmière.
- Mais monsieur, c'est pour les pieds !

En dépit de la fatigue et de la douleur, j'éclate de rire de bon cœur. Je reconnais bien l'étourderie de mon homme. La sage-femme m'annonce alors qu'elle voit la tête, la délivrance est en cours.

Et sur le sexe ensuite...

La minute suivante, Léontine naissait. Une fille donc. Il faut que je songe à offrir des lunettes à l'obstétricien qui nous a suivis... ou un nouveau diplôme.

Non, ce n'était pas une journée comme les autres...

CHAPITRE XV

Trois semaines sont passées depuis la naissance de Léontine. Celle-ci est habillée en bleu foncé, en marron ou en vert la plupart du temps... Quand je la promène et que je croise des passants qui me disent « Oh ! Il est beau ce petit bonhomme », je me sens vexée... alors qu'il y a encore un mois, j'étais très fière de porter un garçon.

Je n'ai pas pu remercier cette fameuse Léa, je passe souvent devant chez elle avec la poussette mais les volets sont fermés. C'est dommage, j'aurais aussi souhaité discuter de Léon. Elle pourrait peut-être m'apprendre des choses que je ne connais pas sur lui. J'ai soif de découvrir à son sujet. Mais tout de même, le fait que ces deux-là soient mes anges gardiens m'intrigue. Ils se connaissaient avant de me rencontrer et me voici seule dans mes questionnements.

La vie de famille est parfaite, Léontine a une sœur incroyable et un père extraordinaire. J'enchaîne les superlatifs à l'égard de Baptiste car je n'ai jamais connu cela, tant dans l'enfance que dans ma première vie d'adulte. Je suis du genre superstitieuse, alors parfois j'ai peur que tout s'arrête. Et d'autres fois, je me dis que j'ai de la chance et je crois qu'on en a conscience que lorsqu'on a vécu avant d'autres choses, moins joyeuses, moins colorées. Alors j'en profite.

Bérénice souhaite recevoir de nouvelles responsabilités pour m'aider. Parmi les tâches confiées volontiers, le ramassage du courrier. Il n'est pas difficile de la rendre fière cette enfant. Tous les jours, après l'école, elle va chercher précautionneusement la clé placée dans l'entrée, traverse le jardin en façade, ouvre cette fameuse boîte aux lettres bleue et m'apporte son contenu avant d'entamer son goûter dans notre cuisine de plus en plus baignée de soleil.

- Tiens maman, il n'y avait que ça.
- Merci ma puce, dis-je en prenant la lettre sans y prêter attention. Je t'ai préparé des cookies, tu veux du lait aussi ?
- Oui s'il te plaît.
- Deux maximum parce que sinon tu ne sauras plus manger ce soir, d'accord ?
- Oui maman.

Je la regarde. Elle est concentrée sur le couffin de sa sœur tout en savourant son biscuit. Si j'avais le talent de Léon, je m'exécuterais sur le champ pour immortaliser la scène. Je me tourne vers le courrier qui m'est adressé : une lettre manuscrite que je ne connais pas. Apparemment l'expéditeur vient de Royan. J'ouvre pour en savoir plus.

Ma chère Louise,

Si jamais vous recevez cette lettre, c'est que vous avez accepté la proposition qui vous a été faite lors de mon départ. Et si tel est le cas, je vous en remercie et Jean aussi, j'en suis sûr.

Je vous dois certaines explications quant à cet « héritage ». Je suppose que tout ceci vous a un peu chamboulée. Accepter de reprendre cette maison n'est pas neutre, mais je n'envisageais pas une autre personne que vous.

Et oui, le hasard n'a rien à avoir avec nos destinées communes. Jean et moi étions contrariés à l'idée de ne pas avoir d'héritier. Le monde d'hier n'était pas celui d'aujourd'hui et l'adoption possible par la suite, n'a pas été envisageable à nos âges avancés. Mais le travail d'une vie, l'amour pour ces pierres, ne pouvait pas être anéanti lorsque nos yeux se fermeraient. Cela aurait ajouté de la cruauté à la cruauté.

Aussi, nous avons longuement réfléchi. Nous avons souhaité léguer notre bien... nos biens, à de belles personnes. Nous avons alors envisagé depuis quelques années déjà ce stratagème. Il ne restait juste qu'à trouver la ou les bonnes personnes, ou plutôt la ou les belles personnes.

Et si je vous dis que c'est une chocolatine à la pâte à tartiner qui vous a donné les clés de la maison ? Je vous vois encore, au petit matin, m'amener ce fameux trésor que vous aviez trouvé. Vous aviez les yeux brillants, innocents, enfantins. Je ne vous l'ai jamais dit mais ces mêmes chocolatines étaient les préférées de mon cher Jean. J'ai tout de suite pensé à un signe.

Puis, je vous ai découverte. Notre amour commun pour ma voiture, pour notre île, vos yeux qui s'émerveillent de petits riens. De vous, émanent une gentillesse et une bienveillance que je n'ai rencontrées que chez très peu de gens. Vous méritez le bonheur mais vous ne le savez pas vous-même. Quel dommage !

Alors je vous ai demandé de revenir pour confirmer ce qui était déjà une certitude. Je savais que je devais vivre mes derniers jours pour que la clause du testament se réalise. Je suis ravi de les avoir passés à vos côtés, ainsi qu'à ceux de votre merveilleuse Bérénice.

Je peux enfin aller retrouver mon Jean, sereinement, je ne vous remercierai jamais assez de ce cadeau. Le sens de l'histoire a fait qu'il est parti en premier, si nos rôles avaient été inversés, il vous aurait choisie aussi, j'en ai la certitude.

Alors voilà, je suis en paix avec moi-même, j'espère que vous êtes aussi heureuse que nous l'avons été avec l'amour de ma vie. J'espère aussi que les petits présents vous ont plu. Vous saurez les reconnaître j'en suis sûr.

Soyez heureuse, vous êtes en droit de l'être.

Votre dévoué,

Léon.

Je pleure, pourtant je ne m'en rends pas compte. C'est Bérénice qui s'en inquiète. Je sèche rapidement mes larmes et tente de donner le change mais je suis complètement abasourdie ce que je viens de lire. Ces réponses amènent d'autres « pourquoi ? ». Je n'ai jamais eu autant envie de serrer cet homme dans mes bras, pourquoi m'en a-t-il privée ?

***

- Léon s'est suicidé ?

Baptiste vient de faire tomber la lettre sur la table du salon. J'ai attendu que les enfants soient couchés. Je le vois tout aussi décontenancé que moi.

- Oui, c'est horrible, tu imagines qu'il le savait tout le temps que j'ai passé là-bas en août ? Je n'arrête pas de me refaire les moments passés avec lui, j'aurais dû le sentir.
- Tu ne pouvais pas imaginer une chose pareille chérie. Tu n'aurais pas pu l'empêcher de faire quoi ce que soit d'ailleurs.
- N'empêche que je m'en veux... et beaucoup.
- C'est son souhait... Tu ne peux pas lui retirer son libre-arbitre.
- Non ça c'est un fait, je n'ai rien fait pour...
- Arrête Louise, ne garde en tête que c'est une belle preuve d'amitié, si ce n'est d'amour qu'il t'a faite là.

J'éclate en sanglots.

- C'est justement ça le problème, je ne peux rien lui dire en retour, il m'en a empêchée en mettant fin à ses jours.

Baptiste me tire contre lui pour me prendre dans ses bras, ses caresses sur mes cheveux et mon visage m'apaisent. Il a cette capacité. Nous restons de longues minutes en silence dans nos songes.

- Je comprends mieux maintenant..., me dit-il.
- Mieux quoi ?
- Lorsqu'il a insisté pour changer les noms des locataires dans le contrat avec mes parents. J'ai toujours trouvé ça étrange. Mais connaissant Léon, je lui ai fait confiance. Et je ne voulais pas que mes parents soient sans logement. Steph a pensé comme moi.
- Ah oui, c'est vrai, toi aussi tu as hérité de Léon, je suis désolée, je me regarde trop le nombril.
- Mes parents n'ont pas reçu de lettre ?
- Non, pas à ma connaissance en tout cas.
- Donc c'est pour ça. Léon ne souhaitait pas qu'ils obtiennent la maison. Il n'avait pas confiance en eux, il nous a préférés dans la gestion. Ça explique cette clause de non-possibilité de changement de propriétaire pour nous. Il ne voulait pas qu'on leur donne.
- Je ne comprends pas.
- Tu as remarqué que mes parents étaient très dépensiers ?
- Oui, j'ai déjà remarqué que ça amenait des tensions entre vous.
- Tu n'imagines pas le nombre de fois où ils ont abusé de la gentillesse de Léon en lui demandant de réduire le loyer, voire même de le supprimer, tout ça pour qu'ils puissent acheter leurs babioles. J'ai remarqué que Léon était déçu parfois...
- Donc tu penses qu'il n'a pas voulu les déloger mais pour autant, il n'a pas voulu leur donner, de peur que tes parents soient tentés de vendre à cause de leurs dettes ?

Baptiste prend le temps de la réflexion. Je le sens contrarié.

- Donc raison de plus pour ne jamais vendre la *maison Abricot*. Léon a raison, mes parents doivent être plus raisonnables. Il est hors de question que nous vendions pour qu'ils continuent leurs bêtises. Je ne peux pas voir dilapider toute l'histoire d'une vie dans des camping-cars et des aspirateurs.

- Cette clause t'en empêche de toute façon.
- Oui c'est vrai. Décidément, Léon est un homme sensé... et bon !

Nous nous asseyons l'un contre l'autre et observons en silence la pièce. Chaque millimètre carré a une signification différente. Je commençais à me sentir chez moi mais la présence de Léon n'a jamais été aussi forte. Je n'ai pas pu le remercier, je le ferai en prenant soin de son bien. C'est à présent tout ce qu'il me reste, mais ce « tout » est devenu mon petit monde à moi. Léon est mon architecte du bonheur.

CHAPITRE XIV

Léontine a un an. Pour l'occasion, nous avons invité toutes les personnes qui comptent pour elle et pour nous. Je crois que j'ai grandi autant qu'elle cette année. Tout comme elle, j'ai appris à marcher, tout comme elle, j'ai appris à me tenir droite. Mon entourage y est pour beaucoup. Je crois que pour avoir une vie douce, il faut juste savoir bien s'entourer.

Nous sommes tous réunis dans le jardin, la tablée est magnifique. A l'image de la journée. Notre petite star du jour est toute prise à son occupation préférée : faire des trous dans un bac à sable que Baptiste et Daniel lui ont fabriqué dans un coin du jardin. Stéphanie, Lucie et Annabelle l'observent en silence, le sourire niais, en sirotant leur verre de vin blanc. J'admire le tableau. Je suis fière de mon clan.

J'ai une pensée toute particulière pour ma meilleure amie qui n'est pas encore parvenue à ses fins. Et ce, malgré les traitements qu'elle subit depuis quelques mois déjà. Malgré cela, elle regarde ma fille avec des yeux bienveillants. Je garde espoir pour elle et pour nous. L'arrivée d'un enfant est toujours une bonne nouvelle, la démonstration que l'amour peut être infini.

- Maman, je vais chercher une pelle à Léontine dans le garage, me prévient Bérénice.

Cette petite mère est aux petits soins, nous allons tous en faire une princesse capricieuse de cette Léontine.

- Maman ! Maman ! J'ai trouvé un trésor !!
- Qu'est-ce que tu racontes ?
- J'ai escaladé le meuble dans la remise pour aller chercher la pelle. Baba l'avait suspendu trop haut.
- On parle de moi ?, intervient Baptiste.
- Baba, j'ai trouvé un trésor !!
- Ah bon, montre-moi ça, lui répond-il avec son sourire enchanteur.

Mon chéri a le don de rentrer dans ses jeux. Grand bien leur fasse, je n'ai pas ce sens de l'imagination débordante. Quelques minutes plus tard, Baptiste revient suivi de Bérénice, il a le visage plus sérieux qu'à l'accoutumée. Il se rapproche de moi et me glisse à l'oreille.

- Ce n'est peut-être pas un trésor, néanmoins je te confirme, elle a vraiment trouvé un truc.
- Où ça ?
- Tu sais le buffet qui était dans l'ancienne chambre de Léon, la chambre d'amis. Ce gros meuble qu'on a mis dans la remise.
- Oui, je vois bien, celui dans lequel, je range mes pots pour faire des confitures.
- Eh bien, je ne sais pas comment elle a fait son compte Bérénice... Elle a utilisé un tiroir en guise d'escalier et sans doute en appuyant.... Bref, il y avait un tiroir dans le tiroir.
- Qu'est-ce que tu me racontes ? Laisse-moi voir ça...

Nous laissons nos invités quelques instants seuls dans le jardin lorsque je tombe sur une boîte en métal un peu rouillée. Je m'empresse de l'ouvrir, je tombe sur des photos volées de la maison de mes grands-parents, de ma grand-mère principalement, mon grand-père parfois l'accompagne. Ils sont bien plus jeunes que je ne les ai jamais connus mais je les reconnais en toute certitude.

Mes jambes se dérobent, cela ne peut pas être une coïncidence. Je prends mon courage à deux mains et me saisit des lettres qui se trouvent sous ce tas de photos. Il y en a plusieurs, plus ou moins anciennes. Je pense reconnaître une correspondance entre Léon et Jean. Une enveloppe plus récente porte mon prénom : *Louise*. Je suis dépassée parce que je vois. Je me sens perdue, je ne sais pas quoi faire. Ce jour festif n'était pas destiné à autre chose que célébrer notre petite Léontine.

- Qu'est-ce que je fais ?
- C'est ta décision, me répond-il sans m'aider.
- Et les amoureux, vous êtes en train d'en refaire un troisième ?, lance Annabelle de l'autre côté du jardin. On a faim ici... mais on a soif surtout...
- On arrive, on arrive..., réponds-je en séchant mes larmes débutantes.

Baptiste me suit tout penaud, il sait que je vais devoir faire bonne figure quelques heures avant de pouvoir comprendre réellement ce qu'il se passe. Mes convives réussissent à merveille à me dérider. Stéphanie et Thibault sont plus amoureux que jamais. Ma sœur rayonne, emporte sa famille dans le sillage de sa lumière. Je crois que le fait de s'être détachée de l'ombre de nos parents y est pour beaucoup. Daniel et Madeleine sont sur leur nuage de fierté. Ils ont adopté toutes les pièces rapportées, à commencer par Bérénice, en finissant par Annabelle et en passant par Lucie et ses enfants. Leur générosité est immense. Léon a eu raison de les préserver.

Léontine finit par souffler sa bougie grandement aidée par sa sœur. Tout le monde les applaudit, rit aux éclats, et s'embrasse. On croirait une tablée de Marcel Pagnol. Vivre un moment pareil, c'est réussir sa vie.

***

Il est minuit lorsque tout le monde est couché. Baptiste ne dit rien lorsqu'il me voit traverser le jardin dans la nuit pour récupérer la boîte qui a hanté mes pensées toute la journée.

Je reviens et me pose sur notre lit, la lampe de chevet éclaire ces trouvailles. Je prends quelques minutes pour regarder à nouveau ma grand-mère, je souris en voyant les fleurs orner son jardin dont elle était si fière. J'entends le rire de ma sœur lorsque nous faisions notre toilette au jet d'eau devant ce même laurier à fleurs. Je retrouve le marcel bleu de mon grand-père et son short gris. Il est en train d'ouvrir son portail, il ne sait sans doute pas que quelqu'un est en train de les observer. Cette personne est-elle Léon ? Si oui pourquoi ? Baptiste m'observe en silence. C'est lui qui me donne le courage d'ouvrir le courrier qui m'est destiné.

Louise,

C'est la rancœur qui m'a fait arriver jusqu'ici, c'est l'amour qui m'a fait rester. Je pense que tu es surprise de voir ces photos. J'ai été tout aussi surpris de savoir qui tu étais. Ma chère Louise.

Lorsque j'avais trois ans, ma mère m'a fait faire un long voyage jusqu'à un petit village du Nord de la France. Je garde encore un souvenir très précis des maisons en brique rouge, de ce ciel gris et bas, de ces rues pavées. J'avais un peu peur, néanmoins sentir la main de ma mère dans la mienne me donnait assez de courage pour la suivre.

Nous sommes allés frapper à une porte verte. Une dame en noir l'a ouverte et nous a toisés de son regard sombre. Derrière elle, une fille de deux ou trois ans de plus que moi me regardait timidement. Ses grands yeux en amande étaient d'un bleu turquoise magnifique. Je n'avais aucune idée de qui elles étaient toutes les deux. C'est ma mère qui m'a traduit par la suite les échanges qui eurent lieu ce jour-là. Votre langue m'était bien étrangère à l'époque.

- *Je cherche Alphonse Martin, avait demandé ma mère.*
- *Il est au cimetière, c'est deux rues plus loin, avait répondu cette mégère avant de nous claquer la porte au nez.*

J'avais senti ma mère perdre toute force en entendant les mots de cette dame. Les larmes aux yeux, les jambes flageolantes, elle m'a demandé avec une grande tristesse de traverser ce modeste village. Avec beaucoup de peine, nous avons parcouru chacune des allées du cimetière. Je reste marqué par l'égarement de ma mère. Je ne comprenais pas ce que nous cherchions...

Enfin, nous nous sommes arrêtés devant une tombe, celle de ton arrière-grand-père. Celle de mon père. Je suis le fils illégitime d'une jeune Allemande fleur bleue et d'un officier français qui s'est battu contre un idéal nauséabond. Leur histoire a été aussi rapide qu'intense. J'espère encore aujourd'hui que je suis le fruit d'un amour pur.

Il avait promis à ma mère de revenir. Après la guerre, il devait repartir en France pour quitter sa femme et nous rejoindre. Il ne l'a jamais fait. Nous ne saurons jamais s'il n'a pas eu le temps de le faire ou s'il ne voulait pas. Il est mort très peu de temps après son retour. J'ai la naïveté de croire que c'est bien la mort qui l'a empêché de venir me voir grandir et faire de ma mère une femme aussi heureuse qu'elle le méritait.

Je me suis renseigné auprès de l'état civil, il est mort d'une crise cardiaque. Son cœur avait-il trop battu pour ma mère ?

Les années qui ont suivi ont été très difficiles, ma mère a été reniée de sa famille, elle avait porté en elle et élevait le fruit de la honte. Elle n'a jamais flanché et m'a aimé comme si j'étais un trésor. Elle a fait mentir ces vauriens. Mais la vie a été dure pour elle. Lorsqu'elle est partie rejoindre mon père, c'est sur moi que le sort s'est acharné. Etre homosexuel à l'époque était mal vu, je n'avais pas ma place dans mon pays.

J'ai donc cherché un coupable à tout cela. J'ai repensé à cette petite fille aux grands yeux bleus qui m'avait regardé dans cette maison de briques, celle qui avait eu la chance de connaître notre père, qui avait pu le prendre dans ses bras, se faire embrasser et cajoler. Je l'ai détestée. J'ai voulu la tuer, lui prendre ce qu'elle m'avait pris.

J'ai traversé cette France que j'ai tant aimée par la suite pour affronter mon ennemie. Je l'ai observée durant des jours. J'ai cherché à lui trouver des défauts impardonnables, des pêchers inavouables. Je n'ai trouvé que bonté et générosité en l'étudiant durant ces longues journées.

Je n'ai jamais eu le courage de la confronter. J'ai donc voulu en finir avec moi-même. C'est Jean qui m'a sauvé. Je te lègue toute notre correspondance, tu trouveras peut-être des réponses à tes questions.

Lors de ton premier passage dans ces lieux, j'ai su immédiatement que c'est à toi que je voulais léguer la maison. Je t'ai déjà expliqué tout cela ou tu le seras peut-être bientôt dans une autre lettre. Je ne savais pas quel était le sang qui coulait dans tes veines, pourtant je savais qui tu étais : une jeune femme fragile pleine de qualités humaines étonnantes. Ta douceur, ton humilité m'ont touché.

Mais au restaurant, lorsque tu as parlé de tes grands-parents. J'ai découvert autre chose. Une chose que je n'aurais jamais pu imaginer arriver.

Nous sommes du même sang. Je t'avais déjà croisée il y a quelques années sur un passeur menant à La Tremblade. J'ai reconnu immédiatement ta grand-mère, grâce à ses yeux incroyables qui n'ont jamais changé depuis son enfance. Tu étais sur ses genoux, vous étiez accompagnées d'une jolie petite fille blonde qui voulait regarder l'eau au plus près de la barrière.

Je sais que c'était toi car tu as le même grain de beauté sur la joue. Je ne connais que trop bien ton visage d'enfant. Comment n'ai-je pas pu te reconnaître en tant qu'adulte ?

Ce jour-là, toi tu ne t'en souviens sans doute pas. Mais moi, je m'en rappelle comme si c'était hier. J'ai failli perdre la raison. J'en ai voulu à mon propre grand-père de ne jamais m'avoir porté sur ses genoux. Tu m'as donné le courage de l'affronter, de m'affranchir de mes racines : Merci.

Néanmoins, lorsque j'ai appris qui tu étais, j'ai pris peur. Tu étais là en face de moi. Je ne pouvais rien te dire. Ma vie ayant toujours été fondée sur le secret, je n'ai pas su la dévoiler.

A présent, si tu lis ces mots, c'est que le destin t'a ramenée vers moi. Louise, ma petite nièce, ma petite fille que je n'ai jamais eue.

Je t'ai aimée du jour de notre rencontre jusqu'à notre au revoir et au-delà encore. Je t'aime de là où je suis.

Je suppose que tu as trouvé mes modestes tableaux. J'espère que tu as reconnu celui que j'ai fait de toi accompagnée de ton petit trésor (qui est devenu le mien aussi). Derrière ce tableau, se trouve un double fond dans lequel j'ai caché un autre tableau. Celui-ci, je ne l'ai jamais montré qu'à Jean. C'est le tout premier que j'ai fait. Il est à toi. Il a été mon présent des années, j'espère qu'il fera partie de ton avenir.

Alors ma petite Louise, je ne sais pas comment tu vas prendre tout cela, je ne sais pas si tu vas m'en vouloir de t'avoir caché qui j'étais. Je t'en prie, reste dans cette maison de l'amour qui est à toi à présent. Je sais que tu vas construire d'aussi beaux souvenirs que nous l'avons fait avec Jean, je sais que tu vas la remplir de cris et de rires d'enfants. Cela lui a cruellement manqué toutes ces années.

Sache que je veille sur toi de là où je suis, je pense à toi à chaque instant, je n'ai plus que ce loisir. Embrasse ta sœur pour moi, je crois que c'est elle la petite blonde farouche qui vous accompagnait. J'aurais aimé la découvrir autant que toi, mais c'est bien toi que le destin a mis sur mon chemin. Il ne faut jamais tourner le dos à son destin ma chère enfant.

Je t'embrasse tendrement.

> Ton grand-oncle, Léon.

Je lâche la lettre en me levant. Je titube. Baptiste me regarde inquiet. Il s'empare du courrier et commence sa lecture. J'en profite pour m'approcher du tableau qui orne notre chambre depuis des mois maintenant. Je le soulève, c'est vrai qu'il est un peu lourd mais je n'aurais jamais imaginé qu'il cache un si lourd secret. Je démonte le cadre et soulève le tableau supérieur. Ce qui se dévoile me sidère.

Ma grand-mère est belle, lumineuse, j'aperçois la mer à l'arrière. Je suis sur ses genoux. J'ai l'air sereine et timide à la fois. Cette peinture est magnifique, j'en ai le souffle coupé. Je pleure sans pouvoir m'arrêter. Je n'ai ni la force, ni l'envie de détacher mon regard de cette œuvre. Je suis à présent à genoux. Baptiste me rejoint, il se love contre moi et embrasse ma joue humide. Je suis heureuse qu'il soit ici à mes côtés. Le silence entre nous suffit pour me réconforter.

Je n'ai attendu que quelques jours avant de retraverser la France pour aller voir ma grand-mère. Après avoir tout raconté à Lucie évidemment, je lui ai demandé son avis. Elle m'a vraiment incité à le faire. Alors me voici devant la porte de sa petite maison des mines, le cœur haletant.

- Oh ma chérie comme ça fait plaisir de te voir. Ça fait longtemps.
- Oui mémé, je suis désolée, comme tu le sais, j'habite loin maintenant.
- Ce qui compte c'est que tu sois là. Qu'est-ce qui t'amène dans le pays de tes racines ? Raconte-moi tout.

Elle ne croyait pas si bien dire. J'étais effectivement là pour évoquer mes racines. J'ai commencé par le commencement, ma première location chez Jean après ma séparation, puis les secondes vacances à sa demande. L'héritage dont elle avait connaissance.

Puis j'ai expliqué la trouvaille de Bérénice. Et je lui ai montré cette lettre qui expliquait tout et les photos qui l'accompagnaient. Je l'ai laissé prendre son temps comme j'en ai eu besoin. Elle a ensuite levé les yeux, incrédule.

- Mémé, je t'ai amené son tableau. Celui qu'il a peint de nous lorsque nous sommes allées sur le passeur pour La Tremblade. Tu te souviens ? J'avais environ huit ans.

A la vue de la toile, les yeux de ma grand-mère rougissent. Puis son visage s'illumine.

- Attends, je crois que je me souviens de cet homme. Il nous regardait avec insistance, ça m'a un peu mise mal à l'aise puis j'ai remarqué cette étonnante ressemblance avec papa.
- Tu t'en rappelles ?
- Oui, on a même discuté ensemble. Ta mère t'a emmené aux toilettes avec ta sœur et il s'est assis à côté de moi. Je ne savais pas quoi dire mais c'est lui qui a entamé la conversation. Il m'a parlé de papa justement. Je me souviens lui avoir dit que j'étais jeune lorsqu'il était parti, à peine cinq ans. Mais que le peu de souvenirs que j'en avais, il était d'une bonté sans égale.
- Et ensuite ?
- Ensuite, vous êtes revenues, il m'a gentiment salué. Je ne l'ai jamais revu. J'avais même complètement oublié cette histoire.

Nous restons silencieuses quelques instants, je la sens très éprouvée par ce qu'elle vient d'apprendre. Je commence à regretter de lui avoir tout dévoilé.

- Je n'arrive pas à me souvenir de cette fameuse visite qu'il nous a faite avec sa mère. C'est horrible.
- Mémé Joséphine, tu avais cinq ans, c'est impossible que tu t'en souviennes. Tu ne dois pas t'en vouloir pour ça.
- Oui, seulement j'avais un frère, j'ai toujours pensé être fille unique, ma vie aurait été toute autre en le sachant à mes côtés.

Je ne sais pas quoi dire, ma grand-mère est en pleurs. C'est la seconde fois que je la vois dans cet état, la première, c'était au décès de mon grand-père.

- Amène-moi dans sa maison s'il te plaît, je voudrais essayer de le connaître un peu.

Le lendemain, nous reprenons le chemin jusque chez moi, jusque chez Léon. Ma grand-mère est émerveillée de tout ce qu'elle découvre. Elle passe des heures dans la salle aux peintures. Le reste du temps, elle profite de ses arrières-petits-enfants. Pourquoi n'ai-je pas eu l'idée de la faire venir avant ? Je savais pourtant qu'elle avait adoré vivre sur cette île. Je m'en veux de m'être laissée dépasser par mon quotidien.

Nous vivons à son rythme durant une semaine. Alors que nous nous promenons dans le cœur de village, nous tombons sur un local à louer.

- Je te verrais bien y vendre tes confitures et tes douceurs ici. Ça t'irait bien. Quand tu étais petite, tu parlais toujours d'un salon de thé.

Je ris, la vie rêvée des enfants est souvent loin de la réalité de celle des adultes. Mais pourtant, alors que je suis sur la route du retour après avoir ramené ma grand-mère dans son Nord adoré. Je repense à nos adieux larmoyants et me dis qu'il serait judicieux d'écouter la sagesse des gens qui ont vécu. Je prends la décision de démissionner de mon travail. Toutes les choses qui me sont arrivées ces deux dernières années, m'ont amené à réfléchir au sens de ma vie. Ce qui compte à présent pour moi, c'est la réussite d'une vie familiale heureuse et épanouie pour tous ses membres. Le reste n'est que d'une grande futilité.

***

Mon salon de thé ouvre dans quelques semaines. Le travail de décoration a été un réel plaisir pour moi. Je dois dire que j'ai eu de la chance d'avoir de l'aide de la part des amis et de la famille. J'ai négocié des muffins et des milkshakes gratuits à vie, ça aide aussi.

Les murs sont clairs, parsemés de dessins colorés de Bérénice et Léontine. Je suis fière de leur talent d'artiste. Chaque adulte a trempé sa main dans un des pots de peinture et a laissé son empreinte sur ces mêmes murs. J'adore le rendu. Ici, se trouve le paradis des enfants terribles.

Un coin est dédié d'ailleurs aux « vrais » enfants pour que les parents puissent profiter pleinement du moment. J'y ai posé des dalles en mousse, des jouets en bois et des jeux de société. Ils ont même le droit à un petit toboggan et un tipi pour que chaque venue en ces lieux soit une aventure pour eux.

En ce qui concerne les grands, il y a en a pour tous les goûts. Tables hautes en bois moderne sous de grosses ampoules suspendues, près du bar, pour les plus courageux. Sièges bas construits à l'aide de palettes, avec des coussins confortables pour les plus pantouflards. Ma place sera derrière le bar, avec des extracteurs de jus, des sorbetières et des pétrins. Ce lieu est un vrai paradis pour moi.

J'ai décidé de l'appeler « *Les douceurs de Louise* », librement inspirée de l'imagination de ma grand-mère Joséphine. J'adapterai mes horaires en fonction de l'école et de ceux de Baptiste, mes enfants seront les bienvenus autant que ceux des autres.

Nous nous apprêtons à fermer la porte « des douceurs », lorsque mon téléphone sonne. Ma sœur tente de me joindre à cette heure tardive, je m'en étonne. Notre chère mémé s'en est allée en ce jour de la saint Jean. Quelle ironie... Lucie m'explique qu'elle s'est endormie avec un collage dans les mains, qu'elle avait fait elle-même. A gauche, son mari durant soixante-cinq ans, à droite, son frère qu'elle n'a jamais vraiment connu. La voilà réconciliée avec lui. Elle est ainsi partie avec les deux hommes de sa vie. Je suis tellement émue que toutes ces belles personnes se retrouvent enfin. Je les imagine contempler la mer et rattraper le temps perdu. Il est vain de se dire qu'il est trop tard. J'ai la naïveté de penser que ce n'est jamais le cas. Moi aussi un jour, je lui dirai deux mots à ce Léon. Mais profitons du temps présent.

Le soir même, je m'endors en remerciant la vie d'avoir offert sur mon passage ces belles personnes. Je sais que les obsèques seront à la hauteur du chagrin que j'éprouve en ce moment mais je tâche de ne garder que les bons souvenirs. Ils le méritent tous.

CHAPITRE XVIII

Nous sommes fin septembre, la saison estivale touche à sa fin. Le salon de thé a particulièrement bien marché. J'ai même réussi à embaucher un contrat saisonnier. Une petite Emilie qui m'a permise d'aller régulièrement à la plage le matin ou l'après-midi avec mes loulous.

Nous avons pris une grande décision avec Baptiste. Rebaptiser la *villa Pomme* et la *petite Cerise*. Toutes les excuses sont bonnes pour faire la fête, nous avons convié l'ensemble de la famille pour l'occasion. Nous pensions que « *La petite Joséphine* » et « *La villa Léon* » allaient être les vedettes de la journée mais c'était sans compter sur la fratrie Duchemin.

Au moment du toast, je remarque que Stéphanie ne touche pas à son verre. Elle me sourit d'un air entendu et prend Thibault par la main avant d'annoncer la bonne nouvelle. Un petit garçon arrive enfin dans la famille. Je pleure comme un bébé. La chrysalide est vraiment devenue papillon. Elle rayonne, elle est belle, elle est souriante. Amoureuse et aimée. Je suis fière d'elle, même si je sais que le chemin ne sera jamais terminé.

Baptiste est fou de joie, il la prend dans ses bras, la fait virevolter, l'embrasse. Il enlace son beau-frère aussi. Le voir heureux me rend encore plus heureuse. Nos regards se croisent, il fonce sur moi pour m'embrasser à pleine bouche. Il me susurre à l'oreille : « moi aussi je veux encore un enfant de toi... », puis il pose un genou à terre et sort une petite boîte de sa poche.

Mon cœur s'arrête, mon sang aussi, mes poumons ne fonctionnent plus. Il n'y a que mes yeux qui sont efficaces, en mode merlan frit.

- Mademoiselle Louise, accepteriez-vous que Stéphanie ici présente et apparemment nouvellement maman, soit le témoin du marié également ici présent ? Le marié en question ne serait autre que la personne que vous avez en face de vous. Mais pour que l'histoire soit belle… il faut une mariée ne croyez-vous pas ?

Il fait une pause et regarde sa sœur qui est en larmes. Je crois deviner que tout le monde autour de nous nous regarde, le souffle coupé, la main posée soit sur les lèvres, soit sur le torse.

- Pour préciser mes propos, acceptez-vous de faire de moi l'homme de votre vie ? Celui qui aura pour but ultime de faire de chacune de vos journées un concentré de joie et de bonheurs, celui qui vous regardera avec les mêmes yeux qu'il le fait depuis deux ans maintenant. Parce qu'il faut dire la vérité, depuis le jour où nos regards se sont croisés, de battre mon cœur a commencé. Ma vie a pris un sens, elle est devenue plus vraie, plus colorée. Je vous dois les plus beaux des cadeaux, celui de m'avoir donné la chance d'être père d'une merveilleuse petite fille puis d'une autre.

Il se tourne vers Bérénice et lui pose la question qui a achevé de me faire pleurer.

- Ma puce, est-ce que tu veux bien devenir ma petite fille ? Et que je devienne encore un peu plus ton papa ?
- Ouiiiii, crie-t-elle en lui sautant au cou.

Je me retrouve avec les deux à mes genoux.

- Alors, me demande-t-il, est-ce que tu veux bien devenir ma femme et la mère de mes enfants ?

Je m'effondre devant lui pour les prendre dans mes bras. Je l'embrasse avec toute la force dont je suis capable.

- Oui, mille fois oui.

Nous entendons autour de nous, des cris de joies, des « génial », des « félicitations », des « oh mon dieu ». Je regarde mon homme avec les yeux embués, je remarque que lui aussi a les yeux rouges.

- Tu sais que je suis folle de toi ?, lui dis-je.
- J'espère que ce n'est que le début ma chérie.
- Oh, ils sont amoureux !, nous interrompt Bérénice en éclatant de rire.
- Ça c'est sûr, me chuchote Baptiste au creux de l'oreille tout en m'enfilant une bague que je suis déjà fière de porter.

Nous nous relevons et embrassons nos convives, tout le monde est aux anges. De l'annonce du bébé à l'annonce du mariage, Madeleine et Daniel ne cessent de pleurer. Je regarde la maison, le soleil se reflète sur les vitres de la pièce aux peintures. Je pense à Léon. J'espère qu'il participe à notre bonheur à tous de là où il est.

***

Sébastien et Baptiste, deux ans auparavant.

Sébastien est seul dans son bureau, il est tard, il est en train de réaliser des devis pour une société de production belge. Il a du mal à se concentrer. Il a été con avec Louise, il aurait dû utiliser la manière douce plutôt que de s'énerver comme ça. Elle va se braquer maintenant alors qu'il a vraiment besoin de l'argent de cette maison qu'elle a hérité pour rembourser ses crédits et se lancer vraiment dans les tournages de cinéma. S'il doit avoir de gros chantiers, il faut des gars de qualité, du bon matériel et tout ça, ça se paie...

Quelqu'un sonne à la porte... qui peut bien l'emmerder à cette heure-ci ?

- Bonjour, vous êtes qui ?
- Un ami de Louise...
- Comment ça un ami de Louise ? Je les connais tous, je suis son mec.
- Non vous ne les connaissez pas tous et de ce que j'ai pu comprendre : non, vous n'êtes plus son « mec » non plus.
- Toi, tu vas avoir de sérieux problèmes à me parler comme ça.
- Je pense que c'est vous qui allez avoir de sérieux problèmes si vous continuez à l'approcher.
- Tu ne me dis pas quoi faire de ma femme !, s'énerve Sébastien.

Fidèle à lui-même, Baptiste reste stoïque, il sort son téléphone de sa poche et lui montre les photos de Louise dénudée, pleine de bleus. Sébastien blêmit, pourtant il tente de ne pas perdre la face devant cet inconnu qui ne semble pas impressionné.

- Je ne sais pas qui a fait ça, dit-il peu convaincu.
- Louise le sait, moi je le sais. Tu t'approches encore d'elle, le petit patron d'entreprise que tu es, aura une réputation catastrophique. Cette réputation s'étendra sur ta boîte. Je suis prêt à mettre ça sur tous les réseaux sociaux existants. J'ai même des collègues journalistes prêts à faire des articles sur toi.

Sébastien sent son dos devenir humide, il ne peut pas perdre ce qu'il a construit mais il n'est pas prêt non plus à lâcher Louise, ils sont ensemble depuis toujours, c'est avec lui qu'elle doit être.

- Et si ce n'est pas suffisant. Ces mêmes collègues ont mené une petite enquête sur toi. Il s'avère que tu as gagné plusieurs appels d'offres dans la ville de Rumières à quelques kilomètres d'ici. C'est étrange, l'adjoint qui gère ces appels d'offres est un ami à toi. Aucune mise en concurrence n'a été faite. Il me semble que le non-respect d'un appel d'offres pour une collectivité s'appelle un délit de favoritisme. Je me trompe ?

- Qu'est-ce que tu veux ?
- Je te l'ai dit, tu touches à un cheveu de Louise, je démolis ta réputation et celle de ton entreprise. Je ne peux pas t'empêcher de voir ta fille, mais si tu n'imagines ne serait-ce qu'une seconde la toucher aussi, je ferai en sorte que tu sois ruiné jusqu'à la fin de tes jours c'est clair ?
- ...
- Alors soyons sûrs que nous nous soyons bien compris..., répète Baptiste en montrant son téléphone à Sébastien. Est-ce que ça : c'est encore possible ?
- Non, répond Sébastien en baissant les yeux.
- Est-ce que tu envisages un futur avec la mère de ta fille ?
- Non... sauf si elle en est à l'initiative.
- Très bien.
- Est-ce que tu vas l'empêcher de construire une nouvelle vie avec Bérénice d'une manière ou d'une autre ?
- Non.
- Est-ce que, lorsque tu auras la garde très ponctuelle de ta fille et toujours avec témoins, tu seras sage ?
- Comment ça avec témoins ? C'est ma fille, j'ai le droit de la voir, toi t'es rien pour elle.
- Tu as raison, je ne suis rien pour elle. Mais en ce qui te concerne : libre et accompagné pour la voir, c'est mieux qu'emprisonné et de toute façon accompagné non ?

Sébastien accuse le coup, il a envie d'affronter physiquement cet homme qu'il a en face de lui. Mais il sait qu'il ne ferait qu'aggraver les choses. Il se tait en serrant les poings et marmonne un vague « ça va » avant de regarder son interlocuteur partir.

Quelques jours plus tard, Louise lui annoncera qu'elle souhaite quitter la région et vendre leur maison. Il accusera le coup tant bien que mal en pensant à cet inconnu au pouvoir sur lui. Il acceptera de la laisser partir les pieds et poings liés...

Il ne saura que par la suite, que ce fameux Baptiste n'est pas qu'un simple ami de Louise, pourtant il sera obligé de garder sa colère en lui, une fois de plus.

Après cette journée mémorable, Annabelle qui avait décidé de passer quelques jours ici, me propose d'aller faire une balade à pied. Je la sens plus adulte qu'il y a quelques mois mais aussi plus triste. Sans doute l'attente de devenir maman, je n'ose pas trop aborder le sujet avec elle. Nous marchons en silence.

- Il faut que je retrouve du travail, me dit-elle. Je ne peux pas vagabonder comme ça durant des mois. Il va bien falloir un moment retrouver la réalité de la vie...
- Pourquoi tu trouves que tu as perdu la réalité ?
- Oui, j'ai cru que je pouvais changer de vie comme ça, en un battement de cil. Oublier certaines choses, changer de métier, avoir un enfant. Tu as été un peu trop inspirante, me dit-elle en souriant.
- Je crois sincèrement que tout peut t'arriver Annabelle, et que les belles choses sont devant toi.
- Ouais, en ce moment, j'en doute beaucoup.
- Cherche les signes où ils sont..., tu ne les vois peut-être pas. Tu veux avoir un revenu ? Cherche effectivement un travail. Mais pour une fois, choisis une voie qui te plaît. Tu as envie de faire quoi ?
- Franchement, je cherche juste l'aspect financier pour l'instant. Je ne souhaite pas de responsabilité, ni de gloire. Je n'ai pas envie d'avoir de pression.

Je réfléchis quelques instants, je comprends très bien mon amie et aimerais l'aider. Je ne sais juste pas comment lorsque je me rappelle soudain d'une conversation que j'ai eue avec une de mes plus fidèles clientes.

- Alors, c'est peut-être bête mais je ne crois pas aux coïncidences. Il y a une dame à qui je livre plusieurs fois par semaines des commandes. Elle m'achète des confitures de framboises, de poires, des muffins à la groseille...
- Et donc ?
- Pardon, ce qu'elle achète c'est pour ses gîtes. Enfin... je n'ai jamais compris finalement si c'était un hôtel particulier ou des gîtes. Bref, elle a une agence immobilière qui tourne plutôt bien. Mais elle commence à avoir de l'âge. Elle m'a demandé si je connaissais quelqu'un qui pourrait à la fois faire de la gérance et de la vente.
- Tu veux dire que je serais agent immobilier à mi-temps et gérante sur l'autre mi-temps ?
- C'est ce qu'il me semble. Ça pourrait te plaire ça non ?
- Elle est sympa cette vieille ?
- Si tu commences par l'appeler comme ça, sans doute que non. Mais si tu es civilisée, elle est très bien. Je te la présente ?

Elle se met à sourire, je sens que je lui ai redonné un tout petit peu d'espoir, ce qui me fait plaisir déjà. Nous traversons un sentier qui mène à la forêt domaniale de Saint-Trojan. Je suis toujours émerveillée par l'odeur des pins. L'été a été sec, nous marchons sur ce qui ressemble plus à du sable qu'à de la terre. Je regarde mes chaussures, elles sont de la même couleur que le sol.

- Mais du coup, si ça marche, tu pourrais habiter ici ??, dis-je en me retournant.

J'entends des freins de vélos. Un « attention » qui me perce les oreilles, et un « c'est quoi ce malade ?! » qui sort, pour le coup, de la bouche de ma copine.

La scène est magique, un homme blond avec les cheveux en bataille, se trouve en dessous d'un vélo, qui est lui-même, en dessous d'Annabelle complètement rétamée. La voyant jurer de toute son âme, je sais qu'elle n'est pas blessée grièvement. Aussi, j'éclate de rire à gorge déployée. Grave erreur, elle me regarde comme si elle souhaitait que ma dernière heure arrive sur le champ.

Un autre cycliste arrive dans la foulée, celui-ci à la sagesse de freiner un peu plus tôt que le premier. Je le reconnais immédiatement, c'est le compagnon de Léa qui m'avait escortée pour l'accouchement de Léontine. Nous nous saluons brièvement d'un air entendu.

- Pardon, je suis désolé, j'allais trop vite, je ne vous ai pas vues. C'est impossible de freiner avec cette terre toute sèche.
- Votre copain y est bien arrivé ! Vous n'avez pas vu mon tibia ? Il est en compote, je vais avoir un bleu plus gros que votre cervelle.

J'aperçois un sourire discret sur le visage de l'ami en question, dont je crois me souvenir qu'il se nomme Gabin ou quelque chose comme ça.

- Bon ça va ! Je me suis excusé, vous n'allez pas non plus appeler les pompiers pour si peu !
- Pierre !, intervient l'ami.
- Je ne vous permets pas de juger de la douleur des gens !, s'emporte Annabelle.

Je crois qu'elle est prête à le taper et le jeune homme n'est pas avenant non plus. Il est temps de les séparer.

- Annabelle, calme-toi. Monsieur t'a dit qu'il ne l'avait pas fait exprès. C'est bon.
- Ah ça va toi ! Tu es sur tes deux jambes, t'as rien à dire !

Elle s'assied sur le sol telle une boudeuse de deux ans. Elle regarde ses chaussures en évitant soigneusement nos regards. Je fais un signe de la tête aux deux hommes pour leur signaler qu'ils peuvent partir. Ils ne se font pas prier et prennent la poudre d'escampette me laissant seule avec ma lionne.

J'attends auprès d'elle sans rien dire, le temps qu'elle se calme un peu.

- Non mais t'as vu, mon tibia est déformé, râle-t-elle.
- Oui, mais je te le répète, il était plus désolé qu'autre chose ce garçon.
- Mouais.
- Et tu sais quoi ? Tu m'as rendu service...
- Pourquoi ?
- Ça fait des mois que je dois aller voir cette fameuse Léa.
- De quoi tu parles ?, me demande-t-elle sans rien comprendre à juste titre.
- Le brun est le conjoint de celle qui m'a emmenée à la maternité. Je ne l'ai jamais remerciée. Il est temps.

Nous reprenons la route plus doucement qu'à l'aller. Je passe mon après-midi à concocter une tarte aux pommes et des crêpes au sirop d'érable. Une partie ira pour « les douceurs », l'autre pour la belle voisine inconnue chauffeuse de taxi à ses heures perdues.

***

Léontine et Bérénice m'accompagnent laissant Baptiste à ses occupations dans le jardin. Nous arrivons devant le portail blanc du *14 rue des chalets*. Elle est là, devant nous, un sourire d'ange. Cette femme n'est définitivement pas humaine ou alors c'est moi qui ne suis pas de la même race.

- Bonjour, me dit-elle. Je vous attendais.
- Ah bon ?
- Je me suis doutée étant donnée l'altercation entre Pierre et Annabelle que vous auriez connaissance de notre présence ici.

- Vous connaissez le prénom de mon amie ?
- Oui, vous l'avez dit tout à l'heure, Robin l'a entendu. Elle va bien ?
- Oui c'est une dure à cuire, elle râle plus qu'autre chose, réponds-je avec un sourire timide.
- Entrez.

Je m'exécute. Nous montons les quelques marches pour rejoindre la terrasse en façade.

- Alors comment tu t'appelles toi ?
- Bérénice, répond ma fille qui est bien plus timide que d'habitude. *Elle aussi doit être sous le charme de la fée Léa.*
- Tu veux aller jouer avec ma fille ? Elle s'appelle Eulalie.
- Oui je veux bien.

Léa appelle sa fille que je reconnais au premier coup d'œil, elle a toujours ses beaux cheveux châtains bouclés et son teint est toujours aussi hâlé. Bien plus que celui de sa mère. Nous laissons les deux petites vaquer à leurs occupations. Léa se concentre alors sur Léontine.

- Alors te voici, la petite qui était pressée de venir rencontrer maman ?
- Léontine, elle s'appelle Léontine. Je suis désolée, j'ai voulu vous remercier cent fois de votre aide mais vous n'étiez pas chez vous lorsque que je passais.
- Vous n'avez pas besoin de me remercier. C'est normal.
- Vous avez sauvé mon bébé, et sans doute la mère.
- Vous avez sauvé Léon, je vous devais bien cela.

J'ai le souffle coupé. Elle sait que je sais. Je la regarde sans mot dire. Sans doute va-t-elle continuer à parler mais elle ne le fait pas. Je me lance.

- Oui j'ai cru comprendre que vous connaissiez l'ancien propriétaire de la maison.
- Oui, Louise et je sais que vous n'êtes pas là uniquement pour me remercier pour Léontine.

- En effet non, dis-je de plus en plus étonnée. Je suis à la recherche de personnes pouvant m'aider à le découvrir un peu mieux. Je ne l'ai pas connu assez à mon goût.
- Il n'est jamais trop tard.
- C'est pour ça que j'aurais aimé si vous le voulez bien, que l'on discute à l'occasion. Je ne veux pas abuser de votre temps, mais vraiment j'éprouve ce besoin de...
- De quoi ?
- De sentir qu'il est encore un peu parmi nous, dis-je le regard bas.

La jeune femme se lève, elle me demande si je souhaite boire quelque chose pour accompagner ma tarte, j'accepte un verre d'eau. Je me sens un peu cruche devant autant de classe. Pourtant, cette fois, je ne suis pas en train d'accoucher. C'est comme si une sorte de magie émanait d'elle. Elle revient s'installer à table en face de moi.

- Louise, lorsque je vous dis qu'il n'est pas trop tard, il ne l'est pas.
- Je ne comprends pas.

Elle me regarde intensément. Comme si elle cherchait à me dire quelque chose que je ne perçois pas. Je prends mon verre du bout des lèvres, regarde Léontine qui me fait du bien dans ce malaise.

- Louise, Léon n'est pas mort. C'est ce que j'essaie de vous dire. Je crois qu'il est temps pour vous de connaître toute la vérité...

Fin